U0104194

出土文獻譯注研析叢刊

佛經音義與《說文》學綜合研究

李淑萍　著

萬序

記得個人和淑萍老師是在西元 2000 年一同到中大中文系任職的。任職之初，只知道淑萍老師是以研究《說文》為主。然而，由於我的研究室位於人煙罕至的文學院舊館，除了系務會議外，個人極少涉足文學院新館，因此在初來乍到的頭幾年中，我和淑萍老師打照面的機會並不多，就更不用說彼此間有緣攻錯問學了。

在任職中大中文系之前，個人的學術專業是以梵、藏文獻為主的佛教中觀學，而與淑萍老師的專業毫不相干。儘管如此，為了配合傳統中國文學系的知識生產，當時個人還是以漢譯佛典為中心，硬著頭皮而開設了「佛經語言學」的相關課程。

所幸，在西元 2001 年李瑞騰教授初膺系主任一職，為了支持同仁的教學與研究，把長久乏人聞問的「敦煌研究室」改為「漢文佛典研究室」，並命個人統理主持。這間塵封的研究室除了擁有一套《敦煌寶藏》及敦煌學相關書刊外，也藏有不少傳統小學的文獻資料。配合國科會研究計畫，當時便和研究生定期在佛典研究室舉辦讀書會，研讀的材料便是玄應《一切經音義》。在研讀之初，面對以標音、定形和釋義為中心的音義書，我們是先從版本校勘入手，而在對讀各種寫本和刻本之際，數量甚夥的異體字便不時湧現。此外，在切語的文字校訂上，也會時不時地涉及了音韻的歷時流變乃至方言差別。我們研讀的進度極其緩慢，往往一學期下來，只能研讀個一兩卷而已。

2010 年中大榮獲教育部「發展國際一流大學及頂尖研究中心計畫」補助，隨順機緣，佛典研究室也提出「玄應《一切經音義》綜合研究」之整合型計畫，我們集結文字學淑萍老師、聲韻學湘美老師和訓詁學致文老師，希望藉由三位老師的不同專業跨領域地來研討玄應這部著作。在計畫進行期間，為了取得《高麗藏》初、再二雕的圖版資料，我們甚至遠赴南韓而往訪「高麗大藏經研究所」。只可惜，這項整合型研究計畫邁入第二年之際，卻因經費大量削減而使得若干研究不得不中輟。

2015 年 7 月，個人因生涯規劃而提早自中大退休，轉往佛光大學任教，學術興趣也轉向佛教物質文化相關研究。不意數年後，2022 年 10 月接獲淑萍老師「佛經音義與《說文》學綜合研究」書稿。寓目之餘，雖有若干篇章此前業已拜讀一過，但多數篇章卻是個人離開中大之後的新作。其人筆耕不輟而長期戮力於斯圃，著實令人感佩。淑萍老師索序於我，個人且聊綴數語以誌昔日一段因緣，亦慶淑萍老師數年耕耘之有成焉。

西元 2022 年 11 月 17 日
萬金川謹序於宜蘭礁溪

自序

在傳統學術領域中，釋家思想為中華文化重要思想流派之一。自佛教傳入中國以來，歷代許多精英分子賡續投入相關研究。因應佛經漢譯與梵唄誦讀之需要，佛經音義也隨之產生。吾人透過研究佛經音義，還原藏經所載精義，可使後人對當時之佛教思想及語言學之發展狀況，有更進一步瞭解。根據史傳經籍志之載錄，佛經音義向來被歸於釋道類圖書，而與傳統之小學類有別。清代考據學熾盛，長久湮沒於釋藏之佛經音義，終能為樸學家所青睞。乾嘉時期，學者將當時可見之釋玄應《大唐眾經音義》與釋慧苑《華嚴經音義》大量運用於輯佚考據、文字訓詁工作中。值此之時，「家有洨長之書，人習《說文》之學」（俞樾〈小學考・序〉），可知當時《說文》學發展，昌盛蓬勃，研治之盛，蔚為風尚。東漢許慎所著《說文解字》是古人識字、通經之根柢，也是傳統語言文字研究之基礎核心。是故本書主題為結合佛經音義與《說文》學之跨領域研究，將有助了解佛經音義對清代文字訓詁及典籍校勘之重大意義。

《佛經音義與《說文》學綜合研究》之集結成編，仰賴許多人士之協助與支持。在漫長的編纂期程中，感謝兩位出版前之匿名審查委員，提供寶貴修訂意見，俾以補苴罅漏；萬金川教授於百忙中，撥冗賜教，惠贈序文；同事孫致文教授在我搜尋資料遇到瓶頸時，總能提供即時有效之學術資訊；還有學界諸多前輩不時砥礪、期勉與督促，讓我不敢懈怠，努力限期完成。凡此深情厚意，淑萍不敢一日忘懷。在後期校對、排版過程中，感謝情同姊妹的王興蓬女士，犧牲假日，耗費心神，協助逐頁檢視，統一全書體例。同時感謝協助勘誤、校稿、描樣工作之碩士生張慧君、孫偉凱和李源庭，在忙於撰寫學位論文之際，願意撥出時間協助處理繁瑣之編務工作，尤其是慧君賢棣，在定稿前夕，與我同在文學院「漢文佛典研究室」中，挑燈夜戰，逐頁核對，直到夜闌人靜，萬籟俱寂。此情此意，銘感五內。

時值立冬，萬物終成。我天賦既薄，學殖尤荒，而此書之付梓，既是檢視近年研究之成果，同時也作為個人展望未來、積極奮進之動力。惟長篇累卷，或有疏漏，尚祈方家不吝指正。

中華民國一一一年十一月七日
李淑萍謹誌於桃園中壢雙連坡

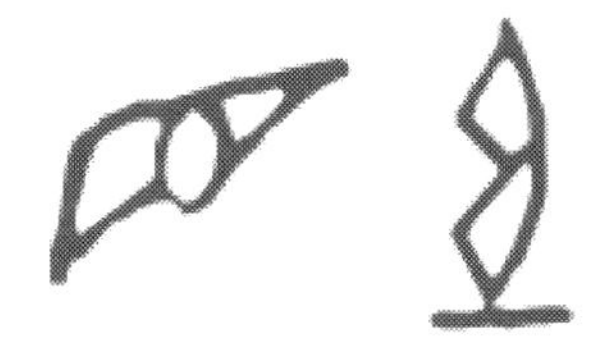

目次

凡例說明

一、本書所舉〔唐〕釋玄應《大唐眾經音義》二十五卷，又簡稱為《眾經音義》，或逕稱「玄應《音義》」或「玄應書」。玄應之書，今或題為《一切經音義》，係由唐智昇《開元釋教錄》所改。〔中唐〕釋慧琳據以擴大增補，有同名之作《一切經音義》一百卷，本書則簡稱為慧琳《音義》。

二、本書徵引玄應《音義》原文，多以徐時儀：《一切經音義三種校本合刊．上冊．玄應音義》（上海：上海古籍出版社，2008年）為據。蓋因本書流通既廣，且標注新式標點，便於閱讀。偶有異文現象，則以《宋版磧砂大藏經》版本補注之。

三、本書徵引《磧砂藏．玄應音義》，係以延聖院大藏經局編：《宋版磧砂大藏經．第三十冊》（臺北：新文豐圖書公司，民國76年）為據。書中引文，或逕自簡稱為《磧砂藏》本。

四、本書所云玄應《音義》道光年間刊本，係指《續修四庫全書》本，此本根據道光二十五年海山仙館叢書本影印。

五、本書徵引《段注》原文，係以〔清〕段玉裁：《說文解字注》（臺北：洪葉文化事業有限公司，2005年）為據。為避免引用注腳繁複，部分篇章直接標示「段注，頁碼」於後。

六、本書徵引《義證》原文，係以〔清〕桂馥：《說文解字義證》（濟南：齊魯書社，1994年）為據。為避免引用注腳繁複，部分篇章直接加注「卷數，頁碼」於後。

七、本書徵引《句讀》原文，係以〔清〕王筠：《說文解字句讀》（北京：中華書局，1988年）為據。為避免引用注腳繁複，部分篇章均直接加注《句讀》之「篇卷，頁碼」於後。最末若以阿拉伯數字標示者，則為中華書局版《說文解字句讀》之總頁碼，以方便讀者查核原典。

八、本書徵引《通訓定聲》原文，係以〔清〕朱駿聲：《說文通訓定聲》（臺北：藝文印書館，1994年）為據。為避免引用注腳繁複，部分篇章直接加注「朱書，頁碼」於後。

九、本書徵引鈕樹玉《段氏說文注訂》原文，為王雲五主編，《叢書集成初編》（北京：中華書局，1985年）之版本。為清晰呈現鈕氏訂補段注之內容，將以黑體呈現段注《說文》內容，其後空一格，所加按語則為鈕氏之觀點。此外，為簡省引文加注繁複，部分篇章直接註明鈕書之篇卷及頁碼於後。

十、本書徵引慧琳《一切經音義》轉注資料及相應佛經內文，初步檢索自中華電子佛典協會之「CBETA電子佛典集成」，並參照徐時儀：《一切經音義三種校本合刊》之校勘結果與新式標點。

十一、清儒相關著作中「玄應」皆做「元應」，此乃清刻本避清聖祖玄曄名諱而改，本書全文敘述不取避諱用字，除了「原典引文」外，多半還原作「玄應」。

十二、本書行文對於異體字之取擇，如「從與从」、「韻與韵」、「蓋與葢」、「據與据」、「器與噐」、「明與朙」、「晨與晨」、「貓與猫」……等，悉依各家原書之用字，不予調整。

十三、本書所用上古語音系統，韻部采陳新雄先生古韻三十二部，聲類則采黃季剛先生古本聲十九紐。

十四、本書徵引書目或參考文獻之出版年代標示，謹依原書之標注，逕自標示為民國年或西元年，不予統一。

第一章
緒論

第一節　研究主題緣起

佛經音義與清代《說文》學研究，原本鮮有交集，偶爾驚鴻一現，卻未嘗有學者將兩領域密切結合而進行深入探討。二〇一〇年筆者參與教育部「發展國際一流大學及頂尖研究中心計畫」中「玄應《一切經音義》綜合研究」之整合型計畫，開始接觸到佛經音義方面的研究材料。「玄應《一切經音義》綜合研究」係由當時國立中央大學「漢文佛典研究室」主持人萬金川教授所統領，同時集結系內研究文字學（李淑萍）、聲韻學（廖湘美）與訓詁學（孫致文）等三位教師，分別就玄應《音義》釋文裡所涉及的漢文字形、字音與字義而著手系統性的研究，分別探討初唐時期以佛教書面文獻為中心的漢文字樣學、音韻學與訓詁學的發展概況，希冀能了解這類佛門文獻在「佛教中國化進程」裡所扮演的角色。期盼藉由計畫所獲致的研究成果，一方面具體呈現初唐時期佛門漢語學的知識水平，同時並能夠更為廣泛地認識到初唐時期佛教中國化所採行的各種學術策略，以及對「佛經音義書文獻」上有延續性的研究。

音義書，原是傳統訓詁學中一種注釋文獻的體式，注解的形式包括辨音與釋義，例如：〔晉〕郭璞《爾雅音義》之屬[1]。這是在魏晉以降，在音韻學逐漸發展後所形成的一種訓詁體式。在傳統正史圖書目錄中，已收有音義之書。例如《隋書・經籍志一・小學類》收錄《字林音義》五卷（宋揚州督護吳恭撰）[2]；《新唐書・藝文志・小學類》收錄《玄宗開元文字音義》三十卷[3]，皆屬之。有關這種訓詁體式的內容，香港能仁專上學院中文系教授黃坤堯先生說：

> 音義訓詁是古籍注釋的一種形式。隋唐經師以注音方式揭示經典字句的讀音、詞性、語法、意義；有時附帶指出經籍文字上的假借、改字、異文、句讀；甚至還會辨析經典大義、諸家訓解、語言變異、版本源流種種語言上的和文獻上

---

[1]〔晉〕郭璞撰，〔清〕馬國翰輯：《爾雅音義》，景印清光緒甲申（1884）春日楚南湘遠堂刊《玉函山房輯佚書》本（臺北：文海出版社，1967 年）。

[2] 見〔唐〕魏徵等撰：《新校本隋書》（臺北：鼎文書局，民國 82 年），卷三十二，頁 943。

[3] 見〔宋〕歐陽修：《新校本新唐書・藝文志一》（臺北：鼎文書局，民國 81 年），卷五十七，頁 1451。

的音義現象，包羅萬有，內容豐富。[4]

黃先生認為在南北朝時期，因為佛教盛行，為了抗衡佛教經典，保護本土傳統文化，當時儒玄合流，大師講座的論辯愈見精采。加上當時經籍文本歧異漸多，真偽雜糅，異字異音，眾說紛呈，層出不窮，自然更有辨正音義，準確詮釋經典的必要了[5]。這類音義書，又別名為「釋文」，乃因生處當時重視標音、辨音的學術風氣，歷經南朝陳、隋代到唐代貞觀年間的陸德明（約西元 550-630 年）曾為《周易》、《尚書》、《毛詩》、《周禮》、《儀禮》、《禮記》、《左傳》、《公羊傳》、《穀梁傳》、《孝經》、《論語》、《老子道德經》、《莊子》、《爾雅》等漢地傳統文獻，進行辨音釋義，統稱之為《經典釋文》。由此可見，陸氏《經典釋文》亦為音義訓詁書之屬。當時學者除了為傳統經典文獻進行辨音釋義外，隨著佛教傳入中國，梵文佛經的漢地化，為了解經義與梵唄誦讀的需求，佛經音義也隨之產生。不過，有部分學者認為，為漢地傳統典籍辨音釋義的音義書，比較趨近於傳統小學書，與專為佛典標音釋義的佛經音義，形式與作用上應該有所不同[6]。當時重要的佛經音義代表作，例如：唐高宗時期釋慧苑（西元 673-？年）《新譯大方廣佛華嚴經音義》、釋玄應（西元？-？年）《大唐眾經音義》；唐憲宗時期釋慧琳（西元 737-820 年）《一切經音義》；五代釋可洪（西元？-？年）《新集藏經音義隨函錄》；遼釋希麟（西元？-？年）《續一切經音義》等皆是。其中，在唐貞觀年間（西元 649 年），釋玄應作《大唐眾經音義》廿五卷，集釋佛典共四百五十四部。在一百五十餘年後，釋慧琳在玄應《大唐眾經音義》的基礎上擴充，收集釋佛典一千三百部，撰成另一部《一切經音義》（西元 783-807 年）一百卷，成為唐代眾經音義的重要著作。可惜這兩部重要的佛經音義書，成書後長期存於釋藏之中，且歷經唐末五代兵燹烽火，戰亂不斷，逐漸湮沒散佚在時代洪流之中，直到清初才又再度面世，為傳統小學研究者所運用[7]。

第二節　佛經音義與《說文》學的交叉研究

清代考據學甚盛，特別是乾嘉時期人文薈萃，學者輩出。值此之時，長久湮沒

---

[4] 黃坤堯：〈經典釋文音義辭典的編纂原理〉，收錄於氏著：《經典釋文論稿》（臺北：國家出版社，2018 年），頁 249。

[5] 黃坤堯：〈經典釋文與魏晉六朝經學〉，收錄於氏著：《經典釋文論稿》，頁 77。

[6] 參見黃國清：《窺基《妙法蓮華經玄贊》研究》（桃園：國立中央大學中國文學所博士論文，2005 年），頁 157-158。

[7] 釋玄應《大唐眾經音義》大約出現在清初乾隆年間；釋慧琳《一切經音義》，則直到晚清光緒、宣統年間才再度被發現。

於釋藏的佛經音義書也開始被學者所關注。乾隆年間，學者開始運用佛經音義於考據、訓詁工作中。在當時，廣為學者採用之佛經音義，是以釋玄應《大唐眾經音義》為主，另外偶見部分釋慧苑《華嚴經音義》的材料[8]。如前文所言，釋慧琳的《一切經音義》百卷成書後，因兵燹戰亂而佚失，直到清光緒、宣統年間才再度被起用。可知時處乾、嘉、道、咸年間的《說文》研究者，其所採用之《眾經音義》或《一切經音義》，應為玄應之書，當無疑議。

綜觀清代學者徵引釋玄應《音義》之作用，多數運用在古籍整理考校和輯佚等方面。因為玄應《音義》一書可貴之處在於，其所引用的書籍極為豐富，書中保存了許多今日不得而見的古代辭書，也有不少早已亡佚的古籍資料，這對後人研究古代訓詁極為有用。因此，無論從學術研究上，或是史料保存上來看，玄應《眾經音義》都是非常有價值的寶藏。清代《說文》研究甚盛，其中對《說文》進行多面向研究者甚多，「特別是乾、嘉、道三朝，鴻儒碩彥，輩有其人，戶蓄許書，家談字學」[9]，研究之盛，可謂空前。尤其是段玉裁、桂馥、王筠、朱駿聲等人，被譽為「《說文》四大家」。段氏等四人進行《說文》考校時，均採用了玄應《音義》的材料，且諸家引用玄應書之作用相當多樣化。以段玉裁《說文解字注》一書來說，吾人可見段氏取玄應《音義》來進行「補正《說文》內容」、「加強補充釋義」、「說明所據版本不同」、「訂正各本異文」、「修訂玄應之說」、「標反切異讀」、「引錄保存異說」等。除此之外，在乾、嘉、道、咸當時著名的《說文》研究者，如鈕樹玉於《說文新附考》、《說文解字校錄》、《段氏說文注訂》、嚴可均於《說文解字校議》、沈濤於《說文古本考》等，也都明顯採用玄應《音義》來進行《說文》的考校工作。其他如：朱珔《說文假借義證》、徐承慶《說文解字注匡謬》、鄭珍《說文新附考》、《說文逸字》、雷浚《說文外編》、王紹蘭《說文段注訂補》、莫友芝《唐寫本說文解字木部箋異》、薛傳均《說文問答疏證》、承培元《說文引經證例》、張鳴珂《說文佚字考》、段玉裁《汲古閣說文訂》、承培元《廣潛研堂說文答問疏證》、王煦《說文五翼》、張行孚《說文發疑》等，均可發現玄應《音義》的材料可供作研究。可見玄應《眾經音義》的發現與應用，確實在清代《說文》學有其獨特的學術意義與價值。

---

[8] 筆者觀察《說文》四大家徵引釋慧苑《華嚴經音義》的材料並不多，就以徵引佛經音義數量最多的桂馥《說文解字義證》而言，在桂書引用所有佛經音義千餘條材料中，引用釋慧苑《華嚴經音義》僅約三十餘條。

[9] 張其昀：《說文學源流考略》（貴陽：貴州人民出版社，1998 年），〈緒論〉，頁 3。

第三節　研究論題相關背景說明

本書研究主題領域跨及「佛經音義」與「《說文》學研究」兩方面。筆者在原有的《說文》研究及古今辭書編纂之主題外，近十餘年加入佛經音義書研究領域，迄今研究不輟。在此之前，與佛門文獻相關材料的研究中，筆者曾撰文發表〈論《龍龕手鑑》之部首及其影響〉一文[10]，因《龍龕手鑑》是遼代僧人釋行均為佛徒通解文字、正定字形、注音釋義，俾研讀佛典、透析佛理而編纂的一部佛學字書。此文藉由對《龍龕手鑑》的部首型態之分析，了解今日通行字典部首嬗變之源流始末，並強調《龍龕手鑑》一書在字典部首演變史中的過渡地位。此外，針對佛經傳入中國所造成的文字俗訛孳生、異體橫陳的現象，筆者也曾撰〈南北朝文字俗寫現象之探究——從《顏氏家訓》反映當代文字俗寫現象〉一文，提出當時佛經抄寫的社會現象，舉用實例，進行探討。此文刊載於《雅俗相成——傳統文化質性的變異》一書，已正式出版[11]。

如前文所言，筆者自二〇一〇年參與在佛經語言研究頗具盛名的萬金川教授所統領之「玄應《一切經音義》綜合研究」整合型計畫，開始接觸到佛經音義方面的材料。其後，在萬教授的積極鼓勵下，筆者結合個人原本鑽研的《說文》學研究，加入佛經音義相關領域的議題研討。近幾年來，筆者已投注大量心力在《說文解字》與佛經音義的交叉研究中，陸續發表了〈《玄應音義》各本異體用字探析〉(2014 年)、〈《慧琳音義》「轉注」探析〉(2015 年)、〈段注《說文》徵引玄應《音義》初探〉(2016 年)、〈桂馥《說文義證》引用《一切經音義》探析〉(2019 年)、〈王筠《說文句讀》引用玄應《眾經音義》淺析〉(2020 年)、〈朱駿聲《說文通訓定聲》引用玄應《一切經音義》淺析〉(2021 年)、〈清代《說文》研究徵引玄應《音義》之探析——以鈕樹玉《段氏說文注訂》為例〉(2022 年)等單篇論文。並且藉由科技部研究計畫經費的挹注，可以召集研究生及大學部學生投入相關研究工作中，在海量的清代《說文》研究著作中，汲取勾選，至今已積累一定數量的研究材料。同時借重現代資訊科技的專業，著手建置檢索資料庫，以利後續研究工作的進行。

---

[10] 李淑萍：〈論《龍龕手鑑》之部首及其影響〉，《東華人文學報》第 12 期（花蓮：東華大學人文社會科學學院，2008 年）。

[11] 王次澄，郭永吉：《雅俗相成——傳統文化質性的變異》（桃園：中大出版社，2010 年）。

第四節　本書研究內容概述

本書為筆者近十年探討佛經音義與傳統《說文》學交叉研究的論文合集，總共分成十一章。首章「緒論」，共分四小節。本章簡述研究主題緣起、佛經音義與《說文》的交叉研究、研究論題相關背景說明，以及本書研究內容概述。

第二章「玄應《大唐眾經音義》研究概況」，共分四小節。前言首先概述釋玄應《大唐眾經音義》之命名、性質及作用。其次，就近年學界對玄應《音義》相關研究文獻之概況，分成「版本類」、「文字訓詁類」、「音韻類」、「語詞類」及「其他」等類。以目前已掌握的材料，包括國內、外之研究概況及文獻資料，又分為期刊論文、專書、專書論文、碩博士論文等類別，略作評述。第三節從「古籍考校」與「古籍輯佚」兩方面，略述清儒引用玄應《音義》之研究概況。第四節則引述丁福保《說文解字詁林》對清代《說文》研究著作的六大類型，進而說明目前作者已掌握的清代《說文》著作引用玄應書之概況。

第三章「玄應《眾經音義》各本異體用字探析」，共分四小節。本章撰作之重點在於呈現傳寫佛經音義版本中各種異文用字的現象，並以玄應《眾經音義》做為取證材料。在漢字形體演變過程中，由於人們對字形結構的理解差異和安排，或者因應時俗習用的書寫方式，對同一結構內容的文字會形成不同的書寫樣貌。本文前置作業之執行，係以《高麗藏》「玄應《一切經音義》」為底本，參照不同版本之內容，如《中華大藏經》、《趙城廣勝寺金藏》、《磧砂大藏經》、《大正新修大藏經》所收錄之玄應《音義》及《續修四庫全書》所收《慧琳音義（獅谷白蓮社本）》等。此外，還根據日本國際佛教學大學院大學，學術フロンテイア實行委員會所編輯之「日本古寫經善本叢刊」第一輯所收錄之古寫本資料，例如《金剛寺一切經本》、《七寺一切經本》、《東京大學史料編輯所藏本》、《西方寺一切經本》、《京都大學文學部藏本》等，各本交叉覆核。希冀藉由不同版本的比對，如實呈現出玄應《音義》各種版本間異文用字的情形。本文亦從字源與字用等不同角度，探討各版本異文用字的現象，藉以校勘各版本的玄應《音義》用字正譌，論其得失。

第四章「段玉裁《說文解字注》徵引玄應《音義》研究」，共分六小節。本章是筆者針對清代《說文》四大家與玄應《音義》綜合研究的首篇。玄應《音義》是現存最早一部佛經音義，總共收詞近萬條，其中大部分為漢語本有詞，也有部分是翻譯過程中產生的音譯詞。該書仿照〔唐〕陸德明《經典釋文》體例，每卷前先列經目，再逐卷對其所標示的難解字詞進行訓釋，俾供讀者使用。玄應所進行的內容包括辨別字形、標注讀音、釋義為訓、辨訂正訛等。清代《說文》大家段玉裁時有引用玄應《眾經音義》之說，藉以訂補許書之缺漏，或駁他本之未備。本文旨在爬梳段玉裁《說文解字注》中引用玄應《音義》之情形，藉以述明段玉裁如何運用玄應《音義》，以進行校釋《說文》之工作。文中並探究段氏考釋之是非得失，進而呈顯清儒引用玄應《音義》之局限性。

第五章「桂馥《說文解字義證》徵引玄應《音義》研究」，共分五小節。本章以清初《說文》研究者的北方代表桂馥之《說文解字義證》為研究對象。桂馥著書，博采群籍，對許書進行詳實的音讀形義疏解。本章將針對桂馥《說文解字義證》書中所引用玄應《一切經音義》的運用狀況，希望藉由對文本資料的深入比對與探討，能夠呈顯玄應書對桂馥在進行《說文解字》增補考校等相關研究時之運用狀況。全文初步就桂馥《說文解字義證》引用玄應《一切經音義》的作用概況，以筆記條列形式，分成十一種類型，逐一舉例說明。

第六章「鈕樹玉《段氏說文注訂》徵引玄應《音義》研究」，共分五小節。本章以鈕樹玉《段氏說文注訂》為例，試圖了解清代四大家之外的《說文》研究者，對於玄應《音義》材料的運用概況與立場觀點，繼而擴大了解在乾、嘉、道、咸時期，玄應《音義》一書對《說文》研究的影響。鈕樹玉的《說文解字校錄》、《說文新附考》與《段氏說文注訂》均有許多引用玄應書的材料，今先以《段氏說文注訂》為研究範圍，將重點放在鈕樹玉個人利用玄應《音義》材料訂段、補段的態度與觀點。

第七章「王筠《說文解字句讀》徵引玄應《音義》研究」，共分四小節。王筠《說文解字句讀》是一部綜合了桂馥、段玉裁、嚴可均等人研治《說文》成果的著作。王筠撰寫《句讀》時大量運用玄應《眾經音義》的資料，為他在疏解校訂《說文》時，提供有利補正的參考依據。同時王筠在書前「凡例」中，多次提及《句讀》書中對玄應《眾經音義》的運用原則。可知，王筠是清代四大家中顯然有意識採用玄應書之學者，由此亦可看出王氏對這批材料的重視。本文乃筆者繼段玉裁《說文解字注》、桂馥《說文解字義證》之後，將針對王筠《說文解字句讀》一書中所引用玄應《眾經音義》的運用狀況，進行初步探討。希望藉由對文本資料的比對與探討，能夠呈顯玄應《音義》一書，對王筠在進行《說文解字》增補考校等相關研究時之運用狀況。

第八章「朱駿聲《說文通訓定聲》徵引玄應《音義》研究」，共分四小節。本章以朱駿聲《說文通訓定聲》為探討對象。朱氏在《說文》學研究上，打破許慎原書以形分部的體例，改以聲類分部，並在注釋中輯錄許多與許書不同的前代諸家傳注，藉以補充發明許書之隱略，撰成《說文通訓定聲》一書。筆者繼探究段玉裁《說文解字注》、桂馥《說文解字義證》、王筠《說文解字句讀》三書之徵引玄應書研究後，將針對朱駿聲《說文通訓定聲》一書中所引用玄應《一切經音義》的運用狀況，進行初步討論。希望藉由文本資料的比對與探討，能夠呈顯玄應《音義》一書，對朱駿聲在進行許慎《說文》

訓釋詞義、增補《說文》不錄之字等相關研究時之運用狀況，進一步了解朱駿聲與其他三家在運用玄應《音義》於校訂許書的研究特色與傳承。

第九章「玄應《音義》在清儒文字訓詁工作中的運用舉例」，共分四小節。本章首先概述清代在高壓的異族統治之政治社會背景下，所形成一種特重校勘輯佚、訓詁考據的學術風氣，號稱為「樸學」。玄應《音義》成書後，久溺於釋藏之中，加上唐末五代兵燹戰亂之故，罕為人所用，直至清初面世，始獲青眼。這批材料的價值，不僅是佛門典籍的瑰寶，更在清初傳統的樸學考據工作中占有獨特的地位。其次，分成「清儒引玄應書對大徐本《說文》之校勘舉例」與「王念孫《廣雅疏證》徵引玄應書之運用舉例」兩大面向，客觀呈現玄應《音義》在清儒文字訓詁工作中的運用實況。

第十章「慧琳《一切經音義》「轉注」探析」，共分四小節。「轉注」研究是《說文》六書學中極為重要的一環，本章亦是屬佛經音義與《說文》學的交叉研究的範疇。蓋因「轉注」研究是《說文》六書學中極為重要的一環，而慧琳《音義》則是繼玄應《音義》之後，一部重要的唐代佛經音義書。由於從東漢許慎《說文》為六書「轉注」立下定義後，根據史料所載，自唐代以來，各方學者對六書「轉注」名義之探討，歷來眾說紛紜，爭論不斷，難有共識。有關慧琳《音義》轉注字之探討，前人雖有撰述，惟前說所論，仍有可待商榷之處。本章主旨希冀藉由慧琳書中的轉注材料，重新檢討前人論述內容，試圖釐清釋慧琳之轉注觀，並了解有唐一代「轉注」的觀念。

第十一章為本書之「結論」，總敘全書現有之研究成果、後續可開展之研究方向，以及本研究議題在中國傳統學術史上的重要意義。

第二章
玄應《大唐眾經音義》研究概況

第一節　前言

有關釋玄應之生平，目前並無正式史傳資料記載，吾人僅能從零星篇卷資料，如道宣《大唐內典錄》、慧立《慈恩法師傳》等，推知玄應係隋唐時沙門，於唐代曾任長安大總持寺沙門。在三藏法師釋玄奘西行取經，返回長安後，廣設譯場進行譯經工作。玄應則因「博學字書，統通林苑，周涉古今，探究儒釋」，投入譯場，參與譯經工作。《大唐眾經音義序》紀錄大慈恩寺玄應法師以：「貞觀末曆，敕召參傳，宗經正緯，咨為實錄。因譯尋閱，捃拾藏經，為之音義。注釋訓解，援引群籍，證據卓明，煥然可領，結成三帙。」[1] 正可說明玄應為眾多佛經撰作音義之事功。

根據《大唐內典錄》所載，玄應所撰佛經音義，原名為《大唐眾經音義》，《新唐書．藝文志》亦著錄「玄應《大唐眾經音義》二十五卷」[2]。其後，又簡稱為《眾經音義》或玄應《音義》。今題為《一切經音義》，係由唐智昇《開元釋教錄》所改。為了行文簡潔，後文敘述則多以玄應《音義》稱之。

玄應《音義》是現存最早的佛經音義書。全書共訓釋四百餘部漢譯佛經，為之切音釋義，收錄詞目近萬條。收錄詞目，以中土古漢語詞彙為主，亦有由梵文音譯或義譯而產生的翻譯名詞，也有佛教專用名詞等。訓釋方式，除了針對所收語詞進行讀音、含義之說明外，並兼有辨析字形，訂定異體正訛，及異文通假之說明。玄應《音義》成書之後，展轉傳抄，廣為流傳，也被收錄至南北各地，甚至海外的佛教大藏經中。今日所見玄應《音義》版本極多，各本內容異文用字，多有差異。各版本中除了存在許多佛經傳抄所用的俗訛字之外，還有不同藏經系統的用字習慣，值得我們進行比對、校勘與探討。

總觀玄應《音義》一書可貴之處在於，玄應所引用的書籍極為豐富，書中保存了許多今已佚失的古代辭書，也有不少亡佚的古籍資料，對後人研究古代訓詁極為有用。因此，無論從學術上還是從史料上看，玄應《音義》都是非常有價值的寶藏[3]。

---

[1] 見徐時儀：《一切經音義三種校本合刊．上冊．玄應音義卷首》（上海：上海古籍出版社，2008 年），頁 5。

[2] 見〔宋〕歐陽修：《新校本新唐書．藝文志三》（臺北：鼎文書局，民國 81 年），冊 3，卷五十九，頁 1527。

[3] 關於釋玄應及其《大唐眾經音義》之成書與版本介紹，可參見徐時儀：《玄應《眾經音義》研究》（北京：

第二節　玄應《音義》相關研究文獻及評述

由於佛經音義相關研究的文獻相當多，本節之文獻評述僅針對釋玄應《大唐眾經音義》之研究為主。筆者將目前所掌握之重要文獻資料，分為「版本類」、「文字訓詁類」、「音韻類」、「詞語類」、「其他」五大類，再分以期刊論文、專書、專書論文、碩博士論文等細類[4]。另於本節最末附上近年來其他散見於各學報、期刊等處之研究論著目錄，俾供備查。

下文謹依各研究主題之分類，擷取已見之重要文獻，簡單評述如下[5]：

一　版本類

屬於期刊論文的有下列資料：

1.石塚晴通〈玄應《一切經音義》的西域寫本〉[6]：本文全面概略地介紹在敦煌、吐魯番出土的二十三件玄應《音義》的寫本，並就書寫形式與寫本內容的關係加以說明。

2.張金泉〈P.2901 佛經音義寫卷考〉[7]：通過對敦煌「P.2901 佛經音義寫卷」的逐字逐條對照分析，指出它與今本玄應《音義》的異同，提出應當擬名為《玄應（一切經音義）抄》；張氏更進一步指出，它不但是「敦煌遺書」中有關於玄應《音義》內容最豐富、覆蓋面最廣的寫卷，而且還是一份保存與今本玄應《音義》有著重大差異的唐代古本資料，尤具意義。

3.徐時儀〈玄應《眾經音義》的成書和版本流傳考探〉[8]：作者認為玄應《眾經音義》實際上是一部未及完成的書稿，其成書代涉及釋玄應的卒年。本文在逐字比

中華書局，2005 年)，第二章「版本研究」，頁 21-30。此書收錄於北京：中華書局之「華林博士文庫」。

[4] 此外，還有「佛經音義」通論性質的重要著作，如徐時儀、梁曉虹、陳五雲三人合著之《佛經音義與漢語詞彙研究》(北京：商務印書館，2005 年)、《佛經音義研究通論》(南京：鳳凰出版社，2009 年)、《佛經音義與漢字研究》(南京：鳳凰出版社，2010 年)三書，以及自 2005 年以來所召開的「佛經音義研究國際學術研討會」歷年會議論文集，仍有一些玄應《音義》相關材料可供參考。

[5] 此處依 2010 年筆者參與萬金川教授主持之教育部「發展國際一流大學及頂尖研究中心計畫」中「玄應《一切經音義》綜合研究」之整合型計畫申請書內容，予以增補修訂。

[6]〔日〕石塚晴通：〈玄應《一切經音義》的西域寫本〉，《敦煌研究》第 2 期（1992 年），頁 54-61。

[7] 張金泉：〈P.2901 佛經音義寫卷考〉，《杭州大學學報》第 28 卷第 1 期（1998 年 1 月），頁 98-102。

[8] 徐時儀：〈玄應《眾經音義》的成書和版本流傳考探〉，《古籍整理研究學刊》第 4 期（2005 年 7 月），頁 1-6。

勘玄應《音義》現存各本的基礎上，考證了玄應《音義》的成書年代和傳抄刊刻及早期版本。

4.徐時儀〈金藏、麗藏、磧砂藏與永樂南藏淵源考——以《玄應音義》為例〉[9]：該文指出《趙城金藏》、《高麗藏》、《磧砂藏》與《永樂南藏》等各本所錄的玄應《音義》，大致上可以分為《高麗藏》和《磧砂藏》兩個系列，其中沒有《磧砂藏》卷五所脫二十一部經的寫本是《開寶藏》初刻本所據之祖本，後成為「磧砂藏本」一系；有《磧砂藏》卷五所脫二十一部經的寫本是「契丹藏」所據之祖本，後成為「高麗藏本」一系。由此可證「開寶藏」和「契丹藏」所據的寫經底本是不同的，從而補正周祖謨先生〈校讀玄應《一切經音義》後記〉和張金泉、許建平先生《敦煌音義匯考》的一些疏失，為揭示各藏經版本淵源提供了實例佐證。

5.于亭〈玄應《一切經音義》版本考〉[10]：初唐玄應《音義》的版本眾多且紛紜，其間存在著很大的差異。本文在眾多版本之間選擇了最具有代表性的高麗藏本、趙城廣勝寺金藏本、宋磧砂藏本和永樂南藏本，通過對版式、用字、字形、文本、被釋詞目、被釋經目等差異進行對比和考察，詳細分析了這四個代表性版本的異同，釐清了玄應《音義》版本系統和源流，同時訂正了前賢考證中的錯誤推論。

6.于亭〈吐魯番柏孜克里克石窟所出小學書殘片考證〉[11]：吐魯番柏孜克里克石窟出土的漢文文書中，有古小學類文本殘片三件，經過比對和校勘，可以確定80TB1:304寫本為玄應《音義》的抄錄本。

7.王華權〈《一切經音義》高麗藏版本再考〉[12]：該文通過對諸版本避諱字和用字情形的比勘，提出玄應《音義》高麗刻本恐為宋本，慧琳《音義》高麗刻本恐為唐本的觀點，對高麗藏本版本研究提供文字上的佐證，具有一定的學術價值。

屬於專書的論述，有徐時儀的《玄應和慧琳《一切經音義》研究》[13]，該書比勘玄應《大唐眾經音義》和慧琳《一切經音義》這兩部佛經音義的專著，探討玄應《音義》磧砂藏、高麗藏、敦煌殘卷等版本及慧琳收錄部分的源流。

在碩博士論文方面，有耿銘《玄應《眾經音義》異文研究——以高麗藏本、磧砂

[9] 徐時儀：〈金藏、麗藏、磧砂藏與永樂南藏淵源考——以《玄應音義》為例〉，《世界宗教研究》第2期（2006年），頁22-35。

[10] 于亭：〈玄應《一切經音義》版本考〉，《中國典籍與文化》總第63期（2007年），頁38-49。

[11] 于亭：〈吐魯番柏孜克里克石窟所出小學書殘片考證〉，《古籍整理研究學刊》第4期（2009年7月），頁33-35。

[12] 王華權：〈《一切經音義》高麗藏版本再考〉，《咸寧學院學報》第29卷第4期(2009年8月)，頁59-60+72。

[13] 徐時儀：《玄應和慧琳《一切經音義》研究》（上海：上海人民出版社，2009年）。

藏本為基礎》[14]的博士論文，詳加探討玄應《音義》成書後因輾轉傳抄，版本多有差異，訓釋內容又兼涉佛學與語言學等多個學科，一直以來都是學界面臨的一個難題。人們在學術研究中常常加以利用，但往往不及細究，常有錯訛，尤其是慧琳《一切經音義》轉錄玄應《大唐眾經音義》部分。眾多研究者更是將慧琳所撰與玄應所撰相混同，失於考證二者的異同，使結論缺失了堅實的資料依據。有鑒於此，此文以玄應《眾經音義》的高麗藏本和磧砂藏本為基礎，並聯繫敦煌吐魯番藏唐寫卷殘本，日本所藏玄應《眾經音義》寫卷，考察慧琳《一切經音義》對玄應《眾經音義》的轉錄情況，旨在釐清慧琳《音義》轉錄部分與玄應《音義》各版本之間的異同。

二　文字訓詁類

期刊論文方面，有下列資料：

1.黃仁瑄〈玄應《一切經音義》中的字意〉[15]：該文指出玄應《眾經音義》中有三十五條注明「字意」的語言材料，其所謂字意包含文字的「構建示意」和「形體示意」兩類，對許慎「會意」有推陳出新之功。

2.姜磊〈玄應《一切經音義》校勘「大徐本」例說〉[16]：玄應《一切經音義》中大量引用《說文》的材料，有些注釋和「大徐本」《說文解字》有程度不同的出入，可以彌補今本《說文解字》的不足。

3.方一新〈玄應《一切經音義》卷一二〈生經〉音義劄記〉[17]：本文涉及文字和詞匯，從這兩方面入手，比對玄應《音義》和《大正藏》、《中華藏》二部傳世本《大藏經》不同的地方，進行分析和考辨。

4.黃仁瑄〈玄應《一切經音義》中的近字〉[18]：文中研究指出「近字」大約是指和正字相對應的文字，包括轉注字、通假字、古今字、異體字、詞語化對音字五個

---

[14] 耿銘：《玄應《眾經音義》異文研究——以高麗藏本、磧砂藏本為基礎》（上海：上海師範大學中國古典文獻學研究所博士論文，2008 年）。

[15] 黃仁瑄：〈玄應《一切經音義》中的字意〉，《河南師範大學學報（哲學社會科學版）》第 31 卷第 4 期（2004 年），頁 102-106。

[16] 姜磊：〈玄應《一切經音義》校勘「大徐本」例說〉，《寧夏大學學報（人文社會科學版）》第 28 卷第 2 期總第 133 期（2006 年），頁 45-47。又，此文另以〈玄應《一切經音義》校補《說文》「大徐本」例說〉為名，刊登於《科技信息》第 14 期（2008 年），頁 518-520。兩篇文章內容大致相同。

[17] 方一新：〈玄應《一切經音義》卷一二〈生經〉音義劄記〉，《古漢語研究》第 3 期總第 72 期（2006 年），頁 62-65。

[18] 黃仁瑄：〈玄應《一切經音義》中的近字〉，《河南師範大學學報（哲學社會科學版）》第 33 卷第 5 期（2006 年 9 月），頁 127-129。

方面。

在專書及專書論文方面，則有下列資料：

1.王華權：《《一切經音義》刻本用字研究》[19]：此書主要收釋佛經經文中的疑難詞語，保存了我國漢魏至宋遼漢字的隸變系統和用字實況。《一切經音義刻本用字研究》是關於研究《一切經音義》的專著，書中共包括了《一切經音義》刻本用字的理據探源、《一切經音義》用字研究的學術價值等十章內容。

2.李淑萍〈玄應《音義》各本異體用字探析〉[20]：全文重點在於呈現傳世佛經音義版本中各種異體用字的現象，並以玄應《音義》做為取證材料。藉由不同版本的比對，如實呈現出玄應《音義》各種版本間異體用字的情形。本文擬從字源與字用等不同角度，探討各版本異體用字的現象，藉以校勘各本玄應《音義》用字正譌，論其得失。

3.李淑萍〈段注《說文》徵引玄應《音義》初探〉[21]：全文爬梳段玉裁《說文解字注》中引用玄應《音義》之情形，藉以述明段玉裁如何運用玄應《音義》，以進行校釋《說文》之工作。文中並探究段氏考釋之是非得失，進而呈顯清儒引用玄應《音義》之侷限性。

4.李淑萍〈桂馥《說文義證》引用玄應《一切經音義》初探〉[22]：在清代《說文》四大家中，桂馥《說文義證》引用玄應書資料為數最多。本文針對桂馥《說文義證》中引用玄應《音義》之情形，予以歸納分析，並且提出桂馥《義證》書中引用玄應《音義》的作用，共分十項。全文以筆記條列形式，舉例說明。

5.李淑萍〈王筠《說文句讀》引用玄應《眾經音義》淺析〉[23]：文中將針對王筠《句讀》一書中所引用玄應《音義》的運用狀況，進行初步探討。透過文本資料的比對與探討，了解王筠《句讀》增補考校等相關研究時之運用狀況，進一步突顯玄應《眾經音義》在《說文》學研究史上所產生的價值與影響。

---

[19] 王華權：《《一切經音義》刻本用字研究》（桂林：廣西師範大學出版社，2011 年）。

[20] 李淑萍：〈《玄應音義》各本異體用字探析〉，《第廿五屆中國文字學國際學術研討會論文集》（臺北：中國文化大學，2014 年），頁 93-108。復經會後修訂內文後，收入本書第三章〈玄應《眾經音義》各本異體用字探析〉，頁 27-42。

[21] 李淑萍：〈段注《說文》徵引玄應《音義》初探〉，《第廿七屆中國文字學國際學術研討會論文集》（臺中：國立臺中教育大學，2016 年），頁 209-227。復經會後修訂內文後，收入本書第四章〈段玉裁《說文解字注》徵引玄應《音義》研究〉，頁 43-62。

[22] 李淑萍：〈桂馥《說文義證》引用玄應《一切經音義》初探〉，《第三十屆中國文字學國際學術研討會論文集》（臺南：國立成功大學，2019 年），頁 253-267。復經會後修訂內文後，收入本書第五章〈桂馥《說文解字義證》徵引玄應《音義》研究〉，頁 63-80。

[23] 李淑萍：〈王筠《說文句讀》引用玄應《眾經音義》淺析〉，《第三十一屆中國文字學國際學術研討會論文集》（花蓮：慈濟大學國際暨跨領域學院、東華大學中國語文學系，2020 年），頁 41-58。復經會後修訂內文後，收入本書第七章〈王筠《說文解字句讀》徵引玄應《音義》研究〉，頁 103-119。

6.李淑萍〈朱駿聲《說文通訓定聲》引用玄應《一切經音義》淺析〉[24]：文中針對朱駿聲《說文通訓定聲》一書中所引用玄應《音義》的運用狀況，進行初步討論。希藉文本資料的比對與探討，呈顯玄應《音義》對朱駿聲在進行許慎《說文》訓釋詞義、增補《說文》不錄之字等相關研究時之運用狀況，進一步突顯玄應《音義》在《說文》學研究史上所產生的價值與影響。

7.李淑萍〈清代《說文》研究徵引玄應《音義》之探析——以鈕樹玉《段氏說文注訂》為例〉[25]：本文以鈕樹玉《段氏說文注訂》為例，試圖了解清代四大家之外的《說文》研究者，對於玄應《音義》材料的運用概況與立場觀點，繼而擴大了解在乾嘉道咸時期，玄應《音義》一書對《說文》研究的影響。本文重點放在鈕樹玉個人利用玄應《音義》材料訂段補段的態度與觀點。

在碩博士論文方面，則有下列資料：

1.陳煥芝《玄應《一切經音義》引《說文》考》[26]：該論文以中央研究院歷史語言研究所專列之四十七，重印《玄應一切經音義》二十五卷為底本，以莊本為次，搜集玄應注引《說文》，共二千四百六十一條，依《說文》次序排列。凡同引自一部者，聚歸一處，得一千一百七十九字，而後加按語，首錄二徐本，次引段注本《說文》，相互察照，續求有關諸書，細心刊校。得證舊說大誤者，約有四端：一、大徐本《說文》偶有疏誤。二、小徐本《說文》偶有疏誤。三、段注本《說文》偶有疏誤。四、玄應注引之《說文》，因動多裁翦，不錄全文，亦間有合《字林》、《玉篇》雜揉而出之者，又版本不同，故亦多疏誤。

玄應注引之《說文》，訓義依許慎，字形多依《說文》而改，亦有未改者，詳見各字之下。其聯綿詞往往原書而俱存，後儒校注《說文》，應明此理，不必依之而補字也。此外，應注所附之切語，並非出自許慎之《說文》，因東漢許慎時，未有反切。又因數引而異，亦非全出自某一書中，其間或滲以玄應所注者。

2.張新朋《玄應《一切經音義》之異體字研究》[27]：玄應《一切經音義》是一部

---

[24] 李淑萍：〈朱駿聲《說文通訓定聲》引用玄應《一切經音義》淺析〉，《第三十二屆中國文字學國際學術研討會論文集》（臺北：國立臺北教育大學，2021 年），頁 41-58。復經會後修訂內文後，收入本書第八章〈朱駿聲《說文通訓定聲》徵引用玄應《音義》研究〉，頁 121-141。

[25] 李淑萍：〈清代《說文》研究徵引玄應《音義》之探析——以鈕樹玉《段氏說文注訂》為例〉，《第三十三屆中國文字學國際學術研討會論文集》（新北市：輔仁大學，2022 年），頁 81-100。復經會後修訂內文後，收入本書第六章〈鈕樹玉《段氏說文注訂》徵引玄應《音義》研究〉，頁 81-101。

[26] 陳煥芝：《玄應一切經音義引《說文》考》（臺北：私立中國文化大學中國文學系研究所碩士論文，民國 58 年）。

[27] 張新朋：《玄應《一切經音義》之異體字研究》（保定：河北大學漢語言文字學研究所碩士論文，2005

產生於唐代的以佛經寫本中的詞語為收錄對象的工具書，書中保存了大量的魏晉六朝以迄唐初的異體字資料，具有重要的學術價值，本文即以之為研究對象。在漢字構形學理論的指導下，對測查上來的材料進行分析與研究。玄應《一切經音義》中的異體字可分為異構字與異寫字兩種類型。對於異構字採用直接構件分析法對其進行分類研究，並從中總結出異構字的構形規律，對於異寫字採用歷史比較法和字體分析法結合人們的書寫心理與書寫習慣對其進行分類研究，並從中總結出異寫字的書寫變異規律。

三　音韻類

關於音韻方面的研究，期刊論文有：

1.聶宛忻〈玄應《一切經音義》中的借音〉[28]：該文闡釋玄應《一切經音義》中三十六條明確注明「借音」性質的語言材料，其所謂的借音和假借有相同的內容。玄應認為假借包含「本無其字」的假借和「本有其字」的通假。

2.黃仁瑄〈玄應音系中的舌音、唇音和全濁聲母〉[29]：玄應梵漢對音材料證明玄應音系舌音、唇音大體上已經分化，全濁聲母有兩個重要特徵：不送氣、帶同部位鼻音音色。

3.黃仁瑄、聶宛忻〈唐五代佛典音義音系中的舌音聲母〉[30]：梵漢對音材料證明從玄應到慧苑、慧琳、可洪、希麟各音系，舌音聲母由大體分立而完全分立的過程；泥、娘二紐到了可洪音系又變得幾乎不分，由分立趨於合流。

碩博士論文則有：

1.李吉東《玄應〈音義〉反切考》[31]：玄應《一切經音義》為佛經音義之作，例同《經典釋文》，對於文字、音韻、訓詁、輯佚、校刊等有巨大價值。本文從音韻角度，對其反切加以系聯，欲以摸清玄應之音系。鑒於玄應書版本之複雜，故從版

年）。

[28] 聶宛忻：〈玄應《一切經音義》中的借音〉，《南陽師範學院學報（社會科學版）》第2卷第11期（2003年11月），頁42-46。

[29] 黃仁瑄：〈玄應音系中的舌音、唇音和全濁聲母〉，《語言研究》第26卷第2期（2006年6月），頁27-31。

[30] 黃仁瑄，聶宛忻：〈唐五代佛典音義音系中的舌音聲母〉，《語言研究》第27卷第2期（2007年6月），頁22-27。

[31] 李吉東：《玄應《音義》反切考》（濟南，山東大學中國古典文獻學研究所博士論文，2006年）。

本入手，理清版本，確保採用切語之可靠。然後加以系聯，得其音系。

四　語詞類

在詞語方面的研究，期刊論文有：

1.徐時儀〈玄應《眾經音義》方俗詞考〉[32]：玄應《音義》中有許多引用漢唐時期方言俗語的資料，對於探討古今漢語的演變和中近古漢語研究方面是相當珍貴的。本文就其所釋的「拔」、「迸」、「謧詍」、「項很」、「惋」等十二個方俗口語進行考釋。

2.徐時儀〈玄應《眾經音義》所釋常用詞考〉[33]：〔唐〕釋玄應所撰的《眾經音義》反映了一些常用詞在唐代的演變發線索，依據該書中的「打」、「欲」、「槍」、「著」四個常用詞的衍變遞嬗進行探討。

3.徐時儀〈玄應《眾經音義》口語詞考〉[34]：本文就玄應《音義》所釋「搥」的「投下」義；「蹴」的「撲倒」義；「洮汰」的「洗濯」、「清除」義、「嚔」自先秦經唐代一直傳留至今的習俗義等略作探討。

4.徐時儀〈玄應《眾經音義》方言俗語詞考〉[35]：本文就其所釋的「唵」、「噢咿」、「皀」、「摶掩」等十個方俗口語略作考釋。

5.徐時儀〈玄應《眾經音義》引《方言》考〉[36]：本文對玄應《眾經音義》引述今本揚雄《方言》相異之處進行比勘。

6.徐時儀〈玄應《眾經音義》所釋詞語考〉[37]：玄應《眾經音義》所釋的詞語，多為漢唐時期的方俗口語，在探討古今漢語的演變和中近古漢語研究的方面彌足珍貴。本文就其所釋「的」、「沸子」、「澁」、「容恕」、「載」等十四個詞語略作考釋。

7.曾昭聰〈玄應《眾經音義》中的詞源探討述評〉[38]：《眾經音義》雖為佛經音

---

[32] 徐時儀：〈玄應《眾經音義》方俗詞考〉，《上海師範大學學報（哲學社會科學版）》第 33 卷第 4 期（2004 年 7 月），頁 105-110。

[33] 徐時儀：〈玄應《眾經音義》所釋常用詞考〉，《語言研究》第 24 卷第 4 期（2004 年 12 月），頁 47-50。

[34] 徐時儀：〈玄應《眾經音義》口語詞考〉，《南開語言學刊》第 1 期（2005 年 2 月），頁 97-105+228。

[35] 徐時儀：〈玄應《眾經音義》方言俗語詞考〉，《漢語學報》第 1 期總第 9 期（2005 年），頁 9-18+95。

[36] 徐時儀：〈玄應《眾經音義》引《方言》考〉，《方言》第 1 期（2005 年 2 月），頁 71-83。

[37] 徐時儀：〈玄應《眾經音義》所釋詞語考〉，《南陽師範學院學報（社會科學版）》第 4 卷第 7 期（2005 年 7 月），頁 16-21。

[38] 曾昭聰：〈玄應《眾經音義》中的詞源探討述評〉，《語言研究》第 3 期總第 104 期（2007 年），頁 30-33。

義，然玄應在書中對不少詞語的得名之由作了探討，其詞源研究在詞源學史上有重要的作用。

8.徐時儀〈略論《一切經音義》與詞匯學研究〉[39]：《一切經音義》作為佛經詞匯的一個共時聚合體和中古白話詞匯的淵藪，疊置著文白相間不同歷史層次的詞語，所釋詞語大致勾勒出從上古漢語到現代漢語詞匯基本格局的過渡，反映了文白演變中白話取代文言的漸變過程和漢語詞義系統的演變規律。

附帶一提，上舉徐時儀先生諸文，亦見於氏著《玄應《眾經音義》研究》一書中[40]。此書「采用文獻學與語言學研究相結合的方法，首先窮盡性地逐詞比勘了《玄應音義》各本的異同以及與《慧琳音義》的異同，從而獲得了大量的第一手資料，為全面系統地研究玄應《音義》奠定了扎實的基礎。」[41]書中內容包括「版本研究（含玄應生平）」、「各本反切異切考」、「詞彙研究」、「《玄應音義》的學術價值」等 ，從玄應《音義》的各個面向進行闡述，且涉及辭書編纂、社會文化等方面，是一部研究玄應《眾經音義》極為重要的參考著作。

五 其他

至於其他關於釋玄應《音義》的研究，期刊論文部分：

1.韓小荊〈試析《可洪音義》對玄應《音義》的匡補〉[42]：則是利用《可洪音義》來對玄應《音義》釋義不明晰、不準確的條目進行補釋，對於注釋錯誤的地方給予匡正。證明《可洪音義》對於研讀、利用玄應《音義》有很高的價考價值。

2.徐時儀〈《一切經音義》與古籍整理研究〉[43]：該文是從古籍整理的角度出發，提出玄應和慧琳的《音義》，旁徵博引經史子集四部數百種古籍來闡釋佛典詞語，其中有的可以與現有傳本互補校勘，有的則今已失傳而為其獨有，具有重要的學術價值。

---

[39] 徐時儀：〈略論《一切經音義》與詞匯學研究〉，《陝西師範大學學報（哲學社會科學版）》第 38 卷第 3 期（2009 年 5 月），頁 106-111。

[40] 徐時儀：《玄應《眾經音義》研究》，頁 9。其出版資訊，詳見本章「注腳 3」。

[41] 見徐時儀：《玄應《眾經音義》研究》，「內容提要」，頁 1。

[42] 韓小荊：〈試析《可洪音義》對《玄應音義》的匡補〉，《中國典籍文化》總第 63 期（2007 年），頁 32-37。

[43] 徐時儀：〈《一切經音義》與古籍整理研究〉，《古籍整理研究學刊》第 1 期（2009 年 1 月），頁 12-18。

3.吳繼剛〈玄應《音義》中的案語研究〉[44]：提出玄應《音義》秉持《玉篇》傳統，其案語包含漢字形、音、義各方面，並為其中的部分語詞提供書證，還介紹了中外風土人情與文化制度，特別是古印度的佛教文化，這對研究初唐語言文字的發展有重要價值。該書啟發了後世語文的編纂，使案語成為中國古代臻熟的語文詞典不可或缺的組成部分。

專書和碩博士論文的研究，屬於較全面性的泛論。

1.于亭《玄應《一切經音義》研究》[45]：本書主要內容包括：撰述考、版本考、版本差異之分析；以寫本為中心的文本社會史考察，體式研究之一；體例與功能，體式研究之二；與古小學書之關係，體式研究之三；與《經典釋文》之比較等。

2.姜良芝《玄應《一切經音義》異文研究》[46]的碩士論文，探討玄應《音義》成書後輾轉傳抄，版本眾多，形成大量的版本異文，迄今未見國內外有人就其各版本的異文做過全面系統的研究。鑒於此種情況，本人首先逐詞比勘了玄應《音義》所見各本的異同，獲得了大量的異文材料，希望以此書所見主要版本的異文為研究內容，初步發掘玄應《音義》異文的價值。本文共有五章：第一章介紹了玄應的生平和玄應《音義》的應用價值、版本流傳及研究概況；第二章則結合玄應《音義》的異文，對異文產生的原因進行了分析，並且概括了異文研究的歷史和現狀；第三章分異體字、通假字、古今字三部分對玄應《音義》的異文進行研究；第四章分同義詞（單音節實詞）、同源詞兩部分對異文進行研究；第五章分析了異文研究應該注意的四個問題。

除了上文前人研究成果之評述外，茲另列近來有關玄應《音義》相關研究論著目錄。以下依作者姓名筆畫數，由少而多，依序排列如下：

丁慶剛：〈玄應《一切經音義》名物詞考釋五則〉，《農業考古》，2017年第6期。

于　亭：《玄應《一切經音義》研究》，中國社會科學出版社，2009年。

王繼如：〈《說文》段注與佛經音義〉，《宏德學刊》（第一輯），南京：江蘇人民出版社，2010年。

王　曦：〈玄應音義磧砂藏系改動原文文字情況考察〉，《合肥師範學院學報》，2011年第4期。

---

[44] 吳繼剛：〈玄應《音義》中的案語研究〉，《五邑大學學報（社會科學版）》第11卷2期（2009年5月），頁84-86。

[45] 于亭：《玄應《一切經音義》研究》（北京：中國社會科學出版社，2009年）。

[46] 姜良芝：《玄應《一切經音義》異文研究》（杭州：浙江大學漢語言文字學研究所碩士論文，2008年）。

王　曦：〈試論《玄應音義》校勘中《慧琳音義》的版本價值〉，《天中學刊》，2011年第6期。
王　曦：〈《玄應音義》磧砂藏系與高麗藏系異文比較〉，《古漢語研究》，2012年第3期。
王　曦：〈論玄應《一切經音義》喉音聲母曉、匣、雲、以的分立〉，《中南大學學報》，2014年第3期。
王　曦：〈試論歷史語音研究中破音字常讀音考察的方法——以玄應《音義》中破音字常讀音研究為例〉，《古漢語研究》，2014年第3期。
王　曦：〈試論玄應《一切經音義》中的舌音聲母〉，《湖北大學學報》，2015年第1期。
王　曦：〈玄應《一切經音義》重紐韻舌齒音考察〉，《湖南師範大學社會科學學報》，2015年第3期。
王　曦：〈玄應《一切經音義》唇音聲母考察〉，《中國語文》，2016年第6期。
王　曦：〈《玄應音義》從邪分立考〉，《國學學刊》，2017年第3期。
李福言：〈《玄應音義》引《說文》考〉，《中國文字研究》第二十五輯，2017年。
李福言：〈《玄應音義》引《尚書》考〉，《河池學院學報》，2018年第4期。
李福言：〈論《玄應音義》方言異讀中異攝韻類異讀的層次與性質〉，《歷史語言學研究》，2020年（第十四輯）。
李圭甲：〈日本金剛寺本玄應《音義》的誤字與異體字〉，《語言研究》，2016年第2期。
吳繼剛：〈《玄應音義》中的案語研究〉，《五邑大學學報》，2009年第2期。
吳敬琳：《《玄應音義》的音系及其方音現象》，新北市：花木蘭文化出版社，2012年。
侯佳利：〈北師大藏玄應《一切經音義》殘卷版本考〉，《湖北第二師範學院學報》，2014年第3期。
侯佳利：〈高麗藏初雕本玄應《一切經音義》版本初探〉，《民俗典籍文字研究》，2018年。
范　舒：〈吐魯番本玄應《一切經音義》研究〉，《敦煌研究》，2014年第6期。
范祥雍遺稿、范邦瑾整理·跋、徐乃昌過錄：〈段玉裁、王念孫校玄應《一切經音義》〉，《經學研究集刊》，2017年。
孫建偉：〈也談《玄應音義》的「近字」〉，《海南師範大學學報》，2013年第5期。
孫秀青：〈《玄應音義》疑難詞釋疑〉，《學術探索》，2012年第3期。
孫致文：〈玄應與窺基對《妙法蓮花經》語詞解釋之比較研究〉，《經學文獻研究集刊》，第三十三輯，2020 年。

徐時儀：《玄應和慧琳《一切經音義》研究》，上海：上海人民出版社，2009 年。

徐時儀：〈略論佛經音義的校勘——兼述王國維、邵瑞彭、周祖謨和蔣禮鴻所撰玄應《音義》校勘〉，《杭州師範大學學報》，2011 年第 3 期。

徐時儀：〈法藏敦煌寫卷玄應《音義》探略〉，《中西文化交流學報》，第 7 卷第 2 期，2015 年。

徐時儀：《《玄應音義》研究》，德國：金琅出版社，2016 年。

徐時儀：〈段玉裁《說文解字注》引《玄應音義》考〉，《宏德學刊》第五輯，南京：江蘇人民出版社，2016 年。

耿　銘：〈《玄應音義》文獻與語言文字研究〉，上海：上海人民出版社，2016 年。

陳王庭：《玄應音義目錄》，《藏外佛教文獻》第二編（總第十五輯），2010 年第 3 期。

尉遲治平：〈玄應音義性質辨正——黃仁瑄《大唐眾經音義校注》序〉，《國學學刊》，2016 年第 3 期。

許建平：〈杏雨書屋藏玄應《一切經音義》殘卷校釋〉，《敦煌研究》，2011 年第 5 期。

許啟峰：〈龍璋輯字書所據玄應音義版本考〉，《西華大學學報》，2010 年第 4 期。

張小斌、譚代龍：〈知大唐之音，識玄應之義——讀黃仁瑄《大唐眾經音義校注》〉，《華中國學》，2019 年（總第 12 卷）。

張　義、黃仁瑄：〈《阿毗達磨俱舍論》之玄應「音義」校勘舉例〉，《漢語學報》，2016 年第 2 期。

曾昭聰、王　博：〈佛經音義研究的又一力作——徐時儀《玄應和慧琳一切經音義研究》讀後〉，《中國文字研究》，第十三輯，2010 年。

喬　輝：〈高麗藏本《慧苑音義》與玄應《一切經音義》之「大方廣佛華嚴經音義」相較說略〉，《語文學刊》，2011 年第 6 期。

黃仁瑄：〈玄應《大唐眾經音義》校勘舉例〉，《語言研究》，2013 年第 2 期。

黃仁瑄、聶宛忻：〈《四分律》之玄應「音義」校勘舉例〉，《語文研究》，2013 年第 3 期。

黃仁瑄：〈《妙法蓮華經》之玄應「音義」校勘舉例〉，《漢語學報》，2013 年第 4 期。

黃仁瑄：〈玄應《大唐眾經音義》校勘舉例〉，《語言研究》，2016 第 2 期。

黃仁瑄：〈正本清源，翻對唐梵——《大唐眾經音義》校注前言〉，《華中國學》，2016 年（總第 6 卷）。

黃仁瑄：《大唐眾經音義校注》，北京：中華書局，2018 年。

楊逢彬：〈真力彌滿，萬象在旁——《玄應〈一切經音義〉研究》讀後〉，《武漢大學學報》，2012 年第 2 期。
虞思徵：〈日本金剛寺藏玄應《一切經音義》寫本研究〉，《傳統中國研究集刊》（第十一輯），2013 年。
董志翹：〈孜孜以求，雙玉合璧——評《玄應和慧琳〈一切經音義〉研究》〉，《中國訓詁學報》，2013 年。
趙　洋：〈新見旅順博物館藏《一切經音義》研究——兼論玄應《音義》在吐魯番的傳播〉，《西域研究》，2018 年第 1 期。
韓小荊：〈玄應《一切經音義》注釋指瑕〉，《湖北大學學報》，2012 年第 3 期。
聶志軍：〈日本杏雨書屋藏玄應《一切經音義》殘卷再研究〉，《古漢語研究》，2013 年第 1 期。
蘇　芃：〈玄應《一切經音義》暗引《玉篇》考——以梁諱改字現象為線索〉，《文史》，2018 年第 4 輯。

第三節　清儒引用玄應《音義》之研究概況

清代學者徵引〔唐〕釋玄應《眾經音義》之文獻，絕大多數運用在古籍整理考校和古籍輯佚兩方面，茲分別概述如下：

一　古籍考校

清代考據學特盛，此類作品多為注疏、學術專著或讀書筆記之典籍，書中或有采引佛經音義書作為考校之依據。例如：徐鼒《周易舊注》、周用錫《尚書證義》、陳喬縱《今文尚書經說考》、陳奐《詩毛氏傳疏》、焦循《毛詩補疏》、馬瑞辰《毛詩傳箋通釋》、多隆阿《毛詩多識》、丁晏《周禮釋注》、胡培翬《儀禮正義》、曹元弼《禮經校釋》、黃以周《禮書通故》、丁晏《禮記釋注》、郭嵩燾《禮記質疑》、洪亮吉《春秋左傳詁》、劉寶楠《論語正義》、洪亮吉《春秋左傳詁》、李貽德《春秋左氏傳賈服注輯述》、焦循《孟子正義》、邵晉涵《爾雅正義》、胡承珙《小爾雅義證》、宋翔鳳《小爾雅訓纂》、段玉裁《說文解字注》、桂馥《說文解字義證》、王筠《說文解字句讀》和《說文釋例》、鄭珍《說文逸字》、《說文新附考》、王念孫《廣雅疏證》、《讀書雜志》、徐灝《通介堂經說》、桂文燦《經學博采錄》、俞樾《群經平議》、沈家本《諸史瑣言》、王先謙《後漢書集解》、王先謙《荀子集解》、郭慶藩《莊子集釋》、孫詒讓《墨子閒詁》、洪亮吉《弟子職箋釋》、郝懿行《山海經箋疏》、王鳴盛《蛾術編》、洪頤煊《讀書叢錄》、宋翔鳳《過庭錄》、徐鼒《讀書雜釋》、周壽昌《思益堂日札》、葉名灃《橋西雜記》……等，皆可窺見佛經音義的蹤影。

以清代考據風氣之盛，引經據典來進行考校增補，是屬於乾嘉學者慣用的研究方法。然而亡佚許久的玄應《音義》，在塵封多年之後終於面世，它在清代是屬於一批新發現的材料，自然被重視，且大量運用在校勘工作上。據筆者近年研究成果可知《說文》四大家的相關著作《說文解字注》、《說文解字義證》、《說文解字句讀》、《說文釋例》、《說文通訓定聲》，以及鈕樹玉《說文新附考》、《說文解字校錄》、《段氏說文注訂》、嚴可均《說文校議》、沈濤《說文古本考》等書也都明顯採用玄應《音義》來進行《說文》考校訂補的工作，且成效卓著[47]。因此，對清代《說文》學研究來說，玄應《音義》的出現是一批值得深入探討的研究材料。

二　古籍輯佚

輯佚是藉由廣搜文獻資料，欲使古籍恢復原貌的工作。清儒引用玄應《眾經音義》徵引之文獻進行輯佚之著作，例如：任大椿《小學鉤沉》和《字林考逸》、孫星衍《蒼頡篇》、嚴可均《全上古三代秦漢三國六朝文》、馬國翰《玉函山房輯佚書》、黃奭《漢學堂經解》[48]……等，均是。其後，相關學者也在這些基礎上，又進行後續的研究工作。今人對清儒輯佚工作之相關研究著作，可分為期刊、專書、碩博士論文三部分：

在期刊論文中，如前文已提及之徐時儀〈《一切經音義》與古籍整理研究〉外，另如：鍾哲宇〈任大椿、孫星衍引用玄應《音義》輯佚相關問題試論〉[49]。鍾文主要在於三方面的論述：（一）《字林考逸》是否為任大椿所作？（二）任大椿《字林考逸》、孫星衍《倉頡篇》成書孰先孰後？（三）任大椿《字林考逸》和孫星衍《倉頡篇》兩書，運用玄應《一切經音義》進行輯佚之成就比較，認為任大椿引用玄應《音義》進行輯佚，成就較孫氏為高。

專書成果主要集中在「輯佚」的部分，以喻春龍《清代輯佚研究》和郭國慶《清

---

47 有關清代《說文》研究者徵引玄應《音義》之概況，可參見本書本章第四節，頁 24-26。

48《漢學堂經解》又名《黃氏佚書考》。

49 鍾哲宇：〈任大椿、孫星衍引用玄應《音義》輯佚相關問題試論〉，《第六屆青年經學學術研討會論文集》（高雄：國立高雄師範大學經學研究所，2010 年）。

代輯佚研究》二書作為代表。喻春龍《清代輯佚研究》僅約略提及，清代關於「經部輯佚」以任大春輯《小學鉤沈》、顧震福輯《小學續鉤沈》成績最為突出[50]。至於其輯佚的方法、理論、引用之文獻……等，均未提及。書末有附錄〈《小學鉤沈》、《字林考逸》、《小學鉤沈續編》對照表〉，極具參考價值[51]。郭國慶《清代輯佚研究》一書，主要探討清代輯佚學與學術研究的互動、凡例、誤例的專書，並無對於各家輯佚學者的研究。

在碩博士論文中，如陳惠美的博士論文《清代輯佚學》和林思燁的碩士論文《任大椿之輯佚學與禮學研究》，二文大多集中在輯佚工作本身的探討。其中，陳惠美的《清代輯佚學》是第一部關於「清代輯佚學」的專著，全書共分〈緒論〉、〈清代輯佚興盛之原因〉、〈清代輯佚活動概述〉、〈清人輯佚之法則〉、〈清人輯佚之缺失〉、〈清代輯佚之價值〉、〈結論〉七章。書中第四章第三節〈覈校佚文異同〉分別論述「甄錄佚文」和「校理佚文」的原則，對於研究清儒各家引用玄應《眾經音義》之佚文異同，極具有參考的價值。

林思燁《任大椿之輯佚學與禮學研究》之第三章〈任大椿輯佚著作〉，第二節為〈任大椿之《字林考逸》〉，論述《字林》及其作者呂忱、《字林考逸》之成書、形音義之體例、成就與影響；第三節為〈任大椿之《小學鉤沈》〉，探析《小學鉤沈》之成書與刊刻、附錄於《小學鉤沈》之著作、《小學鉤沈》之成就價值與影響。可惜此書對於任氏輯佚二書所引用之文獻，並無進一步研究。

第四節 清代《說文》著作及其引用玄應書概況

自漢代許慎著《說文解字》後，研究者蠭起。至清代，特別是乾隆、嘉慶、道光三朝，鴻儒碩彥，輩有其人，可說是《說文》研究的高峰時期。如俞樾於《小學考・序》云：「國朝經術昌明，承學之士始知由聲音文字以求義理，於是家有洨長之書，人習《說文》之學。」[52]當時戶蓄許書，家談字學，盛況可謂空前。清代研究《說文》學者極多，根據丁福保《說文解字詁林・自敘》中所述，總括清代《說文》之學可分成六大類：

第一類，屬於對《說文》全面研究者，如段玉裁的《說文解字注》、桂馥的《說文解字義證》、 王筠的《說文句讀》、朱駿聲的《說文通訓定聲》，四人並稱為「《說文》

50 喻春龍：《清代輯佚研究》（上海：上海古籍出版社，2010 年），頁 253。

51 喻春龍：《清代輯佚研究》，頁 554-558。

52 見〔清〕謝啟昆：〈序〉，《小學考》（上海：漢語大詞典出版社，1997 年），頁 1。

四大家」。此一類型在《說文》研究中佔極重要的地位。丁福保譽為「最傑者也。四家之書，體大思精，迭相映蔚，足以雄視千古矣。」[53]

第二類，為校勘和考證工作之屬，如鈕樹玉《說文校錄》；姚文田、嚴可均《說文校議》；顧廣圻《說文辨疑》；嚴章福《說文校議議》；惠棟、王念孫、席世昌、許槤《讀說文記》；沈濤《說文古本考》；朱士端《說文校定本》；莫友芝《唐說文木部箋異》；許溎祥《說文徐氏未詳說》；汪憲《繫傳考異》；王筠《繫傳校錄》；苗夔《繫傳校勘記》；戚學標《說文補考》；田吳炤《說文二徐箋異》等。丁福保評為「稽核異同、啟發隱滯，咸足以拾遺補闕，嘉惠來學。」[54]

第三類，為段《注》訂補之屬：如鈕樹玉《說文段氏注訂》；王紹蘭《說文段注訂補》；桂馥、錢桂森《段注鈔案》；龔自珍、徐松《說文段注札記》；徐承慶《說文段注匡謬》；徐灝《說文段注箋》等。丁福保評為「皆各有獨到之處，洵段氏之諍友也。」[55]

第四類，為《說文》相關研究之屬：如錢坫《說文解字斠詮》；潘奕雋《說文通正》；毛際盛《說文述誼》；高翔麟《說文字通》；王玉樹《說文拈字》；王煦《說文五翼》；江沅《說文釋例》；李富孫《說文辨字正俗》；胡秉虔《說文管見》；許棫《讀說文雜識》；俞樾《兒笘錄》；張行孚《說文發疑》；于鬯《說文職墨》；鄭知同《說文商義》；蕭道管《說文重文管見》；潘任《說文粹言疏證》；宋保《諧聲補逸》；畢沅《說文舊音》；胡玉縉《說文舊音補注》等數十家。丁福保評為「靡不殫心竭慮，索隱鉤深，各有所長，未可偏廢，六書之學，浸以備矣。」[56]

第五類，為《說文》經字研究之屬：如邵瑛《說文羣經正字》；吳雲蒸《說文引經異字》；吳玉縉《說文引經考》；陳瑑《說文引經攷證》、《說文引經互異說》；雷浚《說文引經例辨》；高翔麟《說文經典異字釋》；承培元《說文引經證例》；柳榮宗《說文引經考異》；薛傳均《說文答問疏證》；承培元《廣說文答問疏證》；鄭知同《說文本經答問》等。丁福保評為「究今古文之別，明其通假之恉，師讀之異，兼正今本俗書謬。學者誠能識許書專為古學而作，則由是而進窺兩漢師法家法之原委，不難明也。」[57]

第六類，為《說文》新附及逸字研究之屬：如鈕樹玉《說文新附考》；王筠《說文新附考校正》；毛際盛《說文新附通誼》；錢大昭《說文新補新附考證》；鄭珍《說文新附攷》、《說文逸字》；鄭知同《說文逸字附錄》；李楨《說文逸字辨正》；張鳴珂《說文

---

[53] 楊家駱主編：《說文解字詁林正補合編》（臺北：鼎文書局，民國 83 年），冊 1，頁 1-8。

[54] 楊家駱主編：《說文解字詁林正補合編》，冊 1，頁 1-8。

[55] 楊家駱主編：《說文解字詁林正補合編》，冊 1，頁 1-8。

[56] 楊家駱主編：《說文解字詁林正補合編》，冊 1，頁 1-9。

[57] 楊家駱主編：《說文解字詁林正補合編》，冊 1，頁 1-9。

逸字考》；雷浚《說文外編》等。丁福保認為此類諸書「訂譌補佚，匡鉉、鍇所不逮，雖在許書為附庸，亦足為後學之津梁矣。」[58]

根據丁福保《說文解字詁林・自敘》及《說文解字詁林纂例》所載：「本書全錄各家《說文》撰述，計一百八十二種，都一千餘卷。」[59]丁氏花三十餘年時間，蒐羅各家小學撰述，可謂集清代《說文》研究著作之大成，為後學者提供便利之門。筆者據以查索清代《說文》研究相關著作，在今人熟知的《說文》大家外，仍有部分《說文》著作存有數十條至上百條的玄應《音義》材料，例如：朱珔（西元 1769-1850 年）《說文假借義證》（一百一十七條）；徐承慶《說文解字注匡謬》（七十六條）；鄭珍（西元 1806-1864 年）《說文新附考》（六十三條）、《說文逸字》（三十條）；雷浚《說文外編》（三十條）；王紹蘭（西元 1760-1835 年）《說文段注訂補》（十七條）；莫友芝（西元 1811-1871 年）《唐寫本說文解字木部箋異》（十五條）等，皆是。此外，在薛傳均（西元 1788-1829 年）《說文問答疏證》（八條）；承培元《說文引經證例》（五條）；張鳴珂《說文佚字考》（三條）；段玉裁《汲古閣說文訂》（二條）；承培元《廣潛研堂說文答問疏證》（二條）；王煦《說文五翼》（一條）；宋保《諧聲補逸》（一條）；張行孚《說文發疑》（一條），諸書中都有一些零散的資料可供研究。

總括而言，今人對清代《說文》考校工作之研究，皆未特別針對玄應《音義》被引用的情形，無論是引用的佚文異同、版本、方式……等，來進行深入探討。因此，筆者近年已從清代乾隆、嘉慶、道光、咸豐年間的《說文》研究者入手。透過相關資料庫檢索，梳理各家徵引玄應《音義》次數較多之《說文》著作，不論是藉以考訂《說文》，或作為校勘、輯佚之目的，均列為本主題研究的對象。歷經近年來的資料收集，目前已建置「清代《說文》著作引用玄應《音義》資料庫」[60]，輯錄了段玉裁《說文解字注》、桂馥《說文解字義證》、鈕樹玉《說文新附考》、《說文解字校錄》、《段氏說文注訂》、嚴可均《說文校議》、王筠《說文解字句讀》、朱駿聲《說文通訓定聲》、沈濤《說文古本考》、朱珔《說文假借義證》、徐承慶《說文解字注匡謬》、鄭珍《說文逸字》、《說文新附考》等十三部書。透過資訊科技的進步，可以讓後續研究資料的整合與匯出，更加便捷。目前資料庫建置的工作仍在持續進行與維護中，期待能更加完善資料庫的內容，減少訛誤。讓後續研究者能方便取得材料，藉以了解清代《說文》研究者引用玄應《音義》的情況，亦可以進行一系列相關的比較研究與討論。

---

[58] 楊家駱主編：《說文解字詁林正補合編》，冊 1，頁 1-9。

[59] 楊家駱主編：《說文解字詁林正補合編》，冊 1，頁 1-59。

[60] 參見本書〔附錄一〕「清代《說文》著作引用玄應《音義》資料庫」圖示。

第三章
玄應《眾經音義》各本異體用字探析[1]

第一節 前言

本文討論重點在於呈現傳世佛經音義版本中各種異體用字的現象，並以玄應《大唐眾經音義》做為取證材料。在漢字形體演變過程中，由於人們對字形結構的理解差異和安排，或者因應時俗習用的書寫方式，對同一結構內容的文字會形成不同的書寫樣貌。本文之校勘工作以《高麗大藏經》「玄應《一切經音義》」為底本，參照不同版本之內容，如《中華大藏經》、《趙城廣勝寺金藏》、《磧砂大藏經》、《大正新修大藏經》中所收錄的玄應《音義》，及《續修四庫全書》所收慧琳《一切經音義》轉錄玄應《音義》之內容等。另外，參酌寫本資料，例如《金剛寺一切經本》、《七寺一切經本》、《東京大學史料編輯所藏本》、《西方寺一切經本》、《京都大學文學部藏本》等[2]。希冀藉由不同版本的比對，如實呈現出玄應《音義》各種版本間異體用字的情形。本文擬從字源與字用等不同角度，探討各版本異體用字的現象，藉以校勘各本玄應《音義》之用字正譌，並論其得失。

第二節 傳世文獻書寫異體現象概述

我國文字的發展，在不同階段都曾出現過程度不同的書寫異體現象，例如商周時期的甲骨文、金文，戰國時期「言語異聲，文字異形」的六國文字，這種異體現象在文字統一之前，並不足為奇，甚至在秦始皇以小篆統一天下文字後，仍不免有許多異體的存在。吾人從東漢許慎《說文解字》中收錄了一千餘字的重文異體，可見一斑。漢字一字多形之現象，摻雜了許多複雜的成因，除了籀篆隸楷等書體自然演變的內在因素外，時

---

[1] 本文草稿首次宣讀於國立中央大學「邁向頂尖大學計畫」之「玄應《一切經音義》綜合研究」計畫成果座談會中，承蒙韓國延世大學校李圭甲教授、廈門大學中文系曾良教授、日本大東文化大學丁鋒教授與會討論，提供寶貴意見，會後多次修改。其後，正式發表於「第廿五屆中國文字學國際學術研討會」，蒙與會學者惠賜意見，俾供修訂。在此對拙文撰寫過程中，曾提供修訂意見之諸位學者專家，特予誌謝。

[2] 本文所據之古寫經資料，乃依據日本國際佛教學大學院大學，學術フロンテイア實行委員會所編輯之「日本古寫經善本叢刊」第一輯，平成十八年（2008 年）發行（非賣品）。謹此致謝。

代背景、政治社會與人為創製等外在因素也都與書體變異脫離不了關係。筆者曾針對南北朝時期的文字俗寫現象進行探討，分別從兩方面入手，其一，從政治社會文化背景等外緣因素，探求南北朝俗字紛陳的成因；其二，從文字發展探求當時俗字孳生之因，並從《顏氏家訓》的記載來反映當時文字俗寫的現象[3]。亦即從文字發展之內在與外緣等因素，探求此一時期俗字繁多，異體紛陳的成因。自東漢末年，魏晉以降，由於政治分裂，南北阻隔，隨著佛經大量翻譯，北方少數民族語言與漢語之融合，均出現大批表現新語言的新字，兼以當時字體隸、楷、行、草均可通行，士大夫行文妄改筆畫，自造簡字，於是俗訛、異體不斷滋生。民間俗體的產生，無論是草體、俗體，其與正體產生差距之因，端在於書手於大量書寫、運筆過程中，自然形成的求簡求便心理，於非嚴謹場合中所寫出的潦草簡易形體。

本文之所以特別舉用南北朝時期的異體現象為例，主要原因在於這段期間，宗教文化方面產生了新的交流與刺激。東漢末年，由於當時黨爭戰亂頻仍，政權更迭不斷，社會動盪不安，佛家思想傳入中國，發揮了宗教撫慰人心的功能。加上民族交流日多，西域僧侶屢屢攜帶佛經來訪，遂使佛教流傳廣布。佛學興盛，譯經寫經者大有其人，而佛經乃梵文寫成，漢字無法盡表其意，因而出現許多賦予新義的音譯字或新造字，如「塔」、「魔」、「佛」等字[4]。其次，佛家思想流行，引起了民眾對宗教經典的大量需求，同一部佛經往往要被抄錄成無數的複本。在雕版印刷術普及之前的漫長歲月中，佛經的流傳主要靠抄寫而來。加上基於宗教信仰的「修行」與「功德迴向」觀念，民間流傳著抄寫佛經能祈福攘災的說法，自東漢至隋唐以來，抄經寫經是宗教典籍傳抄的動力之源。是故，此一時期形成一股抄寫佛書的風潮，不論是自行抄寫或請人抄寫特定的宗教典籍，目的都希望藉以達到「功德迴向」或「祈福攘災」的作用。這些佛經在傳抄過程中，由於書體的變遷，字形近似的譌諢，苟趨約易的求簡心態，民間俗寫字體的普及，加上不同抄手對經文的臆改等原因，產生了大量的異體用字[5]。

隨後，由於人們迫切地要求供應大量佛經複本，而傳統的傳抄方法已不能適應社會的需要。我國印刷術由隋唐五代以降，發明改良，推廣應用，發展至宋代，雕版印刷技術上已相當成熟。兩宋時期是我國雕版印刷的黃金時期，至此，佛經的複製形式，除了

[3] 見李淑萍：〈南北朝文字俗寫現象之探究——從《顏氏家訓》反映當代文字俗寫現象〉，《雅俗相成——傳統文化質性的變異》（桃園：中大出版社，2010 年），頁 69。

[4] 見李淑萍：〈南北朝文字俗寫現象之探究——從《顏氏家訓》反映當代文字俗寫現象〉，《雅俗相成——傳統文化質性的變異》，頁 79-81。

[5] 由於魏晉時期還未出現印刷術，書籍的流傳只能憑著抄寫，手抄傳寫自然無法避免出現訛誤或是形體不明確的字，經過書手傳抄之後，文字的誤寫或誤用便廣泛的在民間流傳。因此，南北朝時期俗體異體，遍滿經傳。

抄寫之外，更多了刻版印刷的形式。今日所見佛經版本，有寫本和刻本兩類。唐至宋、遼、西夏，寫經數量多，然宋代以後，則以刻本為主。

官刻佛經是五代以後出現的，它在數量和品質上理應優於私刻。特別是兩宋時期，我國雕版印刷處於黃金時代，官刻佛經較多，當時佛經在各地開雕，如開寶年間刊刻的《開寶藏》即是。然不論刻本或寫本，各本都出現有書寫體勢或用字不同的情形，本文之撰作，藉由玄應《音義》不同版本的用字狀況，呈現不同的時代社會及人為因素所產生的文字異體風貌。

第三節　玄應《音義》各本異體用字舉例

如前文所云，佛經傳寫，異體紛陳。玄應撰作《眾經音義》，藉以收錄當時佛典中難讀、難解的字詞，標注音讀，釋其義訓，另兼及校勘等。玄應成書之後，雖多存於釋道經藏之中，然而南北各地亦有傳抄版本流行[6]。正因經籍傳抄之風盛行，加上各種人為因素，或是社會條件的影響，字形近似譌誷，抄手主觀臆改等原因，現存可見之玄應《音義》各個版本也產生了大量的異體用字。

本文討論玄應《音義》各版本之文字異體現象，擬先以版本用字不同，或文字構件明顯歧異者進行討論，至於書寫體勢上的細微差別，則暫不論。依據「前言」所舉各本玄應《音義》，為行文簡便起見，使用代碼說明如後。本文所列玄應《音義》正文字體以《高麗藏》本（K）為主。其餘各版本之代碼為：C 為「中華藏」。G 為「趙城廣勝寺金藏」。H 為「房山石經」。K 表「高麗藏初雕本及再雕本」。（K1：高麗藏初雕本；K2：高麗藏再雕本。）Q 表「磧砂藏」。T 表「大正藏」。M 為日本古寫本資料，其中 M1 表「金剛寺藏玄應音義寫本」。M2 表「七寺藏玄應音義寫本」。M3 表「東大藏玄應音義寫本」。M4 表「西方寺藏玄應音義寫本」。M5 表「東京大學藏玄應音義寫本」。W 表「續修四庫全書（獅谷白蓮社本）之慧琳《音義》」等。

有關玄應《音義》各本異體用字的狀況，下文擇要舉例，說明如下：

一　〔陀、陁〕

玄應《眾經音義・卷一》「摩竭提」條下云：

---

[6] 有關玄應《音義》成書後的流傳與刊刻，參見徐時儀：《玄應《眾經音義》研究》（北京：中華書局，2005年），頁 35-45。

> 或云摩竭陁，亦言默偈陁，又作摩伽陁，皆梵音訛轉也。正言摩揭陀，此譯云善勝國，或云无惱害國。一說云摩伽星名，此言不惡，主十二月也。陁者處也，名為不惡處國，亦名星處國也。揭音，渠謁反。

本條語出《大方廣佛華嚴經．卷一．世間淨眼品》：「一時，佛在摩竭提國，寂滅道場，始成正覺。」（CBETA, T09, no. 278, p. 395, a7-8）其中，「摩竭陁」之「陁」字，各本用字為 M1 作陀。M2 作陁（M3、M4、M5 缺玄應《音義》卷一），與玄應《音義》K 同。W 作陀、K 作陁、Q 作陀，下同。徐時儀《一切經音義三種校本合刊》作「陀」。

謹案：「陀」、「陁」二字俱不見於《說文》[7]。《廣韻．平聲．七歌》：「陀，陂陀，不平之皃。」[8]《集韻．平聲．八戈》：「陀、陊、陁，《博雅》陂陀，袤也。或作陊、陁。」[9]為「傾側、不平」之義，唐何切。本條釋詞「摩竭陁」、「默偈陁」、「摩伽陁」，或書作「陀」，俱取其梵音轉譯，不取其義也。《磧砂藏》作陀，與慧琳《音義》作陀、徐時儀《一切經音義三種校本合刊》作「陀」同體，惟《高麗藏》作陁，與各刻本有別，而與日本《金剛寺藏本》、《七寺藏本》寫本相合。《高麗大藏經異體字典》將「陁（6594）」與「陀（6597）」並列為字頭，音切相同，漢義近似[10]。今臺灣教育部《異體字典》則以「陀」為正體，「陁」為陀之異體。二者音義相同，字形有別，為異體字關係。

二　〔跱、峙、歭〕

玄應《眾經音義．卷一》「安跱」條下云：

> 《字詁》：「古文峙，今作跱，同。直耳反。」《廣疋》：「峙，止也。」謂亭亭然獨止立也。

---

[7]《說文》有「阤」字，訓「小崩也」。見〔清〕段玉裁：《說文解字注》（臺北：洪葉文化事業有限公司，2005 年），頁 740。音「ㄧˋ」(/yì/)，曳爾切，為「陁」之正字。今日臺灣教育部之《異體字字典》也將讀音為「ㄊㄨㄛˊ」(/tuó/) 之「阤」字，作為「陀」之異體。

[8] 見〔宋〕陳彭年等重修：《宋本廣韻》（臺北：黎明文化事業公司，1982 年），頁 159。

[9] 見〔宋〕丁度等編：《宋刻集韻》（北京：中華書局，1989 年），頁 59。

[10] 見〔韓〕李圭甲主編：《高麗大藏經異體字典》（韓國首爾：高麗大藏經研究所，2000 年），頁 1142-1143。「陁」另有他音「ㄧˊ」(/yí/)，作為阤之或體。

本條語出《大方廣佛華嚴經・卷二・世間淨眼品》:「安峙堅固,如意藏寶。」(CBETA, T09, no. 278, p. 405, a3）經文原從山作「峙」，玄應《音義》從足作「跱」。可洪《音義》作「安跱，直里反，立也。正也。正作峙。」據查各本用字，《廣疋》「峙，止也」之峙，M1 作跱，M2 作峙，W 作歭，K 作峙，Q 作跱。

謹案：《說文・止部》有「歭」字，訓為「躇也」，為踟躕不前，引伸有行止之義。而「跱」、「峙」二字俱不見於《說文》。〔唐〕顏元孫《干祿字書》並收「峙、歭、跱」三字，云：「上俗，中、下正。」[11]可知唐代三體為一字，為正俗關係。從歷代字書載錄情形來看，從足之「跱」字，出現時代較晚，《龍龕手鑑・足部》：「跱，正，直里反，行難進也。」[12]蓋「止」、「足」二字，義類相近，形符可替換，故由「歭」孳乳出「跱」字。其次，又因「止」、「山」二字，形體相近，文字轉寫傳抄，時有相譁。誠如段玉裁所云：「〈粊誓〉『峙乃糗糧』，峙即歭、變止為山。如岐作歧、變山為止。非真有从山之峙、从止之歧也。」[13]段氏認為「峙即歭」，乃因變止為山，遂訛作「峙」。故知依文字發展演變來看，當以「歭」為正字，「峙」實為後世訛寫而成。觀察各本字形，《金剛寺藏本》作跱，《七寺藏本》作峙，《高麗藏》作峙，《磧砂藏》作跱，字形或从足，或从山，惟有慧琳《音義》作歭，始用正字。因此，玄應《音義》引《字詁》云「古文峙」，可洪《音義》云「正作峙」，均有可議之處。

三　〔幡、旛〕

玄應《眾經音義・卷一》「旗幡」條下云：

> 極基反。《釋名》云：「熊虎為旗者，軍將所建者，象其猛如虎，與眾期其下也。」

本條語出《大方廣佛華嚴經・卷三・盧舍那佛品》:「垂寶旗幡而莊嚴。」(CBETA, T09, no. 278, p. 413, c9）文中「軍將所建者」，慧琳《音義》作「軍將所達也」。二者引文略異。據查各本用字，M1 作幡，M2 作旛，W 作幡，K 作幡，Q 作旛。

謹案：「幡」、「旛」二字並見於《說文》。《說文・巾部》下收有「幡」字，訓「書

---

[11] 見〔唐〕顏元孫：《干祿字書》，收錄於王雲五主編：《叢書集成初編》(北京：中華書局，1985 年) 第 1964 冊，頁 16。

[12] 見〔遼〕釋行均：《新修龍龕手鑑》(涵芬樓景印江安傅氏雙鑑樓藏宋刊本)，收錄於《四部叢刊續編》(臺北：臺灣商務印書館，1976 年)，卷三，頁 39。

[13] 見〔清〕段玉裁：《說文解字注》，頁 68。

兒拭觚布也」[14]，其義為古代幼童習字擦拭木簡的用布。又於《說文・㫃部》下有「旛」字，訓「旛胡也，謂旗幅之下垂者」[15]，係指狹長而下垂的旗幟。二字音同而形義有別。然在《龍龕手鑑・巾部》：「幡[16]，芳袁反，幡幟也。」[17]未列《說文》拭觚布之義，足見當時在佛典中，「幡」字已借作旗幟之義，且假借之義蔚為風行[18]。《集韻・平聲・二十二元》：「幡，《說文》書兒拭觚布也。一曰幟也。」[19]則兼收「幡」之本義及借義。審察各本之用字，《金剛寺藏本》作幡，《七寺藏本》作幡，《慧琳音義》作幡，《高麗藏》作幡，皆書以通假字「幡」，惟有隸屬於南方藏經系統的《磧砂藏》使用旗幟之本字，書作旛。

四 〔匜、匜〕

玄應《眾經音義・卷一》「盥掌」條下云：

> 公緩反。《說文》：「盥，澡手也。」《春秋傳》曰：「奉匜沃盥。」[20]案凡澡洒物皆曰盥，字體從手臼水臨皿上也。臼，音居六反。經文有更從水作盥[21]，非也。匜，音餘支反。似杓柄中有道，所以注水也。

本條語出《大方廣佛華嚴經・卷六・淨行品》：「以水盥掌，當願眾生，得上妙手，受持佛法。」（CBETA, T09, no. 278, p. 431, b2-4）其中「盥」字，《慧琳音義》作盥[22]。「奉匜」之「匜」字，M1 缺文。M2 作匜。W 缺，K 作匜。Q 本作匜。後無音字。「注水也」，玄應《音義》Q 作「水注也」。關於「匜」字，徐時儀《一切經音義三種

---

14 見〔清〕段玉裁：《說文解字注》，頁 363。

15 見〔清〕段玉裁：《說文解字注》，頁 315。

16 幡之於幡，旛之於旛，凡同此偏旁，文獻多見類似的變化，實為書體演化變異之常例，且旛見於《五經文字》，為唐代官方正字，茲不就其細微點畫差異進行說明。

17 見〔遼〕釋行均：《新修龍龕手鑑》，卷一，頁 47。

18 蓋因《龍龕手鑑》是遼代僧人釋行均為佛徒通解文字、正定字形、注音釋義，俾時人研讀佛典、透析佛理而編纂的一部字書。見李淑萍：〈論《龍龕手鑑》之部首及其影響〉，《東華人文學報》第 12 期，（花蓮：東華大學人文社會科學學院，2008 年），頁 57-84。

19 見〔宋〕丁度等編：《宋刻集韻》，頁 39。

20 慧琳《音義》無「春秋傳曰，奉匜沃盥」一語。

21 慧琳《音義》作盥，且「非也」以下無文。《玄應音義》Q 與 K 同。

22 M1 作盥。M2 作盥。M2 字形亦从水，與 W 近似。

校本合刊》並存二字，以「迤（匜）」形式呈現[23]。

謹案：「迤」字不見於《說文》。《說文・辵部》作「迆」，訓「衺行也」[24]，謂斜曲而行之貌。《集韻・上聲・四紙》：「迆、迤，《說文》衺行也。引〈夏書〉東迆北會于匯。一曰靡也。」[25]〔元〕周伯琦《六書正譌》：「迆，迆邐，斜行也。从辵也聲。俗作迤，非。」知「迆」、「迤」二字為前後形成的正俗關係。「匜」字見於《說文》。《說文・匸部》云：「匜，佀羹魁，柄中有道，可㠯注水酒。」[26]知「匜」為古代注水酒之器皿。〔清〕段玉裁注曰：「匜之狀似羹勺，亦所以挹取也。道者、路也。其器有勺，可以盛水盛酒；其柄空中，可使勺中水酒自柄中流出，注於盥槃及飲器也。《左傳》『奉匜沃盥』，杜曰：『匜、沃盥器也。』此注水之匜也。」[27]「迆（迤）」與「匜」二字音同而形義有別，二字通作，為通假用法。根據本條「盥掌」文義，當以「匜」字為正字。審察各本之用字，《七寺藏本》作迤，《高麗藏》作迤，《磧砂藏》作匜。前二本皆用通假字「迤」，惟有《磧砂藏》使用沃盥器之本字匜。

五　〔殉、徇〕

玄應《眾經音義・卷一》「不殉」條下云：

> 旬俊反。《尚書》：「殉于貨色。」注云：「殉，求也。」亦營也。

本條語出《大方廣佛華嚴經・卷十一・功德華聚菩薩十行品》：「不求利養，不徇名譽。」（CBETA, T09, no. 278, p. 471, a3-4）《尚書》一語，出自〈商書・伊訓〉，云：「敢有殉於貨色，恆於游畋，時謂淫風。」注語「殉，求也」，Q本作「干求也」。其中「殉」字，各本用字為M1作殉。M2作殉。W作殉，K作殉。Q作徇。

謹案：「徇」、「殉」二字俱不見於《說文》正篆，然《說文・彳部》有「㣙」，訓「行示也」，謂巡行時示眾之義。〔清〕段玉裁注云：「古匀旬同用，故亦作徇。」[28]《集韻・去聲・二十二稕》：「㣙、徇、㚖，《說文》行示也，引《司馬法》『斬以㣙』，一曰

---

[23] 見徐時儀：《一切經音義三種校本合刊》（上海：上海古籍出版社，2008年），頁9。

[24] 見〔清〕段玉裁：《說文解字注》，頁73。

[25] 見〔宋〕丁度等編：《宋刻集韻》，頁90。

[26] 見〔清〕段玉裁：《說文解字注》，頁642。

[27] 見〔清〕段玉裁：《說文解字注》，頁642。

[28] 見〔清〕段玉裁：《說文解字注》，頁78。

求也、順也、歸也。或从旬，亦作敻。」[29]故知徇、徇為一字之異體，二字均从辵構形，當為巡行、順求之本字。「殉」字从歹構形，應以死殉為本義，故《龍龕手鑑・歹部》：「殉，巡閏反。殉，以人送死生埋曰殉，從晉文公時有也。」[30]是也。而在典籍通假用字下，遂衍生出其他詞義，如《玉篇・歹部》：「殉，詞峻切。用人送死也。亦求也，營也。」[31]

在歷來典籍用字中，「徇」、「殉」時見通假用例，如《漢書・賈誼傳》：「貪夫徇財，烈士徇名。」《新唐書・尉遲敬德傳》：「久陷逆地， 秦王實生之，方以身徇恩。」《文選・司馬遷・報任少卿書》：「常思奮不顧身，以徇國家之急。」文中之「徇」均通作「殉」。又如《商君書・賞刑》：「顛頡後至，請其罪。君曰：『焉用事吏？』遂斷顛頡之脊以殉。」此「殉」通「徇」，有示眾之義；《周禮・秋官・環人》：「有任器則令環之。」鄭玄注引漢鄭司農曰：「四方人有任器者，則環人主令殉環守之。」孫詒讓《正義》：「蜀石經『殉』作『徇』。」《後漢書・李固傳》：「南陽人董班亦往哭固，而殉尸不肯去。」李賢注：「殉，巡也。」〔晉〕韓康伯注《易繫辭下》：「夫有動則未免乎累，殉吉則未離乎凶。」孔穎達疏：「殉，求也。」此「殉吉」即祈求吉祥之義。類此文獻，則為「殉」通作「徇」之例。

由於「徇」、「殉」時見通假用例，因之，審察本條用字，《金剛寺藏本》作徇，《七寺藏本》作殉，《慧琳音義》作殉，《高麗藏》作殉。諸本多用「殉」字，本無可非議，然若以文字形義關係來看，《磧砂藏》用徇字，顯然比較能貼近文字之初形本義，略勝一籌。

六　〔煒、爗〕;〔曄〕

玄應《眾經音義・卷一》「煒爗」條下云：

> 子鬼反。下為獵反。《說文》：『煒，盛明皃也。』《方言》：『爗，盛也。』經文作瑋曄，非體也。

本條語出《大方等大集經・卷八》：「其身色像光明煒爗。」（CBETA, T13, no. 397, p.

---

29 見〔宋〕丁度等編：《宋刻集韻》，頁 154。

30 見〔遼〕釋行均：《新修龍龕手鑑》，卷三，頁 56。

31 見〔宋〕陳彭年等重修：《大廣益會玉篇》（北京：中華書局，1987 年），頁 58。

47, a19-20）其中「煒」字各本用字，M1 作爗。M2 缺。W 作煒，K 作爗。Q 作爗。其中，條目「煒煒」，徐時儀《一切經音義三種校本合刊》作「煒爗」；「子鬼反」，徐本作「于匪反」；《方言》「爗」字，徐本作「曝」，疑有誤[32]。

謹案：煒字，《說文》篆形本作爗，隸定作爗。《說文・火部》：「爗，盛也。從火。暈聲，《詩》曰：『爗爗震電。』」段玉裁注云：「爗爗，震電皃。按凡光之盛曰爗。」[33]今通行作煒。《龍龕手鑑・火部》：「熀俗、爡古、煒正，為輒反。煒煒，火光盛皃也。」[34]已將「煒」字視為正字。《集韻・入聲・二十九葉》：「爗、煒、爗，《說文》盛也。引《詩》『爗爗震電』，或作煒煒。」[35]也說明了兩者古今異體的關係。各本用字《金剛寺藏本》作爗，《高麗藏》作爗，《磧砂藏》作爗，均取篆文隸定之古體，惟《慧琳音義》作煒，已採用俗時通行的字體。

又，玄應《音義》釋詞云：「經文作瑋曄，非體也。」指明了經文中有「煒、曄」誤用之情形，《說文・日部》：「曄，光也。」篆形本作曅，隸定作曅，或作暈，與「爡、爗」形近易渾，義又近似，故有此誤。

七 〔妖、媄〕；〔豔、豓、艷〕

玄應《眾經音義・卷一》「妖豔」條下云：

> 又作媄，同，於驕反。《三蒼》：「妖，妍也。謂少壯妍好之皃也。」下又作艷，同，余贍反。《說文》：「好而長曰豔美也。」《方言》：「秦晉之間謂美色為豔。」豔，美也。字從豊，音匹弓反，盍聲。

本條語出《大方廣佛華嚴經・卷十一・功德華聚菩薩十行品》：「姿容妖豔，傾惑人心。」（CBETA, T09, no. 278, p. 467, a19-20）各本之引文及用字互有出入[36]。其中，詞

---

[32] 見徐時儀：《一切經音義三種校本合刊》，頁 14。

[33] 見〔清〕段玉裁：《說文解字注》，頁 490。

[34] 見〔遼〕釋行均：《新修龍龕手鑑》，卷二，頁 20。

[35] 見〔宋〕丁度等編：《宋刻集韻》，頁 223。

[36] 各本異文狀況如下：1.W 本、M1 作「妖豓」又作媄，同，於驕反。《三蒼》：「妖，妍也。」下又作艷，同，余贍反。豔，美也。《方言》：「秦晉之間，謂美色為豔也。」2.Q 本作「妖艷」又作媄，同，於驕反。《三蒼》：「妖，妍也。謂少壯妍好之皃也。」下又作艷，同，余贍反。豔，美也。《說文》：「好而長曰艷美也。」《方言》：「秦晉之間，謂美色為艷也。」3.M2 作「妖妭」又作媄，同，於驕反。《三蒼》：「妍也。謂少壯妍好之皃也。」下又作艷，同，余贍反。《說文》：「好而長曰豔美也。」《方言》：「秦晉之間，

目之「妖」字，M1 作𡚱。M2 作妖。W 作妖，K 作妖。Q 作妖。「豔」字，M1 作豔。M2 作豔。W 作豔，K 作豔。Q 作豔。或作艷。釋詞內容之「媄」，M1 作妖。M2 作媄。W 作妖，K 作媄。Q 作媄。

謹案：「妖」字不見於《說文》。《說文・女部》：「媄，巧也。詩曰。桃之媄媄。女子笑皃。从女。芺聲。」〔清〕段玉裁注云：「俗省作妖。」[37]故知篆文本作𡛷，隸定作媄，今省作妖。二字實為古今字體之別，今教育部以「妖」字為楷體正字，而以「媄」為異體。故玄應「妖」下云：「又作媄，同」，其說是也。又「夭」字諸本字形略異，觀察古代碑刻文字，從夭之字，諸碑或作夭[38]。如《碑別字新編・七畫》妖，引〈魏元彧墓誌〉形作「妖」。此形亦見收於《敦煌俗字譜・女部》、《佛教難字字典・女部》等，且教育部《異體字典》也將「凡夭形多作夭」訂為異體字例[39]。諸本「妖、媄」用字之不同，屬於書體筆勢點畫之別。

又，「豔」字，《說文・豐部》：「豔，好而長也。从豐，豐，大也。盍聲。《春秋傳》曰：美而豔。」篆形本作豔，隸定作豔，今體多作豔。故知「豔」、「豔」二字為篆文楷化所造成之異體現象。又〔清〕段玉裁注云：「〈小雅〉毛傳曰『美色曰豔』，《方言》『豔、美也。宋衞晉鄭之閒曰豔』。美色為豔，按今人但訓美好而已。」[40]美色為豔，故字或从色會意來構形，如《玉篇・豐部》：「豔，美也，好色也。俗作艷。」[41]《集韻・去聲・五十五豔》：「豔，隸作艷。」[42]《正字通・色部》：「艷，俗豔字。」；「艷，與豔同。」[43]一如玄應所云「又作艷」，是也。諸本「豔」用字之不同，則屬於篆文楷化之異體也。

八 〔膺、膺、應〕；〔匈、胷〕

玄應《眾經音義・卷四》「膺平」條下云：

謂美色為豔，豔美也。」字從豊音，近已反，盍聲。

[37] 見〔清〕段玉裁：《說文解字注》，頁 628。

[38] 詳見本文末〔附圖〕。

[39] 詳見教育部《異體字典》A00893-002 異體研訂說明。

[40] 見〔清〕段玉裁：《說文解字注》，頁 210。

[41] 見〔宋〕陳彭年等重修：《大廣益會玉篇》，頁 78。

[42] 見〔宋〕丁度等編：《宋刻集韻》，頁 180。

[43] 見〔明〕張自烈：《正字通》，收錄於《續修四庫全書・經部・小學類》，未集下，頁 68。

又作應，同。於凝反。《蒼頡篇》云：「乳上骨也。」《說文》：「膺，匈也。」《漢書》韋昭曰：「匈四面高中央下曰膺。」[44]

本條語出〔北齊〕三藏那連提耶舍譯《大寶積經・卷六十一》:「諸女甚端正，美麗若天人，善奏歌舞樂，可以自娛意，目如優波葉，脣赤若含丹，面滿廣黛眉，平額姝咽頸，膺平缺骨滿，臂如象王鼻，掌如蓮花色，指圓傭纖好。」(CBETA, T11, no. 310, p. 352, b7-12；金藏本 C08, p.952a。）其中，「又作應」之「應」，各本用字，M1 作膺，M2 作應，M4 作膺，Q 作膺。「膺」字，W 作膺。「膺，匈也」之「匈」，各本用字，M1 作匂，M2 作匈，M4 作匈，K 作匈，W 作胷，Q 作胷。

謹案：膺，大徐本《說文・肉部》云:「膺，胷也。从肉雁聲。」[45]「胷」為「匈」之重文或體[46]，即胸膛之義。「應」字，大徐本《說文・心部》云:「應，當也。从心雁聲。」[47]應、膺二字義別，而古音相同，故可通作，玄應云「又作應」，似言經籍通假之情形。證之古籍，《書・武成》:「誕膺天命。」孔傳:「大當天命。」《隋書・煬帝紀上》:「學行優敏，堪膺時務。」《舊唐書・酷吏傳・吉頊》:「嘗以經緯之才，允膺匡佐之委。」確有其例。觀察各本之用字，除了《七寺藏本》作應外，其餘各本皆作膺之異體（膺、膺、膺）[48]，就文義而言，似以《七寺藏本》為妥。

至於「膺，匈也」之「匈」字異文，《高麗藏》作匈，係因部件「乂」常與「又」混，故「匈」書作匈；諸寫本作匂、作匈、作匈，亦因書體草寫簡化而成，而《慧琳音義》作胷，《磧砂藏》作胷，證之《說文》，也是「匈」之異體寫法。

九 〔劬、敂、欨〕

玄應《眾經音義・卷四》「劬離」條下云：

[44] 慧琳《音義・卷十四》作：「膺平」憶凝反。《蒼頡篇》云：「二乳上骨也。」《漢書》韋昭曰：「胷四面高中心下處曰膺。」《說文》：「膺，胷也，從肉雁聲。」或從骨作𩪘，古字也。」(T54, no. 2128, p. 391a18；麗藏本：C57, p. 668a。）

[45] 見〔宋〕徐鉉校定：《說文解字》(北京：中華書局，1998 年），頁 87。按段注本作「膺，匈也」，與大徐本異。段玉裁下文注曰：「勹部曰：匈，膺也。」以二篆為轉注（互訓），當據此而改大徐本。而「胷」為「匈」之重文或體，二字實一字也。

[46] 匈，大徐本《說文・勹部》:「匈，聲也，从勹，凶聲。胷，或从肉。」見〔宋〕徐鉉校定，《說文解字》，頁 188。段玉裁云：「今字胷行而匈廢矣。」見〔清〕段玉裁：《說文解字注》，頁 438。

[47] 見〔宋〕徐鉉校定：《說文解字》，頁 217。

[48] 膺之篆文作膺，因篆形隸定楷化，加上書體筆畫之增減，而有膺、膺、膺、膺之異體；而骨、肉義類相近，形符可替換，而有𩪘之異體。

其俱反。經文作敂，音口，此應誤也。敂，擊也。

本條語出〔東晉〕天竺三藏帛尸梨蜜多羅譯《佛說灌頂經・卷一》:「神名般吱敷劬離敷波羅郁。」(CBETA, T21, no. 1331, p. 496c8；K10, p. 1249b7。）其中，「經文作敂」之「敂」，Q 作「劬」，M1 作欨。

謹案：「劬離」一詞，係梵語也[49]。劬字，見於《說文・新附》：「劬，勞也，从力句聲。其俱切。」[50]玄應指出，經文或書作「敂」，與「劬」音義俱別，應有誤也。《說文・攴部》：「敂，擊也。」〔清〕段玉裁注：「《周禮》『凡四方之賓客敂關』。《宋書》、〈山居賦〉『敂弦』，即〈江賦〉之『叩舷』也。舟底曲如弓，故其上曰弦。自扣、叩行而敂廢矣。〈手部〉：『扣，牽馬也』，無叩字。」[51]《干祿字書・上聲》云:「扣、叩，上牽馬也。下叩擊也，亦作扣。」[52]《正字通・攴部》亦云:「敂，扣、叩並通。」[53]「叩」字雖晚出於《說文》，然歷來敂擊字多假扣或叩為之，遂使「敂」字罕用，故段氏云:「自扣、叩行而敂廢矣。」今日教育部亦以「叩」為正體，「敂」為異體。「劬」「敂」二字，音義俱別，然因形近，或有譌寫。玄應之言，是也。惟《磧砂藏》改作「劬」，實不合玄應文義；至若《金剛寺藏本》書作欨，其誤更甚。《說文・欠部》：「欨，吹也。一曰笑意。」[54]「敂」、「欨」二字，聲類有別[55]，義不相同，亦因形似，而有此誤。

十 〔拘、枸〕;〔㺃〕

玄應《眾經音義・卷四》「牛桊」條下云：

---

[49] 慧琳《音義・卷三十一》：「劬離，上具俱反。梵語也。」(CBETA, T54, no. 2128, p. 517a22；麗藏本：C58, p. 21b)

[50] 見〔宋〕徐鉉校定：《說文解字》，頁 293。

[51] 見〔清〕段玉裁:《說文解字注》，頁 126。有關段玉裁探討古今用字行廢之問題，參見李淑萍:〈段注《說文》「某行而某廢」之探討〉,《中正大學中文學術年刊》(嘉義：中正大學中文系，2007 年)，第 10 期，頁 211-262。

[52]〔唐〕顏元孫：《干祿字書》，頁 21。

[53] 見〔明〕張自烈：《正字通》，收錄於《續修四庫全書・經部・小學類》，卯集下，頁 7。

[54] 見〔清〕段玉裁：《說文解字注》，頁 415。

[55] 敂，苦候切，溪紐；欨，況于切，曉紐。

居院反。《字書》「桊，牛拘也」。今江淮以北皆呼『牛拘』，以南皆曰「桊」。

本條語出〔東晉〕天竺三藏帛尸梨蜜多羅譯《佛說灌頂經．卷七》:「若佛四輩弟子，欲行此神印之者，……持印之法：右手擎之，右手捉牛卷驅魔之杖長七尺，頭戴赤色呾魔忡爐神帽。」(CBETA,T21, no. 1331, p. 515b26）其中，《磧砂藏》本在「居院反」下有「《說文》謂牛鼻環也」七字。拘字，各本用字，K1 作犳，Q 作犳，M1 作物，M2 作物。

謹案:《說文．木部》:「桊，牛鼻環也，從木舜聲。」[56]拘，止也。牛拘，謂穿在牛鼻中的圓環，藉以控制牛之行動。或作「枸」，《廣雅．卷七．釋器》：「桊，枸也。」〔清〕王念孫《廣雅疏證．卷七下》：「枸，猶拘也，今人言牛拘是也。」誠如《敦煌俗字譜．序》云:「今觀敦煌寫本，俗字訛文，變體簡寫，盈紙滿目。與顏氏所論，若合符節。即以偏旁混淆而言，已使讀者艱於辨認。如……木扌不分，故扶作枎，打作朾，抽作柚，折作析。」[57]又於〈手部〉引用俗體書作「枸」[58]。故「拘」或書作「枸」，有類似字例為證[59]。《高麗藏》初雕本作犳，《磧砂藏》作犳，應為誤字。「牣」另有其義，《玉篇．牛部》：「牣，呼口切。牛鳴。亦作呴。」[60]《集韻．上聲．四十五厚》：「牣、牨，郭璞曰：青州呼犢為牣，或从后。」[61]以「牛鳴」或「牛犢」為義。《高麗藏》與《磧砂藏》之用字，皆蓋因其偏旁「牛」、「扌」形近而致誤。至於，《金剛寺藏本》作物，《七寺藏本》作物，改為「牛物也」，謂牛鼻環為牛所用之物，係據文義而改字，猶可通也。

十一 〔尪、尢、尣〕

玄應《眾經音義．卷四》「尪羸」條下云：

今作尪，同。烏黃反。尪，弱也。《通俗文》「短小曰尪也」。[62]

---

[56] 見〔清〕段玉裁：《說文解字注》，頁 265。

[57] 潘重規：《敦煌俗字譜》(臺北：石門圖書公司，民國 67 年），頁 1。

[58] 潘重規：《敦煌俗字譜》，頁 121。

[59] 然「枸」另有「枸木也」之正字，即今「枸杞」、「枸骨」之植物名用字。

[60] 見〔宋〕陳彭年等重修：《大廣益會玉篇》，頁 109。

[61] 見〔宋〕丁度等編：《宋刻集韻》，頁 125。

[62] 本條詞目，慧琳《音義．卷三十一》作「尪羸，上蠖光反。《蒼頡篇》云：『尪，短小僂也。』又云病也。《說文》：『尪，曲脛也。從尢王聲』也。」(CBETA,T54, no. 2128, p. 518b21；C58, p. 25b)

本條語出〔東晉〕天竺三藏帛尸梨蜜多羅譯《佛說灌頂經・卷十二》:「若族姓男女，其有尪羸，著床痛惱，無救護者，我今當勸請眾僧，七日七夜齋戒一心，受持八禁。」（CBETA,T21, no. 1331, p. 535b8）其中釋語「今作尪」之「尪」一語，《磧砂藏》作「尣」。徐時儀《一切經音義三種校本合刊》並存二字，以「尪（尣）」形式呈現。

謹案：《說文・尢部》:「尢，𡰴也，曲脛人也。从大，象偏曲之形。𡯂，古文从㞷。[63]」〔清〕段玉裁注云:「𡰴者，蹇也。尢本曲脛之偁。引申之為曲脊之偁。」[64]尢之字形，又書作尣、尪。《廣韻・平聲・十一唐》，曰:「尣，曲脛，俗作『尢』。」[65]《字彙・尢部》亦云:「尢，烏光切，音汪，曲脛。○从大而跛其一足，象偏曲之形，與亢字不同。凡从尢者，尣、尪、兀竝同。」[66]尢本曲脛之義，後引伸有短小、羸弱之意，如《玉篇・尢部》：「尢，烏光切，跛，曲脛也。又僂也，短小也。俗作兀。尪，同上。」[67]是也。玄應《音義》此條詞目即取此引伸之義。「尣」之字形，應是由篆形「尢」楷化省變而來。下體象人兩足，上體從大，正象人兩臂伸張之形，今則省作「八」，合之而成「尣」[68]。《磧砂藏》作「尣」，係採「尪」之本字為之。

十二　〔耨、褥〕

玄應《眾經音義・卷四》「邠耨」條下云：

> 又作分耨，曼陁弗，譯云滿嚴飾女，或言滿見子也。

本條語出〔姚秦〕涼州沙門竺佛念譯《菩薩瓔珞經・卷八》:「爾時尊者邠耨文陀尼子，即從座起，前至佛所。」(CBETA,T16, no. 656, p. 79c13) 其中「分耨」二字下，《磧

---

[63] 大徐本作「尢，𡰴，曲脛也。从大，象偏曲之形。𡯂，古文从㞷」，與段注本有異文。大徐本以為篆文作「尢」，古文作「𡯂」，而段注本則以為古文作「尢」，篆文作「𡯂」，以文字之發展規律度之，段氏改正有據，今本文依段注本之說。

[64] 見〔清〕段玉裁：《說文解字注》，頁 499。

[65] 見〔宋〕陳彭年等重修：《宋本廣韻》，頁 182。

[66] 見〔明〕梅膺祚：《字彙》（上海：辭書出版社，1991 年），頁 121。

[67] 見〔宋〕陳彭年等重修：《大廣益會玉篇》，頁 101。

[68] 詳見教育部《異體字典》C02583-002 異體研討說明。

砂藏》本有「或作邠耨文陀弗，應云富羅」十一字。各本釋文略有出入[69]，茲不贅述。又，「耨」各本用字，K 作耨，M1 作褥，M2 作耨，M4 作褥。

謹案：耨字，本從木構形作槈。《說文·木部》：「槈，薅器也，從木辱聲。」〔清〕段玉裁注：「槈者，所以披去之器也。」[70]今作耨。〔唐〕張參《五經文字·卷中·耒部》：「耘耨，案字書耨字從木，經典相承從耒久，故不可改。」[71]今教育部《異體字典》中，以「耨」為正字，「槈」反為「耨」之異體。觀察各本之用字，《高麗藏》作耨，《七寺藏本》作耨，二體皆從耒構形，僅是書體筆勢點畫之異體，而《金剛寺藏本》作褥、《西方寺藏本》作褥，二體改從「礻」旁構形。據查歷代重要字書中，未見從「礻」旁之「褥」字。推測《金剛寺藏本》與《西方寺藏本》二體，當是由「耨、槈」等字，形近譌寫所產生。從木從礻，形體相近，手寫傳抄本易產生譌渾。至於，從耒之字，亦有與從礻字相混之例，如《高麗大藏經異體字典·耒部》「耗」字收有「秏」字異體[72]，故本文形近譌寫之推論，當可成立。

第四節　小結

佛教傳入中國，佛經隨之流布於民間，基於傳布教義的需求，以及宗教信仰的觀念，抄經寫經或刊行佛經是當時頗為興盛的活動。因此，佛典文獻的用字當更能貼近當時民間社會用字的實際狀況。目前所見玄應《音義》的日本古寫本，雖非全本，然比對現存卷帙中各寫本用字的異同，仍有助於我們了解古代寫本大藏經的面貌，甚至探索玄應《音義》在中、日、韓等地的流布情形。

限於篇幅，本文取例雖有限，仍可初窺各本俗寫用字之概況。各本用字，有許多篆文楷化的字體，或是書體草寫簡化之字形，或用時俗通行的寫法；或用本字，或用通假字，各種狀況，不一而足。徐時儀《一切經音義三種校本合刊·緒論》在討論日本古寫經善本時，曾說：「據我們考察比勘，七寺、金剛寺等所存寫卷與《磧砂藏》本互有異同，大致與《麗藏本》相近。」[73]此一說法雖大致不差，然亦有出入，而這些出入，正

---

[69] 此詞條目，慧琳《音義·卷三十四》作：「邠耨」又作分耨，或作邠耨文陀弗，應云富羅曼陀弗多羅，此譯云滿嚴飾女，或言滿見子也。」（CBETA,T54, no. 2128, p. 537c21；C58, p. 92a）

[70] 見〔清〕段玉裁：《說文解字注》，頁 261。

[71] 〔唐〕張參：《五經文字》，收錄於王雲五主編：《叢書集成初編》（北京：中華書局，1985 年），第 1964 冊，頁 35。

[72] 見〔韓〕李圭甲主編：《高麗大藏經異體字典》，頁 815-816。

[73] 見徐時儀：《一切經音義三種校本合刊·緒論》，頁 17。

是吾人可以進一步探索的動力。尤其，隸屬於南方藏經系統的《磧砂藏》，其用字習慣與各本的明顯差異，是值得深入探索的議題。

目前所進行的校勘工作，雖還停留在比對各本用字之異同，進行字體流變的描寫與初步分析，然後續工作之進行，希冀能對玄應《音義》諸刻本、寫本之各種異體寫法作全面的統整歸納。透過對各個版本用字的完整認識，探討各本用字不同的文化現象與社會因素，繼而仿照坊間各類《異體字典》進行玄應《音義》異體字表之整理。此外，比對各本之異體用字時，發現各本異體內容之豐富，遠遠超過歷代重要字書與傳世碑刻文字所載錄之字形，實可補充現行教育部《異體字典》之未備。故知玄應《音義》諸字異體之探討，當還有許多發揮的空間。

〔附圖〕

「妖」字碑體及敦煌俗寫字形（資料來源：教育部《異體字字典》形體表）

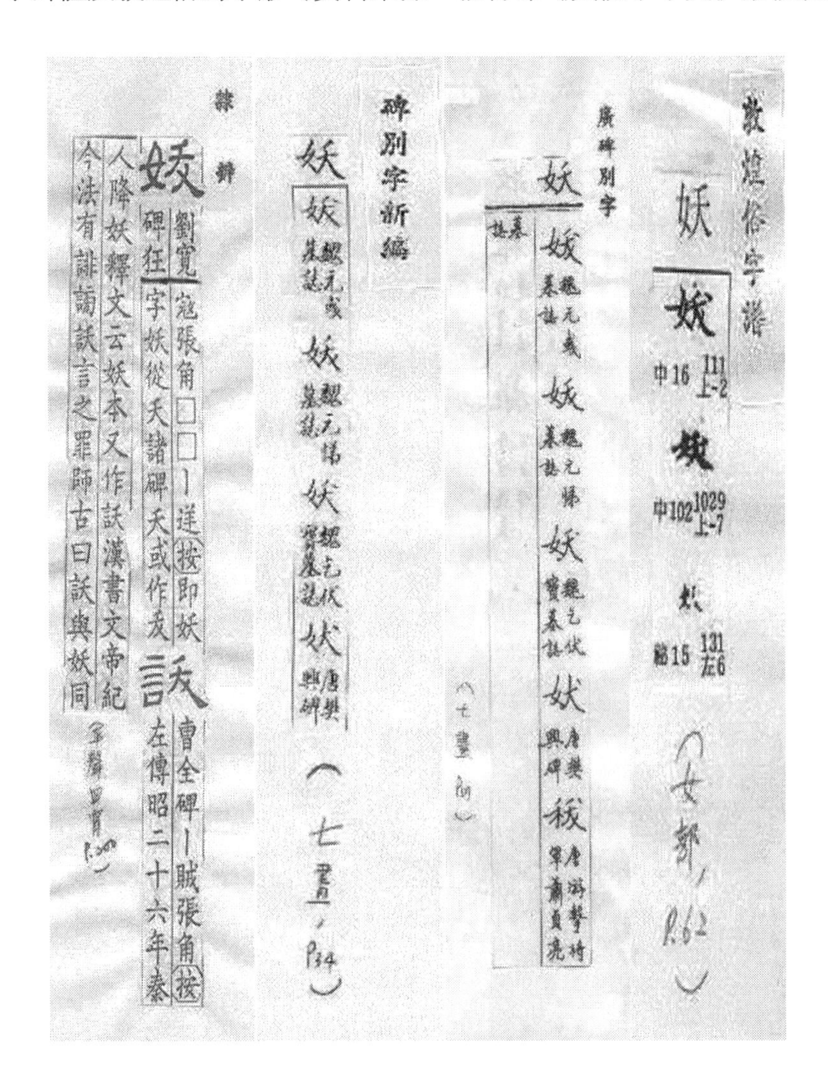

第四章
段玉裁《說文解字注》徵引玄應《音義》研究

第一節 前言

長期以來，在傳統小學的研究領域裡，不外乎包括以名物訓詁為主的雅學、字書類《說文解字》的字形探討，以及韻書類《切韻》、《廣韻》等音韻研究三大面向。由東漢時期《說文》的問世而至《切韻》的成書，其間近五個世紀之久，漢地語文學的研究，從傳統的形義探討，逐漸轉移焦點到以音義探究為核心的研究，其中佛教文化傳入中土，確實占有關鍵性的地位。不過，可惜的是，傳統小學研究者，往往忽略了佛門「音義書」一類文獻對漢地語文學發展的影響，甚至正史《新唐書・藝文志》也把佛經音義書排除在小學類之外[1]。

初唐釋玄應所撰佛經音義，據《大唐內典錄》所載，原名為《大唐眾經音義》，《新唐書・藝文志》著錄「玄應《大唐眾經音義》二十五卷」[2]。此書又簡稱為《眾經音義》。今或題為《一切經音義》，係由唐智昇《開元釋教錄》所改。為了與慧琳《一切經音義》區別，後文敘述多以《眾經音義》稱之，或簡稱作「玄應《音義》」。

本文擬從《說文》大家段玉裁入手，爬梳《說文解字注》中引用玄應《音義》之情形，藉以述明段玉裁如何運用《眾經音義》，以進行校釋注解《說文》之工作，並探究段氏考釋之是非得失，進而呈顯清儒引用玄應《眾經音義》之侷限性。

第二節 清儒對佛經音義的運用

如前所言，佛門「音義書」一類的文獻，向來被排除在小學類書目之外，如陳垣（援庵）《中國佛教史籍概論》所云：

---

[1] 《新唐書・藝文志》將玄應《大唐眾經音義》二十五卷收入「道家類・釋氏」。見〔宋〕歐陽修：《新校本新唐書・藝文志三》（臺北：鼎文書局，民國 81 年），冊 3，卷五十九，頁 1527。

[2] 見〔宋〕歐陽修：《新校本新唐書・藝文志三》，冊 3，卷五十九，頁 1527。

二書久在釋藏，然未有人注意。焦竑《國史經籍志》釋家類收羅釋典最多，二書獨不著錄；乾隆初，翻刻全藏，二書亦獨被遺落。[3]

此類佛經音義書何以被遺漏未錄，根據〔清〕莫友芝《郘亭遺文・卷二・一切經音義寫本序》所載，文中有進一步說明：

釋玄應在唐貞觀末，援據群籍為釋家《一切經音義》，以該洽稱。今按所引小學家，自見存十部外，有舍人孫炎、李巡某氏《爾雅注》郭璞《音義》、《圖贊》，《倉頡篇》、……《聲類》、《韻集》、《韻畧》，凡三十四種。又引劉巘《易》、鄭康成、王肅、范甯《尚書》、……《論語》、《石經》等又數十種。今并亾逸。可謂藝海艀航，學山林藪者矣。乾隆以前，淹在彼教，不過梵典視之。《四庫》釋家僅取內府之儲，不搜釋藏，故尚未與《宏明》、《法苑》箸錄《文淵》。後此諸儒益盛小學，廣求唐以前書，為疏通證明，始偕慧苑《華嚴》大顯于世。[4]

莫氏所云，可見成書瑜初唐的玄應《音義》引錄許多古代已逸失之書，載籍豐富，但卻長期淹溺於釋藏之中，並未運用於傳統小學考釋。直到清初考據學甚盛，這批長久被隱沒在佛教經典中的佛經音義，終能為人所利用。清儒最早運用佛經音義者，當在乾隆年間。陳援庵云：

乾隆四十七年，任大椿撰《字林考逸》，始利用之……。最初利用兩《音義》者為《字林考逸》，則尚無異議。[5]

雖然佛經音義書在清初並未被重視，然自乾隆後，清代學者對於此批材料，卻逐漸看重。當時廣為清代學者研究之佛經音義，則是玄應《音義》二十五卷。陳援庵云：

嘉慶初，阮元撫浙，採購《四庫》未收書，各撰提要進呈，賜名《宛委別藏》，貯養心殿，凡一百六十種，《一切經音義》即在其中。自此以後，各家書目多著

[3] 陳援庵所論，另有慧苑《新譯華嚴經音義》二卷，惟此書之流傳與玄應書多同帙同函，此一併論之。參見《中國佛教史籍概論》（臺北：新文豐出版公司，民國 72 年），頁 66、頁 78。

[4]〔清〕莫友芝：《郘亭遺文》，收錄於《續修四庫全書》（上海：上海古籍出版社版本，1995 年），冊 1537，卷二，頁 423-424。

[5] 陳援庵：《中國佛教史籍概論》，頁 78-79。

> 錄，不以釋典視之矣。[6]

此處所提及《一切經音義》，即是釋玄應《大唐眾經音義》。觀玄應《音義》之全書體例，每卷前先列經目，再逐卷對其所標示的難解字詞進行訓釋，其所進行的內容包括辨別字形、標注讀音、釋義為訓、辨訂正訛等，俾供讀者使用。陳援庵云：

> 二書為《經典釋文》體，將經文難字錄出，注音訓於其下，並廣引字書及傳記以明之，故比《經典釋文》為詳。其所引書，自釋典外，百數十種，今多亡佚，即未亡佚，亦每有異文，足備讎校。以故清代小學家、校勘家、輯佚家，皆視此二書為瓌寶，亦此時代風氣使然。[7]

陳援庵認為玄應此書乃仿照〔唐〕陸德明《經典釋文》體例，而其精詳程度更甚於《釋文》，其重要價值之一便是「多引已佚舊籍，保存異文，足備讎校」。玄應所引群書中，有許多不傳之舊籍，包括許多古代已佚的小學書，如呂忱《字林》、李登《聲類》、呂靜《韻集》……等[8]，為後人提供許多寶貴的資料。是以玄應《音義》在文獻保存上的價值，由此可見。

綜觀清代學者徵引釋玄應《眾經音義》之文獻，絕大多數運用在古籍整理考校和古籍輯佚等方面。在古籍考校方面，多見於注疏、學術專著或讀書筆記之類，如王念孫《廣雅疏證》、段玉裁《說文解字注》、王筠《說文解字句讀》、嚴可鈞《說文校議》、沈濤《說文古本考》等，時時可見引用玄應《眾經音義》之說。此外，謝啟昆《小學考》多從玄應所引小學書籍材料，藉以考證六朝期間字書發展的概況；阮元在編纂《經籍籑詁》、校勘《十三經注疏》時，也運用了玄應《眾經音義》的古書異本的材料。在古籍輯佚方面，清儒則引用玄應《眾經音義》徵引之文獻進行輯佚之著作，如任大椿《字林考逸》和《小學鈎沉》、孫星衍《蒼頡篇》等屬之。此外，清光緒初年，久佚的慧琳《一切經音義》百卷在日本被發現後，陶方琦、黃奭、馬國翰、臧庸鏜、顧震福、汪黎慶等人皆據以進行輯佚的工作，成果甚為豐碩[9]。

總之，玄應《眾經音義》一書可貴之處在於，其所引用的書籍極為豐富，書中保存

---

6 陳援庵：《中國佛教史籍概論》，頁 71。

7 陳援庵：《中國佛教史籍概論》，頁 71。

8 參見于亭：《玄應《一切經音義》研究》（北京：中國社會科學出版社，2009 年），第五章「體式研究之二：與古小學書之關係」，頁 141-248。

9 參見徐時儀：《玄應和慧琳《一切經音義》研究》（上海：上海世紀出版集團．上海人民出版社，2009 年），頁 507-509。

了許多今已佚失的古代辭書，也有不少亡佚的古籍資料，對後人研究古代訓詁極為有用。清儒莊炘在重刻玄應《一切經音義》時便讚譽此書：「玄應所著實與陸、李抗行，良足貴矣。」[10]因此，無論從學術研究上，或是史料保存上來看，玄應《眾經音義》都是非常有價值的寶藏。

第三節　段氏徵引玄應《音義》之形式

段玉裁《說文解字注》徵引玄應《眾經音義》之形式，大致有下列幾種類型，茲條列如下，並各舉數例以為證。

一　逕引人名

（一）釋玄應[11]

段玉裁引用玄應《音義》資料中，有逕稱「釋玄應」者，例如：

1.《說文・一篇下》：「藺，菡藺。扶渠華。」段注云：「扶渠，各本作「芙蓉」，誤。今從釋玄應所引。」（頁 34）[12]
2.《說文・二篇上》：「嚳，急告之甚也。」段注云：「釋玄應說嚳與酷音義皆同。」（頁 54）
3.《說文・七篇下》：寣，寐覺而有言曰寣。」段注云：「釋玄應引《倉頡篇》『覺而有言曰寣』，《左傳》季寣字子言，是其證。」（頁 351）
4.《說文・七篇下》：「微，微識也。㠯絳帛。箸於背。」段注云：「識，各書作『微』，則是俗字。唐初釋玄應曰：『幟與識本無二音。』」（頁 363）

（二）〔唐〕玄應

段玉裁引用玄應《音義》資料中，有冠以朝代，稱「〔唐〕玄應」者，例如：

---

[10] 陸，指陸德明；李，指李善。見莊炘〈唐一切經音義序〉，見〔清〕莊炘：《一切經音義》（臺北：新文豐出版公司，1980 年），頁 1-2。

[11] 段玉裁《說文解字注》中「玄應」皆做「元應」，此乃清刻本避玄曄名諱而改，本文不取避諱用字，全部還原作「玄應」，特此說明。

[12] 本文引用《說文》資料，係採〔清〕段玉裁：《說文解字注》（臺北：洪葉文化事業有限公司，2005 年）。後文引用段注《說文》以此為據，為避免引用注腳繁複，均直接加注「段注本頁碼」於後。

1.《說文・六篇下》：「甤，艸木實甤甤也。从生，豕聲。」段注云：「豕與甤皆在十六部，鍇作「豕聲」㝡善，鉉作「豨省聲」非也。〔唐〕玄應引亦云『豕聲』。」（頁 276）

2.《說文・七篇上》：「冥，窈也。」段注云：「窈，各本作幽。〔唐〕玄應同。」（頁 315）

（三）玄應

段玉裁引用玄應《音義》資料中，以稱「玄應」者，數量最多，例如：

1.《說文・二篇上》：「胖，半體也。」段注云：「各本「半體肉也」，今依玄應訂。」（頁 50）

2.《說文・二篇上》：「啻，語時不啻也。」段注云：「玄應引《倉頡篇》曰：『不啻，多也。』」按，不啻者，多之詈也。」（頁 59）

3.《說文・四篇下》：「膢，楚俗㠯二月祭飲食也。」段注云：「玄應引《三倉》云：『膢，八月祭也。』」（頁 174）

4.《說文・四篇下》：「削，鞞也。」段注云：「今字作鞘。玄應曰：『《小爾雅》作鞘。』」（頁 180）

5.《說文・三篇上》：「誣，加也。」段注云：「玄應五引皆作『加言』，加言者，架言也。古無架字，以加為之。」（頁 97）

6.《說文・三篇上》：「詶，詛也。」段注云：「玄應六引曰：『祝，今作呪。《說文》作詶，詛也。之授切。』」（頁 97）

（四）玄應本

段玉裁引用玄應《音義》資料中，有稱「玄應本」者，例如：

1.《說文・四篇下》：「㸒，有所依也。」段注云：「依玄應本訂。」（頁 162）

2.《說文・七篇上》：「冥，窈也。……冥也。」段注云：「冥，各本作幽。今依玄應本。」（頁 315）

3.《說文・十篇上》：「𤚲，火之餘木也。」段注云：「各本作『火餘也』，今依唐初玄應本。火之餘木曰𤚲，死火之𤚲曰灰。引伸為凡餘之偁。」（頁 488）

4.《說文・十二篇上》：「批，捽也。」段注云：「按玄應本較今本為長。但許本無擮。衹用戠。是亦以俗字改許書也。」（頁 605）

（五）玄應書

段玉裁引用玄應《音義》資料中，有稱「玄應書」者，例如：

1.《說文・二篇上》：「唉，應也。」段注云：「玄應書引作『譍聲也。』」（頁58）

2.《說文・三篇上》：「諳，悉也。从言音聲。」段注云：「玄應書卷廿一云：『《說文》諳，於禁切。大聲也。豈所據本異與？』」（頁101）

3.《說文・八篇上》：「儔，翳也。」段注云：「玄應之書曰：『王逸云：二人為匹，四人為疇。疇亦類也，今或作儔矣。』然則用儔者起唐初，以至於今。」（頁382）

（六）釋玄應書

段玉裁引用玄應《音義》資料中，亦有稱「釋玄應書」者，例如：

1.《說文・十篇上》：「嘒，噍皃。」段注云：「按，釋玄應書三引《說文》皆云：『嘒噍，噍皃也。』」（頁56）

2.《說文・十三篇上》：「螫，螫也。」段注云：「蠚、螫蓋本一字。若聲、赦聲同部也。或讀呼各切，山東行此音；或讀式亦切，關西行此音，見釋玄應書。」（頁676）

二　只引《書名》

（一）《眾經音義》

段玉裁引用玄應資料中，有直稱《眾經音義》者。此類只引《眾經音義》者，在段注《說文》中為數不少，屬於常見的引用類型。例如：

1.《說文・一篇上》：「屯，難也。屯。象艸木之初生屯然而難。从屮貫一屈曲之也。一、地也。」段注云：「此依《九經字樣》、《眾經音義》所引。」（頁22）

2.《說文・一篇上》：「岁，艸初生其香分布也。」段注云：「《眾經音義》兩引《說文》：『芬，芳也。』其所據本不同。」（頁22）

3.《說文・一篇下》：「蔎，香艸也。」段注云：「依《眾經音義》補二字。」（頁25）

4.《說文・一篇下》：「薅，披田艸也。」段注云：「大徐作拔去田艸。《眾經音義》作除田艸。」（頁48）

三 標示人名與《書名》

（一）釋玄應《眾經音義》

段玉裁引用玄應資料中，有稱「釋玄應《眾經音義》」者。例如：《說文·一篇上》：「祟，神禍也。」段注云：「釋玄應《眾經音義》曰：『謂鬼神作災禍也。』」（頁8）

（二）玄應《大唐眾經音義》

段玉裁引用玄應資料中，有稱「玄應《大唐眾經音義》」者。例如：《說文·五篇下》：「荆，罰辠也。从刀井。《易》曰：『井者，法也。』段注云：「此引《易》說从井之意。……已上見玄應《大唐眾經音義》、徐堅《初學記》。」（頁218）

（三）釋玄應《大唐眾經音義》

段玉裁引用玄應資料中，有稱「釋玄應《大唐眾經音義》」者。例如：《說文·一篇上》：「玟，玟瑰。火斉珠。一曰石之美者。」段注云：「謂石之美者名玟，此字義之別說也。釋玄應《大唐眾經音義》引：『石之美好曰玟。』」（頁 18）

（四）玄應《一切經音義》

段玉裁引用玄應資料中，有稱「玄應《一切經音義》」者。例如：《說文·七篇下》：「疸，久癰也。」段注云：「《後漢書·劉焉傳》注、玄應《一切經音義》皆引『久癰』，與小徐合。癰，久而潰沮漻然也。」（頁 353）

（五）玄應《佛書音義》

段玉裁引用玄應資料中，有稱「玄應《佛書音義》」者。例如：

1. 《說文·八篇上》：「侑，刺也。从人，肴聲。一曰，毒之。」段注云：「〇按，玄應《佛書音義》曰：『痏痏，諸書作侑。《通俗文》于罪切。痛聲曰痏。』」（頁 385）
2. 《說文·九篇上》：「髦，髦髮也。」段注云：「玄應《佛書音義》卷二引《說文》『髦，髮也，謂髮中之髦也』，卷五引《說文》『髦髮也。髮中豪者也』。」（頁 430）

（六）玄應《梵書音義》

段玉裁引用玄應資料中，有稱「玄應《梵書音義》」者。例如：《說文・十三篇下》：「垸，㠯桼𩞁灰丸而𩬟也。」段注云：「灰者，燒骨為灰也。玄應《梵書音義》曰：『《通俗文》曰：燒骨以漆曰垸。』《倉頡訓詁》曰：『垸以漆和之。今中國言垸，江南言𩩲。𩩲音瑞。垸，胡灌切。』」（頁 694）

上文鉅細靡遺地羅列《說文解字注》中徵引玄應《音義》的各種面貌，吾人據此可知段玉裁引用資料時，隨興所至，或只引人名，或引書名，或兩者皆引，其例不一。相較於其他學者，段玉裁的用法顯然自由許多。如：王筠《說文句讀》、沈濤《說文古本考》中引用玄應資料多半稱《一切經音義》，而段注《說文》中反而罕用《一切經音義》之名[13]。書中人名或書名的呈現，段氏也是用法各異，體例不一。由此可見，段氏對玄應資料之熟稔，信手拈來，運用自如。

第四節　段氏徵引玄應《音義》之作用類型

段玉裁《說文解字注》中引用玄應《眾經音義》之作用相當多樣化，如「補正《說文》內容」、「加強補充釋義」、「說明所據版本不同」、「訂正各本異文」、「修訂玄應之說」、「標反切異讀」、「引錄保存異說」等常見之類型，今條列舉例說明如下：

一　補正《說文》內容

（一）嘒字

《說文・二篇上》：「嘒，嘌皃。」段注云：「按，《釋玄應書》[14]三引《說文》皆云：『嘒嘌，嘌皃也。』《廣韵・十九鐸》《廿六緝》皆云：『嘒嘌、嘌皃。』釋行均書同。《說文》古本當先嘒字，云：『嘒嘌，嘌皃也。』次嘌字，云：『嘒嘌也。』今嘒字、嘌字廁㒳處，無『嘒嘌』之語，葢〈口部〉脫誤多矣。」（頁56）

謹案：據查玄應《眾經音義》「嘒嘌」條三見，分見於〈卷十五〉、〈卷十六〉、〈卷

13　經全文檢索，段玉裁稱「一切經音義」者，僅見於《說文・七篇下》：「疽，久癰也。」下之注語。
14　後文中，凡段注徵引玄應之說，為求顯明，概以書名號括之，如《元應》、《玄應書》等。

十九〉[15]。段氏以為「嘷嘄」一語為複詞，當依《說文》體例以複詞形式說解，而今本《說文》嘷篆在嘰篆之下，嘄篆在啜篆之下，二字分列兩處[16]，有所不當，故段氏引《釋玄應書》以補正《說文》內容。

（二）盾字

《說文・四篇上》：「盾，瞂也。所㠯扞身蔽目。从目。」段注云：「用扞身，故謂之干。毛傳曰：『干，扞也。』用蔽目，故字从目。各本少二字，今依《玄應》補。」（頁137）

謹案：玄應《眾經音義》引用《說文》盾字兩見，一在〈卷三〉「鉾盾」條，一在〈卷十七〉「執盾」條[17]。〈卷三〉「鉾盾」：「食尹反，說文：盾，瞂也。所以捍身蔽目也。瞂音扶發反。」未有「从目」二字。段氏乃據〈卷十七〉「執盾」：「食尹反。盾所以扞身蔽目也。以木自蔽，從目，象形。厂聲[18]。論文作闌楯之楯，非體也。」補《說文》之釋形「从目」二字。

二　加強補充釋義

（一）哺字

《說文・二篇上》：「哺，哺咀也。」段注云：「哺咀，葢疊韵字。《釋玄應》引許《淮南》注曰：『哺、口中嚼食也。』又引《字林》：『哺，咀食也。』凡含物以飼曰哺。《爾雅》：『生哺，鷇。』」（頁56）

謹案：所謂「哺咀」，即口中咀嚼食物之義。玄應《眾經音義》相應條目為「乳哺」。玄應書「乳哺」條多見，各條內容繁簡互見，釋詞略有不同，與段氏引文相關者為〈卷一〉、〈卷九〉與〈卷十三〉三條。其〈卷一〉「乳哺」：「蒲路反。《淮南子》含哺而與，

---

15 分見徐時儀：《一切經音義三種校本合刊・上冊・玄應音義》（上海：上海古籍出版社，2008 年），頁 329、頁 346、頁 402。

16 分見〔清〕段玉裁：《說文解字注》，頁 56、頁 55。

17 分見徐時儀：《一切經音義三種校本合刊・上冊・玄應音義》，頁 74、頁 360-361。

18《磧砂藏》本、《莊炘本》此作「盾聲」，亦誤。諸本「盾」字皆以形聲字釋之，有誤。段玉裁於《說文》「象形」下注云：「鍇曰：𠂆象盾形。按今鍇本或妄增厂聲二字。」。

許叔重曰:『口中嚼食也』,《字林》哺,咀食也,謂口中嚼食也。」[19]段玉裁引釋玄應之說,補充說明「哺咀」即「口中嚼食」之義。

(二) 蹻字

《說文·二篇下》:「蹻,舉足小高也。」段注云:「蹻、高疊韵。各本作『行高』。晉灼注《漢書·高帝紀》作『小高』。《玄應》引文穎曰:『蹻,猶翹也。』又引《三蒼解詁》云:『蹻,舉足也。丘消切。』按,今俗語猶然。」(頁82)

謹案:所謂「舉足小高」,指抬高腳,踮足而行。玄應《眾經音義·卷十六》「蹻脚」條:「丘消反,《說文》:『舉足行高也。』《漢書》『蹻足』文穎曰:『蹻,猶翹也。』《三蒼解詁》云:『蹻,舉足也。』……」[20]段玉裁首訂各本「行高」之不確,並徵引釋玄應之說,藉以補充說明「舉足小高」之釋義。

(三) 蹴字

《說文·二篇下》:「蹴,躡也。」段注云:「《玄應》云:『《說文》:蹴,蹋也。以足逆蹋之曰蹴。』」(頁82)

謹案:《說文》:「蹴,躡也。」「躡,蹈也。」即以足踩踏之義。玄應《眾經音義》「蹴蹋」條兩見,另有「指蹴」一條,皆引「《說文》:蹴,蹋也」[21]。其〈卷九〉「蹴蹋」條下云:「千六反,下徒盍反。謂以足逆蹋之曰蹴。《說文》『蹋,踐也。』《廣雅》『蹋履』。」段玉裁引釋玄應之說,具有加強補充釋義之功用。

三 說明所據版本不同

(一) 岎字

《說文·一篇上》:「岎,屮初生其香分布也。」段注云:「《眾經音義》兩引《說

---

[19] 見徐時儀:《一切經音義三種校本合刊·上冊·玄應音義卷一》,頁18。《一切經音義三種校本合刊》書中偶有錯訛脫字,今據《磧砂藏》本補足更正。《磧砂藏》本反切作「屏路反」。

[20] 見徐時儀:《一切經音義三種校本合刊·上冊·玄應音義卷十六》,頁352。

[21] 見於〈卷七〉「蹴蹋」條、〈卷九〉「蹴蹋」條,與〈卷十一〉「指蹴」條,分見徐時儀:《一切經音義三種校本合刊·上冊·玄應音義》,頁167、頁185、頁237。

文》:『芬,芳也。』其所據本不同。按〈艸部〉『芳、艸香也。』《詩》說馨香多言苾、芬。《大雅》毛傳曰:『芬芬,香也。』然則《玄應》所據正是古本。」(頁22)

謹案:玄應《眾經音義》引用「《說文》:『芬,芳也。』」三見,分列於〈卷七〉、〈卷十二〉、〈卷十九〉。其〈卷十二〉「芬葩」條:「普花反。《說文》云:芬,芳也。葩,花也。取其盛皃也。」[22]清儒洪亮吉注曰:「《說文》『芬,艸初生其香分布』,此引脫略。」[23]然段玉裁引《毛詩》為例,證明玄應所據應為古本。

(二)梬字

《說文・六篇上》:「梬,梬棗也。从柹而小。一曰,楔。」段注云:「……〇又按《眾經音義》:『楔棗,如兗切。《說文》云:似柹而小。或作濡,非體也。』似《玄應》所據本有楔篆,其解當云『梬棗也。從木,耎聲。』」(頁241)

謹案:《說文》原無「楔」篆,「一曰楔」乃段玉裁依《齊民要術》、《眾經音義》、《廣韵》、《子虛》、《南都》二賦李善注等書所引而補。據查《眾經音義・卷十一》「楔棗」條:「如兖反。《說文》云:『似柹而小也。』經文作濡,非體也。」[24]段氏推測玄應所據《說文》版本當有「楔」篆,與今本《說文》不同也。

四 訂正各本異文

(一)胖字

《說文・二篇上》:「胖,半體也。」段注云:「各本『半體肉也』,今依《玄應》訂。」(頁50)

謹案:大徐本《說文・半部》:「胖,半體肉也。」[25]餘如《說文解字繫傳》、《類篇》、

---

22 見於〈卷八〉「芬葩」條、〈卷十二〉「芬葩」條,與〈卷十九〉「紛葩」條,分見徐時儀:《一切經音義三種校本合刊・上冊・玄應音義》,頁155、頁253、頁404。

23 見於〔唐〕釋玄應:《一切經音義・卷十二》,《宛委別藏》(臺北:臺灣商務印書館,1981年),冊92,頁380。

24 見徐時儀:《一切經音義三種校本合刊・上冊・玄應音義卷十一》,頁224。

25〔漢〕許慎撰,〔宋〕徐鉉校訂:《說文解字》(北京:中華書局,1996年),頁28。

《六書故》……皆作「半體肉也」。據查玄應《眾經音義・卷二》「判合」條：「古文胖，又作肸，同。普旦反。《說文》：『胖，半體也。』《周禮》：『媒氏掌万民之判。』鄭玄曰：『判，半也。得偶而合曰判。』《喪服》云『夫妻判合』[26]是也。經文有作泮，氷釋也。泮非此義。」[27]玄應引《說文》作「半體也」，段氏據之以訂各本之說。

（二）謚字

《說文・三篇上》：「謚，行之迹也。从言，益聲。」段注云：「按，各本作『從言兮皿，闕。』此後人妄改也。攷《玄應書》引《說文》：『謚，行之迹也。從言，益聲。』《五經文字》曰：『謚，《說文》也。謚，《字林》也。《字林》以謚為笑聲，音呼益反。』《廣韵》曰：『謚，《說文》作謚。』《六書故》曰：『唐本《說文》無諡，但有謚，行之迹也。』據此四者，《說文》從言益無疑矣。」（頁102）

謹案：大徐本：「諡，行之迹也。从言、兮、皿，闕。」小徐本：「諡，行之迹也。從言、兮，皿聲。」二本皆作「諡」，段玉裁以為乃後人妄改。據查玄應《眾經音義・卷十三》「謚比」條：「神至反。《說文》：『行之迹也，從言益聲。』《白虎通》曰：『謚之言列也。』《釋名》云：『謚，申也。物在後為申言名之於人也。』」[28]段氏以玄應書所引，參照《五經文字》、《字林》、《廣韻》、《六書故》等書，訂正二徐本之誤。

五　修訂玄應之說

（一）誣字

《說文・三篇上》：「誣，加也。」段注云：「《玄應》五引皆作『加言』，加言者，架言也。古無架字，以加為之。……云『加言』者，謂憑空構架，聽者所當審慎也。按，〈力部〉曰：『加，語相增加也。從力口。』然則加與誣同義互訓，可不增言字。加與誣皆兼毀譽言毀之，毀譽不以實，皆曰誣也。」（頁97）

謹案：玄應《眾經音義》引用誣字多見，如〈卷十〉「加誣」條、〈卷十一〉「誣謗」

---

[26] 此句《高麗藏》作「夫妻判合」，《磧砂藏》作「夫判合」。

[27] 見徐時儀：《一切經音義三種校本合刊・上冊・玄應音義卷十一》，頁48。

[28] 見徐時儀：《一切經音義三種校本合刊・上冊・玄應音義卷十三》，頁275。

條、〈卷十五〉「誣說」條、〈卷十七〉「誣笑」條、〈卷二十一〉「誣罔」條、〈卷二十三〉「誣罔」條等[29]。各條內容繁簡互見，釋詞略有不同，其中〈卷十一〉「誣謗」條：「武于反。《說文》云：『加言也。』亦欺也，以惡取善曰誣也。」莊炘注曰：「俗本《說文》作『誣，加也』，脫言字。」[30]玄應書雖皆作「加言」，然段氏以〈力部〉「加」字形从口，訓「語相增加也」，本有言語增加之義，實毋需再增「言」字，故玄應書之說不予採用。

（二）髦字

《說文・九篇上》：「髦，髦髮也。」段注云：「三字句。各本刪『髦』字，作『髮也』二字，……皆不可通，今補。玄應《佛書音義》卷二引《說文》『髦，髮也，謂髮中之髦也』，卷五引《說文》『髦，髮也，髮中豪者也』，下句乃古注語，上句亦奪一『髦』字，不可讀。……」（頁430）

謹案：玄應《眾經音義》「髦尾」條兩見，今本見於〈卷二〉與〈卷四〉。其〈卷二〉「髦尾」：「古文髳，同。莫高反。《說文》：『髦，髮也。』[31]謂毛中之髦也。經文有作騣，子公反。」〈卷四〉「髦尾」：「又作髳。同。莫高反，又音蒙。《說文》：『髦，髮也。』髮中豪者也。」[32]段氏以髦字應訓「髦髮也」為三字句，玄應書兩引皆脫一「髦」字。

六 標反切異讀

（一）齔字

《說文・二篇下》：「齔，毀齒也。男八月生齒，八歲而齔；女七月生齒，七歲而齔。从齒匕。」段注云：「各本篆作齔。云：『从齒、从七。』初忍、初覲二音。殆傳會七聲為之。今按，其字从齒匕。匕，變也。今音呼跨切，古音如貨。《本命》曰：『陰以陽化，陽以陰變，故男以八月生齒，八歲而毀，女七月生齒，七歲而毀。』毀與化義同音近。《玄應書》卷五：『齔舊音差貴切。』卷十一：『舊

---

29 分見徐時儀：《一切經音義三種校本合刊・上冊・玄應音義》，頁217、頁229、頁333、頁371、頁439、頁483。

30 見於〔唐〕釋玄應：《一切經音義・卷十一》，《宛委別藏》，冊92，頁341。

31 《說文・髟部》：「髦，髮也。」見〔宋〕徐鉉校定：《說文解字》，頁185。徐時儀書作「旄尾」，有誤，今據《磧砂藏》本而改。見《一切經音義三種校本合刊・上冊・玄應音義卷二》，頁45。

32 見徐時儀：《一切經音義三種校本合刊・上冊・玄應音義卷四》，頁97。其中《磧砂藏》脫「髮也」二字。豪，《高麗藏》本作豪，《磧砂藏》本作「毫」。

音羌貴切。』然則古讀如未韵之鑠。葢本从匕，匕亦聲，轉入寘至韵也。自誤从七旁。《玄應》云初忍切，孫愐云初堇切，《廣韵》乃初覲切，《集韵》乃初問、恥問二切。其形唐宋人又譌齓，从乚。絕不可通矣。今當依舊音差貴切，古音葢在十七部。」（頁79）

謹案：玄應《眾經音義》引用齔字三見，〈卷四〉「童齔」條、〈卷十〉「童齔」條及〈卷二十〉「齔齒」條。其中〈卷四〉「童齔」條：「初忍反。古文音差貴反。毀齒曰齔。《說文》：『男八月生齒，八歲而為之齔。女七月生齒，七歲而毀齒。字從齒從匕聲。』《釋名》云：『齔，洗也。毀洗故齒更生新也。』」[33]玄應書中〈卷四〉、〈卷十〉標示今、古兩讀音，其古音皆作「差貴反」，無作「羌貴反」，推測應是差、羌形近而混所致[34]。段氏引用《玄應書》說明古今音讀差異的原因。

（二）鞲字

《說文．三篇下》：「鞲，毳飾也。从革茸聲。」段注云：「而隴切，九部。《玄應》曰：『《三蒼》而用切。』」（頁111）

謹案：玄應《眾經音義．卷二》「鞲衣」條：「《三蒼》而用反。《說文》：『鞲毳，毳飾也。』或作毦，而容反，謂古貝垂毛也。或作毦，人志反。《廣雅》：『氈毦，罽也。織毛曰罽。』三形通，取於義無失。經文作茸，而容反。《說文》：『茸，草茸也。』茸非此義也。」[35]觀詞條全文，玄應書引用異體多音，而段玉裁僅節錄玄應引《三蒼》之反切，以證其「而隴」之切語[36]。

（三）螫字

《說文．十三篇上》：「蠚，螫也。」段注云：「蠚、螫葢本一字。若聲、赦聲同部也。或讀呼各切，山東行此音；或讀式亦切，關西行此音，見《釋玄應書》。」（頁676）

---

33 見徐時儀：《一切經音義三種校本合刊．上冊．玄應音義卷四》，頁95。

34〔清〕徐灝《通介堂經說．卷十八．周禮三》云：「段氏據《一切經音義》兩引舊音差貴。（見卷四、卷十，段氏誤作卷五、卷十一。又其一作羌貴反。案當足譽貴反，譽誤為壆，因書作差，又譌羌。）」（清咸豐四年刻本）見《續修四庫全書》（上海：上海古籍出版社，1995年），冊177，頁160。

35 見徐時儀：《一切經音義三種校本合刊．上冊．玄應音義卷二》，頁44。

36 二音發聲同屬泥母，收韻同在段氏「古音十七部」之第九部。

謹案：玄應《眾經音義》引用螫字反語三見，分別為〈卷三〉「毒螫」條、〈卷十〉「蛆螫」條及〈卷十四〉「蛇螫」條[37]。各條內容繁簡互見，釋詞略有不同，其中〈卷三〉「毒螫」條：「式亦反。《字林》：『蟲行毒也』，關西行此音。又音呼各反，山東行此音。蛆，知列反。南北通語也。」[38]段玉裁據以說明「蓋（蠚）」之音讀。

七　引錄保存異說

（一）唉字

> 《說文・二篇上》：「唉，應也。」段注云：「《方言》：『欸，然也。南楚凡言然者曰欸，或曰䜵。』按，《廣雅》：『欸，䜵，然：譍也。』本《方言》。許以唉訓應。〈欠部〉欸訓訾，與《方言》異。葢唉、欸古通用也。《玄應書》引作『譍聲也。』」（頁58）

謹案：唉，各本《說文》皆作「應也」，段玉裁引玄應書作「譍聲也」，以保存異說。據查《眾經音義・卷十二》「唉痾」條：「於來反。《說文》譍聲也。《蒼頡篇》唉，吟也。《字書》慢譍也。下又作痾，同。於何反。吟，音於禮反。」[39]故宋本《玉篇》作「應声也」、《廣韻・平聲・十六咍》作「慢譍」、《集韻・平聲・十四皆》作「應聲」，皆有所本。

（二）皰字

> 《說文・三篇下》：「皰，面生气也。」段注云：「《玉篇》作『面皮生氣也』。《玄應書》一作『面生熱氣也』。《淮南》：『潰小皰而發痤疽。』高曰：『皰，面氣也。』《玄應》引作皰。」（頁123）

謹案：皰字，大徐本、段注本皆作「面生气也」，小徐本作「面生氣也」。玄應《眾經音義》引用皰字多見，其引《說文》釋義分成兩種，一為「面生氣也」，如〈卷二〉「創皰」條、〈卷七〉「生皰」條、〈卷九〉「五皰」條、〈卷十七〉「骨皰」條、〈卷二十〉

---

[37] 分見徐時儀：《一切經音義三種校本合刊・上冊・玄應音義》，頁59、頁209、頁296。

[38] 見徐時儀：《一切經音義三種校本合刊・上冊・玄應音義卷三》，頁59。

[39] 見徐時儀：《一切經音義三種校本合刊・上冊・玄應音義卷十二》，頁258。

「皰凸」條、〈卷二十二〉「瘡皰」條等；一為「面生熱氣也」，如〈卷十四〉「皰沸」條、〈卷十八〉「牙皰」條、〈卷二十四〉「後皰」條等。段氏所引應出自〈卷十四〉「皰沸」：「《淮南子》『潰小皰而發癰疽』作皰，同。彭孝反。《說文》『面生熱氣也。』《通俗文》：『體蛘沸曰癀沮。』音扶分、才與反。江南呼沸子，山東名癀沮。律文作疱、皰二形，未見所出也。」[40]段氏引文雖略有出入，當是所據版本不同，仍能保存異說。

（三）眚字

> 《說文・四篇上》：「眚，目病生翳也。」段注云：「《玄應》曰：『翳，《韵集》作瞖。』」（頁135）

謹案：玄應《眾經音義》引用「《韻集》作瞖」者兩見，一在〈卷一〉「翳目」條，一在〈卷十八〉「若翳」條[41]。〈卷一〉「翳目」：「《韻集》作瞖，同。於計反。瞖[42]，目病也。《說文》：目病生翳也。並作翳。《韻集》作瞖，近字也。經文有作曀，陰而風曰曀，曀非此義也。」〈卷十八〉「若翳」：「《韻集》作瞖，同。一計反。《說文》目病生翳也。《三蒼》翳，目病也。論文作曀，風而陰曰曀，曀非字體也。」莊炘注曰：「《說文》無瞖字，此引不知所本。」[43]段氏此處則引用玄應之說，藉以保存異說。

第五節　段氏徵引玄應《音義》探討舉隅

繼上文說明段玉裁徵引玄應《音義》之作用類型外，本節將列舉數例說明段玉裁運用佛經音義資料時所呈現的問題。

一　𨒪字

> 《說文・二篇下》：「𨒪，相迹也。」段注云：「後迹與前迹相繼也。《玄應》合踵、𨒪為一字。」（頁77）

---

[40] 見徐時儀：《一切經音義三種校本合刊・上冊・玄應音義卷十四》，頁 302。

[41] 分見徐時儀：《一切經音義三種校本合刊・上冊・玄應音義》，頁 8、頁 376-377。

[42] 慧琳《音義》本、《磧砂藏》本此處無「瞖」字。

[43] 見於〔唐〕釋玄應：《一切經音義・卷十八》，《宛委別藏》，冊 93，頁 565。

謹案：踵、徸二字，就文字形符而言，从「足」、从「彳」義類相近，本有通用之例，段氏謂玄應合二字為一字，此舉符合文字形義，其說可從。然據查玄應《眾經音義·卷四》「踵相」條：「又作衝，同。之勇反。《說文》：『相，迹也。』亦追也，往來之皃也。」[44]其中，「衝」字，《高麗藏》初雕本作衝，《磧砂藏》本作種。《宛委別藏》所錄莊炘本（乾隆五十一年）云「又作種」。今日所見玄應《音義》版本，除了《磧砂藏》作種，字體略有殘損漫漶，其左旁形符近似「彳」外，無一版本作「徸」者。而且，此詞條收錄在慧琳《音義》卷四十三作：「踵相」：「又作徸，同，之勇反。《說文》：『相，迹也。』亦追也，往來之皃也。」[45]段玉裁所處之年代，慧琳《音義》尚未得見，而段氏所引卻能與慧琳《音義》內容吻合，則段玉裁所根據的玄應《音義》版本頗耐人尋味。

據顧廣圻《一切經音義二十六卷（校本）》跋曰：「此臧在東用盧抱經鈔本所校。始段君懋堂摹寫浙江嘉興府梵本二部，即盧本所從出。」[46]根據顧廣圻之意，則段玉裁所用本子即可能是當時鈔自明末清初刻選的嘉興府版本，此本係與宋元之際刊雕的《磧砂藏》同屬一個藏經系統[47]。陳援庵也說：「乾嘉諸老，引證記卷，悉是南本。」[48]此言「南本」乃指宋、元、明南藏等二十五卷本。諸說大抵相合。

就字形來看，種字從禾，與「踵」字毫不相關，故不可言「又作種」。推測段玉裁所據玄應鈔本當本依循南方藏經系統作「種」，而从禾从彳，因形體近似易譌，段氏乃據文字形義訂正為「徸」，故段氏逕云：「玄應合踵、徸為一字。」

二　嬎字

《說文·十二篇下》：「嬎，生子齊均也。」段注云：「謂生子多而如一也。《玄應書》曰：『今中國謂蕃息為嬎息，音芳萬切。《周成難字》云：嬎，息也。按，依列篆次弟求之，則此篆為免身，當云『从女免生』。」

於「从女免生」一語下，段注云：「小徐作『从女，𫗏聲』。大徐作『从女，从生，免聲』。恐皆誤。以免為聲，尤非。蓋《玄應》在唐初已誤矣，今正。」

---

44 見徐時儀：《一切經音義三種校本合刊·上冊·玄應音義卷四》，頁 90。

45 見徐時儀：《一切經音義三種校本合刊·中冊·慧琳音義卷四十三》，頁 1258。

46 見〔清〕顧廣圻：《顧千里集·卷二十一》（北京：中華書局，2014 年），頁 348。

47 臺北新文豐公司所出版之「宋版磧砂藏」與「明版嘉興藏」，總共八十鉅冊，收編共二千二百六十六種。根據《磧砂、嘉興大藏經分冊目錄、分類目錄、總索引》（臺北：新文豐出版公司，民國 77 年），所錄《一切經音義》二十五卷（唐玄應撰），收在《宋版磧砂大藏經·事彙部》一〇八七，冊 30，頁 122。本書所引用《磧砂藏》以此本為據。

48 陳援庵：《中國佛教史籍概論》，頁 73。

於「讀若幡」一語下，段注云：「依小徐本今音芳萬切，以平讀去耳，十四部。」（頁620）

謹案：據查玄應《眾經音義》「蕃息」條三見，三條內容繁簡互見，釋詞略有不同，與段氏引文相關者為〈卷一〉與〈卷九〉兩條。其〈卷一〉「蕃息」條：「父袁反。蕃，滋也，謂滋多也。《釋名》：『息，塞也。』[49]言物滋息塞滿也。今中國謂蕃息為嬔息，音匹万反。《周成難字》作嬔，息也。同時一嬔，亦作此字。」[50]其中「《周成難字》作嬔，息也。」等語，為《磧砂藏》本〈卷一〉所無，而見於〈卷九〉，亦見於《慧琳音義・卷四十六》；另外，《磧砂藏》本文末則補有「《說文》生子齊均也。或作嬔。」等字[51]。段氏引用反切「芳萬切」與《磧砂藏》本〈卷一〉條「芳万反」相同，而與他本不同，推知其地域方音相近所致。

其次，段氏就《玄應書》所引，依許書列文次第之原則求之，依「嬔」篆前列訓「婦人妊娠」之「㜮」，後列訓始生嬰兒之「嫛婗」字，則「嬔」篆當作生子之義。而《玄應書》云「今中國謂蕃息為嬔息」，並引《周成難字》云：「嬔，息也。」此說未盡有據，蓋始自初唐玄應之說。至於，段氏對大徐本之批評「大徐作从女，从生，免聲。恐皆誤。以免為聲，尤非」，明顯已誤混訓為「兔子」之「娩」字矣。

三　農字

《說文・三篇上》：「農，耕人也。」段注云：「各本無『人』字。今依《玄應書》卷十一補。《食貨志》：『四民有業，闢土植穀曰農。』〈洪範〉：『次三曰農用八政。』鄭云：『農讀為醲。』易其字也。某氏因訓農為厚矣。」（頁106）

謹案：據查玄應《眾經音義》引《說文》農字兩見，一在〈卷十〉「農商」條，一

---

[49] 今本《釋名・釋言語》：「息，塞也，塞滿也。」參見任繼昉：《釋名匯校》（濟南：齊魯書社，2006年），頁192。

[50] 見徐時儀：《一切經音義三種校本合刊・上冊・玄應音義卷一》，頁20。另見《玄應音義・卷九》，頁187。

[51] 磧砂藏《玄應音義・卷一》「蕃息」條：「父袁反。蕃，謂滋多也。息，塞滿也。今中國謂蕃息為嬔息，音芳万反。同時一嬔，亦作此字也。《說文》生子齊均也。或作嬔。」《慧琳音義・卷一》「蕃息」條：「父袁反。蕃，謂滋多也。息，塞滿也。今中國謂蕃息為嬔息，音匹万反。同時一嬔，亦作此字也。」然而《慧琳音義・卷四十六》「蕃息」條則作：「蕃息」輔袁反，《尚書》庶草蕃蕪。孔安國曰：蕃，滋也，謂滋多也。《周禮》以蕃鳥獸。鄭玄云：蕃，息也。《釋名》曰：息，塞也，言物滋息塞滿也。今中國謂蕃息為嬔息。嬔音亡万反，《周成難字》曰：嬔，息也。同時為一嬔，亦作此字。

在〈卷二十四〉「農夫」條。〈卷十〉「農商」:「古文農、莀二形，同。奴東反。《說文》農，耕也。」[52]《磧砂藏》本作「耕人也」，與段玉裁所據之版本相同。又〈卷二十四〉「農夫」:「古文䢉、莀二形，同。奴冬反。《說文》農，耕也。」[53]《磧砂藏》本及其他各本皆作「耕也」，與〈卷十〉所引不同。

農字，金文作（〈農簋〉,《集成》3575。）、（〈田農鼎〉,《集成》2174。）諸形[54]，字形象用手持蜃殼以除田草之形，正為農耕之意。故農字以耕作為本義，再引申為「耕人」之義，其意可推，亦屬尋常。且歷代字書韻書如《玉篇》、《類篇》、《廣韻》、《集韻》無一不作「農，耕也」，段氏僅據玄應《音義》偶一之訓，逕改各本之說，尚有可商榷之處。

四　諳字

> 《說文·三篇上》:「諳，悉也。从言，音聲。」段注云:「烏含切，七部。《玄應書》卷廿一云:『《說文》諳，於禁切。大聲也。』豈所據本異與?」(頁101)

謹案:《說文·口部》有「喑」字，謂「宋齊謂兒泣不止曰喑。」段注云:「《方言》齊宋之閒謂之喑。或謂之惄。按喑之言瘖也。謂啼極無聲。」(頁55)《說文》中「喑」、「諳」二字，異訓各別。至南朝顧野王始有混用之情形。《玉篇零卷·言部·諳》:「《說文》大聲也。或為喑字。字在〈口部〉。」[55]許書另於〈言部〉有「諎(重文作唶)」字，訓「大聲也」(頁96)。

據查玄應《眾經音義》引用喑字凡三見。段氏所引應是見於該書〈卷十一〉中的〈正法念經·第二十一卷〉「喑噫」條:「於禁、乙戒反。喑唶，大呼也。亦大聲也。《說文》:噫，出息也。經文作噎，於結反。咽塞也。噎非此義也。」[56]惟此處作「喑」而非「諳」。另於〈卷十三〉「喑唶」條:「又作諳。同。於禁反，下又作諎，同。子夜反。《說文》喑唶，大聲也。《聲類》:喑唶，大呼也。」[57]始明言「喑，又作諳」。

---

[52] 見徐時儀:《一切經音義三種校本合刊·上冊·玄應音義卷十》，頁214。

[53] 見徐時儀:《一切經音義三種校本合刊·上冊·玄應音義卷二十四》，頁489。

[54] 中國社會科學院考古研究所編:《殷周金文集成》，北京:中華書局，1984年。

[55] 見〔南朝梁〕顧野王:《原本玉篇殘卷》(北京:中華書局，1985年)，頁42。另外，〔宋〕陳彭年等人重修:《大廣益會玉篇》:「諳，烏含切。記也。知也。誦也。大聲也。或作喑。」(北京:中華書局，1987年)，頁43。

[56] 見徐時儀:《一切經音義三種校本合刊·上冊·玄應音義卷十一》，頁222。

[57] 見徐時儀:《一切經音義三種校本合刊·上冊·玄應音義卷十三》，頁279。

故知玄應書引「《說文》嗒嗒，大聲也」，而「嗒嗒」乃偏義複詞，取義於「嗒」，而非「啼極無聲」之「嗒」字，故訓為「大聲也」。因段玉裁不察，既混淆了「嗒」、「譗」二字，又以「譗」字取為「嗒嗒，大聲也」之意。因而形成「譗，悉也」與「譗，大聲也」異訓的情形，進而懷疑玄應所據乃《說文》異本。拙意以為，以段氏之專研字學與對《說文》之精熟程度，似乎不應有此疑問才是。

第六節　小結

藉由上文的探討，可略知段玉裁引用玄應《眾經音義》之概況，了解段氏運用類型相當多樣化，其作用包括「補正《說文》內容」、「加強補充釋義」、「說明所據版本不同」、「訂正各本異文」、「修訂玄應之說」、「標反切異讀」、「引錄保存異說」等，均能一一得見。其次，就版本問題而言，玄應《音義》版本流傳原來就極複雜[58]，《說文解字注》中雖未直言所據《眾經音義》版本，然而藉由段氏引玄應書之內文資料比對，推知段氏所據版本與南方藏經系統《磧砂藏》本接近，而與北方藏經系統的《高麗藏》本有較大的差異，符合陳垣所說：「乾嘉諸老，引證記卷，悉是南本。」且段氏屢言玄應「三引」、「五引」、「六引」，足見段氏對玄應資料之熟稔，在古時候只能手動翻書的年代，尤其令人佩服。

然而，段玉裁《說文解字注》引用玄應《眾經音義》中，仍存有一些問題或局限性。限於文長，本文僅舉數例說明段氏運用資料之狀況，並徵引相關資料，予以判讀或評述，希冀能對段注徵引玄應《音義》此一議題，有進一步的了解與認識。才陋文拙，謹就教於方家。

[58] 參見本書第三章〈玄應《眾經音義》各本異體用字探析〉，頁 27。以筆者手中目前進行校勘的玄應《一切經音義》資料，便有各種不同的刻本與寫本，刻本如《高麗藏》、《中華大藏經》、《趙城廣勝寺金藏》、《磧砂藏》、《大正藏》中所收錄的玄應《音義》。寫本資料，如《金剛寺一切經本》、《七寺一切經本》、《東京大學史料編輯所藏本》、《西方寺一切經本》、《京都大學文學部藏本》等。

第五章
桂馥《說文解字義證》徵引玄應《音義》研究

第一節　前言

成書於初唐的釋玄應《大唐眾經音義》，其所引用的典籍材料極為豐富，保存許多現今已佚的古代辭書、古籍資料，就學術研究與史料保存而言，玄應《音義》是別具價值的一批寶藏。清代《說文》四大家的相關著作，包括《說文解字注》、《說文解字義證》、《說文解字句讀》、《說文通訓定聲》等，都引用不少玄應《音義》的資料。近年從事清代《說文》學研究者，罕見針對玄應《音義》被引用的情形，無論是引用的佚文異同、版本流傳、疏解形式……等進行深度的研究。這是一個值得開發與深入探討的議題。

在清代《說文》四大家中，時間較早的兩位——段玉裁（西元1735-1815年）與桂馥（西元1736-1805年），其生處年代相當，兩人一南一北，同治《說文》，也同樣引用玄應《音義》作為疏解考訂之依據。段、桂二氏的共時異方，引發筆者對此議題之比較研究的動機。筆者梳理四大家中徵引玄應《音義》之狀況，探討《說文》四大家引用玄應《音義》的情況。在初步探索段玉裁《說文解字注》引用之概況後，本文繼之以桂馥《說文解字義證》作為撰寫的重點。據目前掌握的資料中，桂馥《說文解字義證》徵引《一切經音義》資料逾千條，為四大家之冠[1]，且其徵引資料之情形，具有明顯的作用與特色，因撰此文以明其梗概。

第二節　桂馥生平及其《說文義證》體例略述

一　桂馥生平與其《說文》研究評述

桂馥（西元 1736-1805 年），字未谷，山東曲阜人。乾隆五十五年（西元 1790 年）

[1] 筆者目前掌握的資料中，桂馥《說文解字義證》徵引《一切經音義》資料多達一千一百一十六條，（其中，又有一條分卷多引的現象，實則不止此數），為四大家之冠。王筠《說文解字句讀》徵引「元（玄）應」有七百零三條，徵引《一切經音義》有一條；《說文釋例》徵引「元（玄）應」有十四條，徵引《一切經音義》亦有十四條，兩者互不重複，共有二十八條。朱駿聲《說文通訓定聲》徵引《一切經音義》有一百五十四條，而徵引「元（玄）應」有六條（去其重複，僅得四條）。

進士，選雲南永平縣知縣。嘉慶十年（西元 1805 年）卒於官。桂馥少承家學，博涉群書，尤潛心於小學，且精通聲義。日取許氏《說文》與諸經之義相疏證，力窮根柢。《說文》學研究，為桂氏一生精力所在。桂氏與段玉裁生約同時，同治《說文》，有「南段北桂」之稱。不過，「兩人兩不相見，書亦未見，亦異事也。」[2]細覽段、桂二氏之《說文》研究相關著作，可知此二人研究許書的方法，各具特色。誠如清・張之洞〈說文解字義證・敘〉所載：

> 竊謂段氏之書，聲義兼明，而尤邃于聲。桂氏之書，聲亦竝及，而尤博于義。段氏鉤索比傅，自㠯為能冥合許君之恉，勇于自信，欲㠯自成一家之言，故破字刱義為多。桂氏敷佐許說，發揮旁通，令學者引申貫注，自得其義之所歸。故段書約而猝難通闢，桂書緐而尋省易了。夫語其得于心，則段勝矣；語其便于人，則段或未之先也。其專臚古籍，不下己意，則㠯意在博證求通，展轉孳乳，觸長無方。非若談理辨物，可㠯折衷一義。亦如王氏《廣雅疏證》、阮氏《經籍籑詁》之類，非可㠯己意為獨斷者也。[3]

總觀段玉裁《說文解字注》全書，可知段氏乃立足於「聲義同原」的觀點，從語言學角度對《說文解字》進行形、音、義全方位的探討。桂馥則是旁徵博引，依循著與典籍相互參證的傳統路線。段、桂研治《說文》各有其優點，可相互參證。前文中所云「專臚古籍」一語，說明桂書之取材廣博，經史子集，無所不包；然「不下己意」、「非以己意為獨斷者」諸語，則往往導致桂書被認為只是「訓詁材料彙編」，而忽略了它在《說文》研究上的成就與貢獻。例如：梁啟超先生認為桂馥的《說文》學術功力無法與段玉裁相提並論，認為「桂書恪守許舊，無敢出入」[4]。不過，仔細研讀《說文解字義證》一書，「馥案」、「馥謂」諸語，遍及全書，從中亦可看出桂氏對於許書的疏證與補充。此外，同為《說文》四大家的王筠，其晚年在撰作《說文句讀》時，雖同時參考段、桂二書，但他對桂馥書的重視程度，遠勝於段氏《說文解字注》。在《說文句讀》書前序文中，王筠說：「二家說同，則多用桂說。」「以其書未行，冀稍存其梗概，且分肌擘理，未谷尤長。」[5]據此，可見王筠偏向桂馥說法的立場。王筠的取擇，筆者認為有以下兩

---

[2]〔清末民初〕趙爾巽等人撰：《清史稿》（北京：中華書局點校本，1977 年），頁 13230-13231。

[3]〔清〕張之洞：〈說文解字義證・敘〉，收錄於丁福保《說文解字詁林》（臺北：鼎文書局，1997 年），冊 1，頁 225-226。

[4] 見梁啟超：《中國近三百年學術史》（臺北：里仁書局，民國 84 年），頁 295、296。

[5] 見〔清〕王筠：《說文解字句讀》（北京：中華書局，1988 年），書前〈序文〉，頁 4。

大因素：其一，他認為段書「惟是武斷支離，時或不免，則其蔽也。」[6]因段玉裁為《說文》作注時，由於才識過人，往往師心自用。又因自信過度而經常擅改《說文》，立論時或嫌於主觀武斷，當世已有許多訂段、補段的意見[7]。此應為王筠有所顧忌之處。其二，王筠與桂馥同為山東人，有著地利之便。實際上，《說文解字義證》成書後，在桂氏生前並未刊行，長期以來轉相傳抄，多以抄本流傳。直至清道光六年李璋煜延請許瀚、王筠等據抄本整理[8]。因此，王筠在桂馥《義證》正式刊行之前曾有整理之功，自然對桂馥書有相當的認識與研究，同時也能深刻了解桂書在疏證、說解《說文》有其獨特性。是故，王筠在《說文釋例・敘》稱此書：

> 桂氏書徵引雖富，脈絡貫通，前說未盡則以後說補苴之，前說有誤則以後說辨正之。凡所稱引，皆有次第，取足達許說而止。[9]

觀察王筠對桂書之引用與重視，可稱得上是桂氏之知音。將桂馥與當時富有盛名的段玉裁並舉的，另有年歲稍晚於王筠的陳慶鏞（1795-1858），他在〈說文解字義證・原敘〉一文中，曾評論云：

> 余嘗謂段書尚專確，每字必溯其源；桂書尚閎通，每字兼達其委。二書實一時伯仲。[10]

可見桂書與段注對許書的貢獻，各有千秋，不分上下。段、桂並稱，在乾、嘉、道、咸以來，已是《說文》學界中的共識。

至於桂馥《說文解字義證》對玄應《音義》一書的運用，比起段玉裁、王筠、朱駿聲三人，桂馥徵引玄應書數量最多，超過千餘筆的材料。而對於玄應《音義》材料的徵引形式來看，比起段玉裁引用玄應《音義》的多元形式，桂馥書中則統一以《一切經音義》稱之，而且多半加註卷次，方便後人檢核比對。此其優於段氏《說文注》之處，也能展現桂氏對於徵引群籍，脈絡貫通的嚴謹態度。

---

[6] 見〔清〕王筠：《說文解字句讀》，書前序文，頁 4。

[7] 例如：鈕樹玉《段氏說文注訂》、徐承慶《說文解字注匡謬》、王紹蘭《說文段注訂補》等皆是。

[8] 參見〔清〕桂馥：《說文解字義證》（濟南：齊魯書社，1994 年），書前〈出版說明〉。為避免引錄繁複，引文後逕自注明卷數與頁碼，不另加注。後皆倣此。

[9] 參見〔清〕王筠：《說文釋例》（北京：中華書局，1987 年），頁 1。

[10]〔清〕陳慶鏞：〈說文解字義證・原敘〉，收錄於丁福保《說文解字詁林》，冊 1，頁 225。

二　《說文解字義證》體例略述

《說文解字義證》一書，全書共五十卷。就其書中內容之安排，可分成三大部分。其一，由卷一至卷四十八為許書正文部分之疏解。其二，卷四十九為許慎原書《說文解字敘》與許沖〈上安帝表〉內容之疏解。其三，為桂馥所撰〈說文解字附錄〉與〈說文解字附說〉二篇，概述自《說文》以降，歷代在《說文》學上的傳承與傳世版本，論及許書對後世字書在體例、訓解上的影響。最後表達了桂氏對《說文》研究的意見。

《說文解字義證》的主體內容為上舉第一部分，其釋字體例為先引錄《說文解字》篆形，以及許慎原文的說解。桂馥先說解許書篆形，或說明篆文形構，或說明字詞意義。一般是頂格進行說明，與篆文等齊[11]。其次，針對許慎之釋義內容，以「某某也者」開頭，採低一格的方式，引經據典，博采眾家之說，以疏解許書內容[12]。桂馥通過旁徵博引，廣納群書，藉以疏解許慎《說文》之形義。對於後世研讀《說文》者來說，桂馥《說文解字義證》是一部方便使用，也是必備的《說文》專著。

第三節　桂馥《義證》徵引玄應《音義》用例舉隅

清代學者在徵引玄應《音義》進行考校輯佚工作時，各有不同的呈現方式。例如：王念孫《廣雅疏證》引錄玄應《音義》材料，全書統一用《眾經音義》一名，無一例外。這是清儒引用玄應《音義》材料相當明顯的典範。若以段、桂、王、朱等《說文》四大家來說，段玉裁引用玄應《音義》形式最為紛雜，其引錄說解，隨興所至，或只引人名，或僅錄書名，或兩者皆採，其例不一。相較於段氏的信手拈來，運用自如，桂馥《說文解字義證》一書，無論是在書中出現的時機與作用，則明顯規範許多。就以玄應之書名而言，一律統稱為《一切經音義》，且標明玄應書之卷次，這也是桂書與段注明顯不同的地方。

一如前文所談桂書之行文體例，或頂格疏解，或降格補充。繼而觀察桂馥書中引用玄應《音義》的時機，或置於頂格說解許書形義，也有降格進行疏解補充，其作用功能不一。桂馥博引典籍來疏證《說文》一書，基本是以大徐本《說文》為基礎，其性質包括說解字音、闡述字形、補充許慎字義、校勘說文……等多方面的作用。後文將以桂馥

---

[11] 筆者實地檢視桂馥原書，發現書中也有部分字例不針對許書形義內容，頂格進行說明，而逕自降格疏解字義者，如〈音部〉「音」、「響」、「章」、「竟」；〈木部〉「杠」、「業」、「叢」等，皆屬之。

[12] 馬顯慈認為《義證》的正文疏證編次體例有五大項：「先說許篆」、「後釋許語」、「辨證古文」、「案語立說」、「增補遺文」。說見氏著：《說文解字義證析論》（臺北：萬卷樓圖書股份有限公司，2013年），頁61-76。

《說文解字義證》引用玄應《音義》之實際狀況，採用筆記條列型式，分舉說明如下：

一 補充《說文》釋義

桂馥引用玄應《音義》書證，藉以補充《說文》釋義內容，使文義更加淺顯易懂，不致誤解。此一類型的用例最多，茲略舉數例，簡要說明於後。

（一）葷字

《說文・艸部》：「葷，臭菜也。從艸軍聲。」（許云切）。桂注：

> 臭菜者，《一切經音義・十八》：「《蒼頡篇》：『葷，辛菜。凡物辛臭者，皆曰葷也。』」馥案：〈玉藻〉注：「以薑及辛菜為葷。」本書言辛臭非謂惡殠。孔注《論語》云：「薑辛而不薰。」是也。（《義證・卷三》，頁52）

臭字，《說文》云：「禽走，臭而知其迹者，犬也。」孫海波云：「氣味通于鼻者，謂之臭。……引申之，凡一切氣味皆曰臭。」字从犬自構形，以會合出「味臭」之意。如《詩・大雅・文王》：「上天之載，無聲無臭。」是也。其後又由中性氣味意義分化為「香」之相對義，表「穢惡之氣」。桂馥書所引之玄應書，出自《一切經音義卷第十八・成實論卷十一》「葷辛」條下：「許雲反。《蒼頡篇》云：葷，辛菜也。凡物辛臭者，皆曰葷也。」[13]《說文》云「葷，臭菜也」，段玉裁謂「謂有气之菜也。」（頁25）[14]桂馥則以玄應書所引《蒼頡篇》補充說明，說明臭菜是指氣味葷辛，如葱、薤之屬，而非惡殠之義。

（二）幻字

《說文・予部》：「幻，相詐惑也。從反予。《周書》曰：『無或譸張為幻。』」（胡辦切）。桂注：

> 相詐惑也者。《御覽》引作相詐幻惑人。《一切經音義・九》：「按幻謂相欺眩以

---

[13] 見徐時儀：《一切經音義三種校本合刊・上冊・玄應音義卷十八》（上海：古籍出版社，2008年），頁375。

[14]〔清〕段玉裁：《說文解字注》（臺北：洪葉文化事業有限公司，2005年），頁25。其後引文，直接標註頁碼於後。

亂人目也。」《太公六韜・上賢篇》:「偽方異技、巫蠱左道、不祥之言、幻惑良民、王者必止之。」(《義證・卷十一》,頁 329)

許慎以「相詐惑」訓釋「幻」字，文義已非淺近，其又引《周書》為例，則更顯艱澀難懂。段玉裁注「相詐惑」之義，云：「詭誕惑人也。」（頁 162）桂馥則引用玄應書「幻謂相欺眩以亂人目也」，目的使《說文》之釋義顯得更淺顯易瞭。據查《一切經音義卷九・大智度論卷一》「幻術」條下：「侯辦反。《說文》：幻，相詐惑也。案：幻謂相欺眩以亂人目也。術，法也。術亦道藝也。又邑中大道名術。術道四通，今術亦尒，無所不通也。」[15]桂氏所引玄應書之說解，藉以補充許書之釋義，使得《說文》文義更加淺顯易懂。

（三）覺字

《說文・見部》：「覺，寤也。从見，學省聲。一曰發也。」（古岳切）桂注：

寤也者，有二義。一曰知覺。本書：「斆，覺悟也。」《釋名》:「覺，告也。」《昭三十一年・公羊傳》:「叔術覺焉。何云：覺，悟也。」《孟子》:「使先覺覺後覺。」是也。一曰睡覺。本書：「寤，寐覺而有言曰寤。」《一切經音義・三》:「覺，寤也。謂眠後覺也。」《詩・王風》:「尚寐無覺。」(《義證・卷二十六》,頁 745)

桂馥據大徐本《說文》內容，而與段注本有別。段玉裁《說文解字注》於「覺」字下注云：「悟各本作寤，今正。〈心部〉曰：『悟者、覺也。』二字為轉注。「㝱」部曰：『寐覺而有言曰寤。』非其義也。何注《公羊》、趙注《孟子》皆曰：『覺、悟也。』」（頁 413）因此改為「覺，悟也」。然而，桂馥沿襲大徐本的內容，根據「覺」字的殊聲別義現象，提出覺字有二義，一為知覺，一為睡覺。再分別從這兩個義項，引用典籍實例進行說解，層層探索，條理清晰。其中，睡覺一義，引用《一切經音義》為證，說明其論證過程，言之有據。據查《一切經音義卷三・摩訶般若波羅蜜經卷二十七》:「覺已」條下：「居效反。覺，寤也。謂眠後覺也。《蒼頡篇》：『覺而有言曰寤。』經文作悟、㝵二形，俗字也。」[16]其說是也。

---

[15] 見徐時儀：《一切經音義三種校本合刊・上冊・玄應音義卷九》，頁 185。

[16] 見徐時儀：《一切經音義三種校本合刊・上冊・玄應音義卷三》，頁 60。此條《磧砂藏》所載略有異文，茲附錄於下，以供參照：「居効反。覺，寤也。謂眠後覺也。《蒼頡篇》：覺而有言曰寤。經文作㝵、悟二形，近字俗作也。」見《宋版磧砂大藏經・第三十冊・一〇八七》，頁 138。

二　訂正形聲字結構

（一）甤字

《說文・生部》：「甤，艸木實甤甤也。从生、豨省聲。讀若綏。」桂注：

> 艸木實甤甤也者，本書蕤從此，云艸木花垂皃。豨省聲者，徐鍇本作豕聲。《一切經音義・十六》：「甤字從生，從豕聲。」（《義證・卷十八》，頁 526）

各本《說文》中，小徐本與段注本皆作「从生，豕聲」，惟大徐本作「从生，豨省聲」，以省聲字視之。桂馥則根據玄應《音義》訂正大徐本「豨省聲」之說。徐鍇《說文繫傳》云：「豕、甤，聲相近。生子之多，莫若豕也。」[17]段玉裁也引玄應書為證，注云：「豕與甤皆在十六部。鍇作豕聲最善。鉉作豨省聲。非也。唐玄應引亦云豕聲。」（頁 276）筆者以為，「甤」與「蕤」本為二字，《說文》皆收而各有義訓，《玉篇》、《廣韻》、《集韻》、《類篇》諸書亦然。「蕤」字從艸甤聲，段玉裁於「甤」字下云：「甤與蕤音義皆同」，二字在文字學理上遂有通作的基本條件。後以蕤、甤二字音義既同，遂以蕤、甤為一字。今日教育部《異體字典》便是以「甤」為「蕤」之異體。筆者實地查核今日《趙城金藏》、《高麗藏》、《磧砂藏》等各藏經版本，玄應《音義》無作「甤」字。例如：《一切經音義卷第十四・四分律第十六卷》「蕤汁」條下：「汝誰反。《爾雅》棫，白桵。郭璞曰：小木叢生，有刺，實紫赤，可食。《本草》作蕤。今桵核是也。字從生，豕聲。棫音域。」[18]又如：《一切經音義卷十六・善見律卷十七》「蕤子」條下：「今作桵。同汝誰反藥草也核可治眼。字從生，豕聲。」[19]條目內容皆云「字從生，豕聲」，然條目字體卻皆作「蕤」字，疑後世早習以蕤、甤為一字，刊刻改寫所致。段玉裁與桂馥二人不約而同皆採玄應《音義》訂正大徐本「甤」字之形聲字結構，其說有據。

三　訂正《說文》傳本

（一）痋字

《說文・疒部》：「痋，動病也，從疒蟲省聲。」（徒冬切）桂注：

---

[17]〔南唐〕徐鍇：《說文解字繫傳》（北京：中華書局，1998 年），頁 123。

[18] 見徐時儀：《一切經音義三種校本合刊・上冊・玄應音義卷十四》，頁 301。

[19] 見徐時儀：《一切經音義三種校本合刊・上冊・玄應音義卷十六》，頁 344。

動病也者，病當為痛。《一切經音義・十八》：「痋又作胅、疼二形，同。徒冬反。《聲類》作癑，《說文》痋，動痛也。」（《義證・卷二十二》，頁 654）

二徐本及段注本《說文》皆作「動病也」。二徐無注，惟段玉裁注云：「痋即疼字。《釋名》曰：『疼，旱氣疼疼然煩也。』按《詩》：『旱既太甚，蘊隆蟲蟲。』《韓詩》作『鬱隆烔烔』。劉成國作『疼疼』，皆旱熱人不安之皃也。今義疼訓痛。」（頁 355）據段氏所舉《詩》與《釋名》之釋義，知「痋」為一種因旱熱而形成的心理狀態（疾病）。痋雖為疼字之異體，然與今之疼痛義有別。故各本《說文》皆作「動病也」。然而桂馥根據玄應書卷十八之內容，注云：「動病也者，病當為痛。」筆者實際查核《一切經音義卷十八・成實論卷四》「疼痺」條下：「又作痋、胅二形，同。徒冬反。《聲類》作癑，《說文》『疼，動痛也。』」[20]，玄應所引《說文》內容與各本所引不同，而為桂馥所引之根據。不僅於此，筆者另於《一切經音義卷七・正法華經卷二》：「痋燥」[21]條，與《一切經音義卷十四・四分律卷四》：「疼痛」[22]條下，皆檢得類似的材料。交叉比對下，「痋、胅、疼」三字異體，而所引《說文》釋義皆「動痛也」。因此，桂馥引用此材料，認為唐代釋玄應所引之《說文》為「痋，動痛也」，據以改正大徐本《說文》之釋義用字。當代其他《說文》研究者，如王筠《說文句讀》便直接改為「動痛也」。王氏云：「依元應引改，說見『癑』下。元應曰：『下里閒音騰』。案：謂跳動而痛也。從疒蟲省聲。」[23]他如：鈕樹玉、嚴可均、朱駿聲、沈濤、徐灝等人亦皆引述玄應書。段玉裁此例不採玄應書，其考量原因已說明如前。由此可見，自桂馥引用玄應《音義》後，注云「病當為痛」，訂正各本《說文》之用字，對於當代及後世之《說文》研究者，也產生一定的影響。

（二）㷭字

《說文・火部》：「㷭，以火乾肉，從火稫聲。（符逼切）[illegible]（䵮），籀文不省。」桂注云：「稫聲者，當為䵮省聲，故籀文下云不省。」在「籀文不省」下，桂氏又注云：

徐鍇本無此文。《一切經音義・七》：「㷭，古文僬、䵮二形。」（《義證・卷三十一》，頁 861）

---

[20] 見徐時儀：《一切經音義三種校本合刊・上冊・玄應音義卷十八》，頁 374。

[21] 見徐時儀：《一切經音義三種校本合刊・上冊・玄應音義卷七》，頁 147。

[22] 見徐時儀：《一切經音義三種校本合刊・上冊・玄應音義卷十四》，頁 297。

[23]〔清〕王筠：《說文解字句讀》，頁 24。

各本《說文》中，大徐本與段注本內容近似，且皆有籀文之形。徐鍇《說文繫傳》則作：「以火焙肉。從火稫聲。」釋義用字不同，且未錄重文。徐鉉認為「《說文》無稫字，當从䆅省，疑傳寫之誤。」據查徐時儀先生以《高麗藏》為本的《一切經音義卷第七・佛說阿惟越致遮經下卷》「熇賁」條下：「古文㷭、㶭二形，又作㸈。同。扶逼反。《方言》：『㷭，火乾也。』《說文》：『以火乾肉曰㷭』。經文作焴，逋古反。火行也。焴非此義。」[24]此條之古文字體與桂馥所引不同，卻與出現在釋慧琳補續之《一切經音義卷三十・佛說阿惟越致遮經下卷》:「熇賁，古文㷭、㸈二形。」[25]，其古文字體相符，也與許慎《說文》中之籀文形體相符。慧琳《音義》卷三十之〈佛說阿惟越致遮經〉，本為玄應所作。此亦為桂馥所引玄應書之依據。桂氏藉玄應《音義》所收錄之古文形體，訂正徐鍇《說文繫傳》之漏列籀文，並認同大徐本《說文》之說，以「稫聲者，當為䆅省聲」方是。

（三）麒字

《說文・鹿部》：「麒，仁獸也。麋身，牛尾，一角。從鹿其聲。」（渠之切）桂注：

> 麋身牛尾一角者，麋當為麞。《初學記》引作「麕身，牛尾，肉角。」《御覽》引作「馬身，牛尾，肉角。」《一切經音義・二》引作「麞身，牛尾，一角。角頭有肉。」《釋獸》「麐，麕身牛尾一角。」郭注：「角頭有肉。」……馥案：傳記言一角，皆曰麟，不曰麒。或有麒麟竝舉，而無單屬麒者。據郭氏說，則「麞身牛尾一角」六字，當移在麐下，後人改移於此。(《義證・卷三十》，頁 840)

二徐本《說文》皆作「麋身、牛尾、一角」，段注本則作「麞身、牛尾、一角」。「麋」與「麞」用字不同，段氏加注：「《爾雅・釋獸》文。」段氏也根據《初學記》所載，原文補上「麒麟」二字，並將二徐本之「麋身」訂正作「麞身」（頁 475）。桂馥《說文義證》則引玄應《音義》改作「麞身」，藉以訂正二徐本《說文》用字之誤。筆者實地查核《一切經音義卷四・菩薩見實三昧經卷三》:「麒麟」條下:「渠之反，下理真反。仁獸也。《說文》: 麕、身牛尾一角，角頭有肉。……麕，居貧反。」[26]玄應《音義》書

---

[24] 見徐時儀：《一切經音義三種校本合刊・上冊・玄應音義卷七》，頁 158。

[25] 見徐時儀：《一切經音義三種校本合刊・中冊・慧琳音義卷三十》，頁 1034。

[26] 見徐時儀：《一切經音義三種校本合刊・上冊・玄應音義卷四》，頁 81。

作「麕身」，而麕為麇之籀文。「麕身」即「麇身」。二徐本《說文》皆作「麋身」，蓋以從米之「麋」與从禾之「麇」，形近易混。桂馥引玄應《音義》作「麇身」訂正大徐本《說文》用字之誤。

段玉裁此例並未採玄應書，自桂馥引用玄應《音義》後，其後《說文》研究者，如鈕樹玉云：「麋當是麇傳寫譌也，宋本不能辨。」（見《說文解字校錄》）、嚴可均云：「麋當作麇，形近而誤。」（見《說文校議》）、王筠云：「許說鳳、龜、龍，文皆詳備，不應說麟獨簡略，且《說苑》、《廣雅》皆與此文大同，故知元應所引可信也。」（見《說文句讀》）等，可見桂馥之採用玄應書來訂正《說文》傳本用字之誤，對後繼《說文》研究者也產生影響。

四　考察《說文》重文形體之緣由

（一）隸字

《說文・隶部》：「隷，篆文隸，從古文之體。」桂注：

> 本書「歀」或作款。馥謂：「隷亦隸之或體，當別有古文，脫去。」《一切經音義・三》：「隸，附著也。字從米，從㱿聲。古者，隸人擇米，以供祭祀，故從米也。」又〈卷一〉：「隸從米，㱿聲。㱿字又從祟。」《九經字樣》：「案：《周禮》『女子入于舂稾，男子入于罪隸。』隸字故從又持米，從柰聲。又象人手也。經典相承作隸已久，不可改正。」馥案：此二說謂隸、隷皆從米，唐本當如此，但不知何以屬「隶」部。案：〈楊君石門頌〉作隸，即《九經字樣》之說。〈魯峻碑〉作隸，即《一切經音義》之說。「出」變為「士」，與「賣」作「賣」同。〈楊淮碑〉作𣪊，或古文與！（《義證・卷八》，頁251）

桂馥或有援引字書、碑文、經典史籍等材料，用以推敲古今字體，形近訛諢之情形，今舉「隸」字為例。今本《說文・隶部》以「隸」為字頭（古文），「隷」為重文（篆文），屬於「先古文後小篆」之例。徐鉉注云：「臣鉉等未詳古文所出。」據查今本《高麗藏》之玄應《音義卷三・勝天王般若經卷五》「僕隸」條，並無此語，徐時儀先生根據《磧砂藏》而補，與桂書所引內容約略相符，應為桂氏所本[27]。筆者觀察「隸」字，在各藏

---

[27] 見徐時儀：《一切經音義三種校本合刊・上冊・玄應音義卷三》，「僕隸」條，注183，頁79。筆者根據《宋磧砂大藏經・一切經音義卷三》所錄內容比對，徐書之用字仍須勘誤，今人引用宜留心。詳見《宋版磧砂大

經出現的字體略有不同，如「趙城金藏」作「𥿍」，《高麗藏》作「𥿍」，日本寫本《七寺藏》本作「𥿍」，《磧砂藏》作「𥿍」，《續修四庫全書（道光本）》作「𥿍」。其中，《趙城金藏》、《高麗藏》、日本寫本《七寺藏》本屬於北方藏經系統；《磧砂藏》、《道光本》則屬南方流行的藏經系統。藉此可觀察到南、北藏經系統所傳承的字形雖略有筆畫上的差異，然而在字體右下方大致皆从米構形。正因如此，桂馥遂有「隸、隸皆從米，唐本當如此，但不知何以屬『隶』部」之語。桂馥繼之以〈楊君石門頌〉、〈魯峻碑〉等碑刻文字來進行考訂篆形，推敲文字形體訛變致誤的原因。惟桂氏仍未解決為何字體訛作「隶」。筆者以為，从又米之「𠬪」與从又持筆形之「隶」，兩字在古今傳抄過程中，確實極有可能因形似而致誤。時代既久，遂形成不同的書寫字體，而將「隸」書作「隸」形。段玉裁在「隸」字下亦有相關考證，可供參閱[28]。此外，〔清〕顧藹吉《隸辨》「隸」字下，亦云：「楊君石門頌司隸校尉。按：《說文》作隸，從隶從柰。《九經字樣》……故從又持米，從柰聲……經典相承作隸已久，不可改正。其說與《說文》不同，未詳何據。諸碑隸皆作隸，無從隶者。《字原》載〈王純碑〉隸字從隶，碑本作隸字，原誤也。」[29]桂馥、段玉裁與顧藹吉諸說並是。

五　說明佛經異體之誤

（一）犴字

《說文・牛部》：「犴，牛舌病也。從牛今聲。」（巨禁切）桂注：

> 《玉篇》或作𤘌。《一切經音義・二十一》云：「或作痔。非。」（《義證・卷五》，頁116）

各本《說文》無異文，皆訓「牛舌病也」。段注：「《廣韻》作牛舌下病。舌病則噤閉不成聲。亦作𤘌。」（頁53）段玉裁提出一異體「𤘌」，「𤘌」字已見於《玉篇》，於書有據。而「痔」字不見明代以前的字韻書，〔明〕梅膺祚《字彙・疒部》：「痔，渠斤切，

藏經・一切經音義》（延聖院大藏經局編），頁143。另，就此條內容來看，亦可再次印證乾嘉學者如桂馥所據之玄應《音義》版本，內容應接近《磧砂藏》的南方藏經版本。

[28] 段注云：「《玄應書》曰：字從米，𠬪聲。𠬪从又，從祟，音之絹切。考楊君《石門頌》、《王純碑》作隸，與《字樣》合。《魯峻碑》作隸，與《玄應》合。二人所謂，蓋皆謂《說文》，而右旁皆作𠬪。《玄應》說似近是，蓋即《說文》之篆文也。」見《說文解字注》，頁119。

[29]〔清〕顧藹吉：《隸辨》（北京：中華書局，1986年），頁133。

音琴。寒也。」[30]《正字通・疒部》：「瘮，俗字。」[31]在《一切經音義卷二十一・大乘十輪經卷七》「舌黔」條下：「又作齡，同。其蔭反。牛舌病也。或作瘮，非也。」[32]又在《一切經音義卷四・大方廣十輪經卷六》「舌黔」條下：「又作齡，同。其蔭反。牛舌病也。經文從疒作瘮，非也。」[33]玄應《音義》兩卷引文均提到「或作瘮，非也。」反映佛典中的用字狀況[34]。筆者回查佛經內容，根據《大方廣十輪經卷六・剎利依止輪相品卷八》云：「爾時如來以是義故而說偈言：……為欲修人身，不舌瘮而死；常值諸佛者，顯示三乘法。」[35]確實可見俗字「瘮」的運用。桂馥《義證》藉引玄應書，以說明《大方廣十輪經》經文中或體之訛誤。

六　說解篆文形構異說之誤

（一）爨字

《說文・爨部》：「爨，齊謂之炊爨。𦥑象持甑，冂為竈口，廾推林內火。凡爨之屬皆從爨。」（七亂切）桂注：

> 𦥑象持甑，冂為竈口，廾推林內火者。《一切經音義・十七》：「《三蒼》『爨，炊也。』字從𦥑持缶。缶，甑也。」冂為竈口，廾以推柴內火，字意也。馥據此知爨從缶，與釁同。或曰：「冃即鬲之下體，象交文三足也。寫誤變冂為冃。」馥案：下從鬲省，上又從冃，成何字義？或說非是。（《義證・卷八》，頁 231）

首先，就桂書所用玄應書版本來看，據查徐時儀先生據《高麗藏》而編之《一切經音義卷第十七・出曜論第八卷》「爨之」條下：「籀文[illegible]，同。七翫反。《三蒼》：『爨，灼也。』字從𦥑持缶。缶，甑也。冂為竈口，廾以推柴內火。字意也。廾音拱。」[36]其中

---

[30]〔明〕梅膺祚：《字彙》（上海：上海辭書出版社，1991 年），頁 300。

[31]〔明〕張自烈：《正字通》，《續修四庫全書》（上海：上海古籍出版社，1995 年），頁 134。

[32] 見徐時儀：《一切經音義三種校本合刊・上冊・玄應音義卷二十一》，頁 440。

[33] 見徐時儀：《一切經音義三種校本合刊・上冊・玄應音義卷四》，頁 93。

[34] 此外，在〔後晉〕釋可洪《新集藏經音義隨函錄》第叁冊第伍拾伍張所收《大集地藏十輪經》第六卷「舌瘮」條下云：「正作黔」。第伍拾玖張所收《大方廣十輪經》第六卷「舌瘮」條下云：「巨禁反，牛舌下病也。正作噤、齡、黔、黔四形。」此亦可反映隋唐以降，手抄佛經中習用俗字「瘮」的現象。

[35] 參見〔唐〕三藏法師玄奘奉詔譯：《大乘大集地藏十輪經卷第七・有依行品第四之三》，收錄於《大正新脩大藏經》（日本：大正新修大藏經刊行會，1960 年），冊 30，經號 0410。

[36] 見徐時儀：《一切經音義三種校本合刊・上冊・玄應音義卷十七》，頁 370。

所引《三蒼》:「爨,灼也」與桂馥所引《三蒼》「爨,炊也。」釋義用字不同[37]。《說文》:「炊、爨也。」;「灼,炙也。」段注本改作「灸也」,注云:「炙謂炮肉。灼謂凡物以火附箸之。」(頁 488)灼義與炊爨之義略別。是知,桂馥所用玄應書之版本優於高麗藏經版本。其次,桂馥據玄應書之釋形,「字從臼持缶」,缶,即甑也。亦即蒸食之炊器。形義相符,構成一幅生動的炊飯圖像。針對「或曰」之說,「冃即鬲之下體,象交文三足也。寫誤變冂為冃。」桂氏斥為無稽,云:「下從鬲省上又從成何字義?」以「或說」不可信也。

七 根據玄應書為「遺文」釋義

(一)嘲字

桂馥《說文義證》收錄許慎《說文》未錄之字,稱之為「遺文」。嘲字,為桂書〈口部〉遺文三之一,置於〈口部〉最末。《說文義證・口部》:「嘲,相調戲相弄也。」桂注:

> 《太平御覽》引。案:徐鉉〈新附〉有「嘲」字。《廣韻》:「嘲,言相調也。」《漢書・楊雄傳》:「或謿雄以元尚白,而雄解之,號曰『解謿』」。《一切經音義・一》引《蒼頡篇》曰:「啁,嘲也。」謂相調戲也。(《義證・卷五》,頁 136)

嘲字,本為徐鉉〈口部〉新附字之一。大徐本《說文・新附》:「謔也。从口朝聲。《漢書》通用啁。」桂馥《義證》也收「嘲」字,而釋義用詞與徐鉉不同。桂氏引《漢書・楊雄傳》「解謿」,字本作謿。根據《一切經音義卷第八・郁伽長者所問經》「謿譁」條下:「今作嘲,同。竹包反。《蒼頡篇》啁,調也。」[38]「嘲」字從口,以示言由口出,「謿」字從言,與嘲字同義。謿、嘲二字音義相同,為異體字關係。徐鉉以「謔也」訓「嘲」。根據《一切經音義卷十・菩提資糧論卷二》「談謔」條下:「許虐反,《尒疋》戲,謔也。謂相調戲也。」[39]又《一切經音義卷十三・大般涅盤經》「調謔」

---

[37] 《宋版磧砂大藏經》所引玄應《一切經音義》作「《三蒼》爨,炊也。」與桂書內容相符。見《宋版磧砂大藏經・一切經音義》,頁 233。此例再次驗證桂馥所據之玄應《音義》應趨近於《磧砂藏》版本,而非《高麗藏》版本。

[38] 見徐時儀:《一切經音義三種校本合刊・上冊・玄應音義卷八》,頁 172-173。

[39] 見徐時儀:《一切經音義三種校本合刊・上冊・玄應音義卷十》,頁 216。

條下：「許虐反。謂相調戲也。」[40]是知，謔字，即相調戲之義也。

據查《一切經音義卷一・大集日藏分經卷八》「嘲戲」條下：「又作啁，同。竹包反。《蒼頡篇》云：『啁，調也。謂相調戲也。』」[41]此外，在其它卷次也有相似內容，如《一切經音義卷二・大般涅盤經卷三十一》「嘲調」條下：「正字作啁，同。……《蒼頡篇》云：『啁，調也。謂相調戲也。』」[42]而為桂馥所本。可知桂氏根據玄應書所引《倉頡篇》「啁，嘲也。謂相調戲也。」來為遺文「嘲」字釋義，雖釋義用詞與大徐本不同，然其意義大致相同。

八　說明詞義假借之用例

（一）曼字

《說文・又部》：「曼，引也。從又冒聲。」（無販切）桂注：

> 引也者，《詩・閟宮》：「孔曼且碩。」《毛傳》：「曼，長也。」《楚詞・九章》：「終長夜之曼曼兮。」王注：「曼，長皃。」《漢書・禮樂志》：「世曼壽。」顏注：「曼，延也。」馥案：晉厲公，名壽延。《地理志》：「真定國緜蔓縣，莽曰緜延；五原郡曼柏，莽曰延柏。」《霓裳羽衣曲》曲終長引一聲，即曼聲。郭茂倩《樂府》有歌、有行、有引，是也。或借漫字。《甘泉賦》指東西之漫漫。顏注：「漫漫，長也。」馥案：《詞譜》有〈木蘭花漫〉。又借蔓字。《漢書・郊祀歌》：「蔓蔓日茂。」顏注：「言其長久。」《魏策》引《周書》：「緜緜不絕，蔓蔓若何。」《詩》：「野有蔓草。」傳云：「蔓，延也。」《隱元年・左傳》：「無使滋蔓，蔓難圖也。服虔曰蔓，延也。」《正義》：「草之滋長，引蔓則難可芟除。」《一切經音義・六》：「〈西京賦〉云：其形蔓莚。《廣雅》：蔓，長也；莚，遍也。王延壽云：軒檻蔓莚，謂長不絕也。」（《義證・卷八》，頁245）

根據《說文》：「曼，引也。」徐鍇《說文繫傳》注曰：「古云樂有曼聲，是長之聲也。」徐鍇言古樂中有舒緩的長聲，是由「引」義引申，指徐緩拉長樂音而來，藉以說明曼字之引申用法。桂馥《義證》旁徵博引，詳引經史傳注等資料來闡明「曼」字的

---

[40] 見徐時儀：《一切經音義三種校本合刊・上冊・玄應音義卷十三》，頁281。
[41] 見徐時儀：《一切經音義三種校本合刊・上冊・玄應音義卷二》，頁19。
[42] 見徐時儀：《一切經音義三種校本合刊・上冊・玄應音義卷二》，頁51。

詞義運用狀況。除了引申義的推闡外，也兼及從曼聲之「漫、蔓」等字通假的用法。其中引用《一切經音義》正所以說明「曼、蔓」同聲假借的事實。據查《一切經音義卷六・妙法蓮華經卷二》「蔓莚」條下：「〈西京〉云：其形蔓延。李洪範音亡怨、餘戰反。《廣雅》蔓，長也。延，遍也。王延壽云：軒檻蔓莚，謂長不絕也。」[43]其引文正與《義證》所引之篇卷內容相吻合，是為桂馥之所本。

九　明許書釋文之句讀

句讀是讀經之基礎工作，標點斷句的位置不同，往往影響到讀者對古書詞義內容的理解。倘若《說文》句讀不明，或斷句不當，也將影響後學對《說文》釋義內容的理解。桂馥《義證》有針對《說文》釋義之文句標點，並引用玄應《音義》之內容，另詳引書證來辨析許書中的句讀。如：

（一）昕字

《說文・日部》：「昕，旦明日將出也。從日斤聲，讀若希。」（許斤切）桂注：

> 旦明日將出也者，《一切經音義・三》引作「旦明也。日將出也。」《韻會》引同。《廣雅》：「昕，明也。」《小爾雅》：「昕，明也。」《纂要》：「日昕曰晞。」注云：大明曰昕。《詩・匏有苦葉》：「旭日始旦。」傳云：旭日始出謂大昕之時。（《義證・卷二十》，頁580）

昕字，各本《說文》異文，大徐本如上文，小徐本作「旦也，明也，日初出也。」段注本作「且朙也。日將出也。」（頁306）筆者以為，「旦」字與「且」字形近，歷代傳抄或因形近訛譌，乃極可能發生。段玉裁將「旦明」改為「且朙」，注云：「小徐本作『旦也，明也』。《韵會》作『旦明也』。今正為且明。《文王世子》『大昕』。鄭云：『早、昧爽也。』是昕即晨而未旦也。」段氏言之有據，可供參閱。又，桂馥雖宗主大徐本，但他也注意到二徐本斷句上的差異，故引玄應書以正其句讀。桂氏雖云引自《一切經音義・三》，然就其所引內容，應是結合玄應《音義》〈卷三〉與〈卷十三〉而成，主要引文應出自〈卷十三〉。據查《一切經音義卷三・勝天王般若經卷七・經後序》「智昕」

---

[43] 見徐時儀：《一切經音義三種校本合刊・上冊・玄應音義卷六》，頁134。

條下，僅見「虛殷反。《小爾雅》昕，明也。《爾雅》昕，察也。」[44]而《一切經音義卷十三・過去現在因果經卷二》「昕赫」條下，則有：「虛斤反。《說文》昕，旦明也。日將出也。赫，盛也。」[45]綜合玄應書之內容，桂馥以玄應《音義》之內容，揭明唐本《說文》的斷句既非如大徐本，也非如小徐本的斷句，證明《說文》應以「旦明也」為句，乃符合歷來雅學書的記載。

十　舉證方言材料說明語音現象

（一）鞀字

《說文・革部》：「鞀，鞀遼也。從革召聲。」（徒刀切）桂注：

> 鞀遼也者，鞀、遼疊韻。《釋樂》：「大鼗謂之麻，小者謂之料。」《一切經音義・二十》：「鞉，山東謂之鞀牢。馥謂：遼、料、牢，聲竝相近。」（《義證・卷八》，頁234）

許書「鞀，鞀遼也」，訓義難明。徐鍇《說文繫傳》：「臣鍇按：《淮南子》曰：『武王有戒慎之鞀。』高誘注曰：『欲戒君令慎，疑者搖鞀鼓。』臣以為鼓有柄也。」[46]段玉裁認為許書當作「鞀，遼也」，前一「鞀」字，乃「複字刪之未盡者」。以遼訓鞀，段注云：「遼者，謂遼遠必聞其音也。《周禮》注曰：『鼗如鼓而小，持其柄搖之，旁耳還自擊。』」（頁109）

桂馥在論說疏證文字時，注意到許慎書中《說文》字頭和解釋語之間的音義關係，並且通常以「聲相近」或「聲近」來說明各字之間的聲韻關係，例如上舉「鞀」字例。他引《一切經音義》所錄山東方言「鞀牢」及《釋樂》小鼗謂之「料」，對照許書原文「鞀遼」，說明「遼、料、牢，聲竝相近」的語音現象。據查《一切經音義卷二十・六度集卷六》「播鼗」條下：「又作鞀、鞉、磬三形，同。徒刀反。鞉如鼓而小柄，其柄搖之者也，旁還自擊。山東謂之鞀牢。」[47]根據玄應書之內容，「鞀牢」即是《說文》之「鞀遼」。綜合各家之說，可知「鞀」，形制似鼓而小，有柄，兩旁有垂耳，似亦即今日所言

---

[44] 見徐時儀：《一切經音義三種校本合刊・上冊・玄應音義卷三》，頁74。

[45] 見徐時儀：《一切經音義三種校本合刊・上冊・玄應音義卷十三》，頁278。

[46]〔南唐〕徐鍇：《說文解字繫傳》，頁53。

[47] 見徐時儀：《一切經音義三種校本合刊・上冊・玄應音義卷二十》，頁416。

之「波浪鼓」。

十一　引用玄應書新增釋義內容

（一）睆字

《說文・目部》：「睅，大目也。從目旱聲。睆，睅或從完。」桂馥於重文「睆」篆下注云：

> 徐鉉所加。案《一切經音義・五》引許慎注《淮南子》曰：「睆謂目內白翳也。」（《義證・卷九》，頁 273）

「睆」字在今日《說文》傳本中，只是重文，並非以正篆身分呈現。桂馥云「徐鉉所加」，其意為許書本無，乃後人新增。在徐鍇《說文繫傳》書中也收「睆」篆，亦列為「睅」之重文[48]。然段氏《說文解字注》「睅」字下，並未收此一重文。段玉裁於「睅」字下注云：「按鉉本補『睆』篆，云：或睅字。」[49]據《一切經音義》引許慎注《淮南子》曰：「睆謂目內白翳也。」其義與「睅，大目也」有別，應為二字，故段注《說文》不收「睆」篆，亦當有其考量。

根據桂馥所引玄應書之材料，筆者複查玄應《音義》相關條目，如《一切經音義卷第五・七佛神呪經第四卷》「白睆」條下：「還板反。許慎注《淮南子》云：『睆謂目內白翳病也。』經文作浣衣浣，非也。」[50]另於〈卷二十〉也有類似的材料。《一切經音義卷二十・陁羅尼雜集經卷七》「白睆」條下：「還棧反。許慎注《淮南子》云：『燭睆，目內白翳病也。』經文作完，非也。」[51]皆僅列「睆」字釋義，未及與「睅」之重文關係。嚴可均《說文校議》云：「大徐新修十九文也。偏旁有之。六朝唐人無引睅、睆為重文者，睆，非睅字也。」[52]然桂氏此處只引述玄應書中所載「睆謂目內白翳也」

48〔南唐〕徐鍇：《說文解字繫傳》，頁 64。

49〔清〕段玉裁：《說文解字注》，頁 131。

50 見徐時儀：《一切經音義三種校本合刊・上冊・玄應音義卷五》，頁 107。

51 見徐時儀：《一切經音義三種校本合刊・上冊・玄應音義卷二十》，頁 412。

52〔清〕嚴可均：《說文校議》，收錄於嚴一萍選輯：《小學類編》（臺北：藝文印書館印行，民國 62 年），卷四，頁 1b。

之釋義，未能進一步論述「睆」與「睅」二字之關係，此其不足之處。無怪乎梁啟超先生認為桂氏書中屢見「案而不斷」的狀況[53]。

第四節　小結

根據《清史稿‧儒林傳》所載：「桂氏專左許說，發揮旁通，令學者引申貫注，自得其義之所歸。」桂馥三十歲以後開始校治《說文解字》，「日取許氏《說文》與諸經之義相疏證」，因其用功之勤，始能有此傳世宏作。桂書徵引宏富，對後人研讀《說文解字》有重要的參考價值。

透過前面內容展現，除了讓後人了解桂氏如何運用唐釋玄應《音義》的材料外，也讓後人對於《說文》研究的歧異，多了一些貼近唐代文獻可供參閱與取捨。桂馥徵引玄應《音義》價值之一，便是可藉以增補現代字典之義項。例如前舉之「睆」字，二徐本並列為「睅」篆之重文，段注本則不收此篆。而桂馥徵引玄應《音義》時提及「睆謂目內白翳也」之語。許慎注《淮南子》原書已不可見，然桂馥此一訊息，經查核今本玄應《音義》〈卷五〉、〈卷二十〉皆有此注語。可知遠從東漢開始，一直到唐代，在佛經語料中，「睆」字應有「目內白翳」之義。然而，綜觀古今重要字書韻書的記載，如唐張參《五經文字》、遼釋行均《龍龕手鏡》、《玉篇》、《廣韻》……清初《康熙字典》，乃至於現代《漢語大詞典》、《國語辭典》，皆不見此義。故知桂馥之引證玄應《音義》，正可彰顯「睆」字別義存在的事實，可供作現代字典增補義項之依據。

歷來對清代《說文》四大家的評比，多半以段玉裁的研究成就最為人所注目。然而桂馥《說文義證》之研究成果也不遑多讓，尤其在對於玄應《音義》材料的掌握與應用，桂馥《義證》一書的價值實不下於段玉裁《說文解字注》。猶如清人陳慶鏞《說文解字義證‧原敘》所云：「二書實一時伯仲」，透過本文的梳理與探析，這樣的評述應當是合理妥適的。王寧先生曾說：「還原是歷代經典閱讀最具挑戰性的工作。……唯有在還原基礎上的研發和解釋才能得其要領。」[54]本文透過還原文本資料，藉以比對各版本的異文現象，呈顯桂馥《說文義證》採用玄應《音義》的版本問題，也能在日後統整各家引用材料的對比後，進一步探索玄應《音義》在南、北版本的流傳概況。桂馥引用玄應《音義》材料，為清代《說文》四大家之冠，後續當有更多相關議題可供探討，則待日後另行設題發揮，以就教方家。

---

[53] 見梁啟超：《中國近三百年學術史》，頁296。

[54] 見馬顯慈：《說文解字義證析論》，〈序言〉，頁2。

第六章
鈕樹玉《段氏說文注訂》徵引玄應《音義》研究

第一節　前言

清代《說文》研究蓬勃，大家輩出，除了眾所周知的段玉裁（西元1735-1815年）、桂馥（西元1736-1805年）、王筠（西元1784-1854年）、朱駿聲（西元1788-1858年）四大家之外，江蘇吳縣鈕樹玉（西元1760-1827年）在《說文》研究上也有不少研究成果，例如：《說文解字校錄》、《說文新附考》、《續考》、《段氏說文注訂》等等。鈕氏的年輩大約晚於段、桂，而早於王、朱，居於四大家之中，對當時《說文》學研究的承繼與發揚，具有不可忽視的價值。

如同四大家一般，鈕樹玉的《說文》研究工作也無法忽視當時校勘研訂的一批新材料——玄應《一切經音義》二十五卷。在鈕樹玉的《說文》研究著作中，玄應《音義》的材料究竟發揮甚麼作用，這是一個值得探索的議題。今筆者暫以《段氏說文注訂》為研究範圍，試圖從這些材料中，了解這批在乾隆年間才被關注的玄應《一切經音義》，對當時的《說文》研究者鈕樹玉究竟產生哪些作用？以及當代學者彼此間對同一批材料運用之異同。是故，本文以鈕樹玉《段氏說文注訂》為例，試圖了解清代四大家之外的《說文》研究者，對於玄應《音義》材料的運用概況與立場觀點。本文重點放在鈕樹玉個人利用玄應《音義》材料訂段、補段的態度與觀點，期待日後能繼而擴大了解鈕氏在《說文解字校錄》、《說文新附考》等書的運用狀況，全面了解鈕氏對玄應《音義》一書在清初《說文》學的立場與態度。

第二節　鈕氏身世略述與《說文》研究成果

一　生平及研究概述

清儒鈕樹玉（西元1760-1827年）生處清乾隆、嘉慶、道光年間。根據鈕氏於《非石日記鈔》自述身世云：

> 余少孤，家貧，習為賈以給菽水，所讀者《論》、《孟》、《學》、《庸》外，略涉《周易》、《毛詩》，不過誦習而已，實無所解也。年十八，客於郯，旅次有四書一部，每於夜分觀之。自後道途間常挾書而行，十餘載。年三十，始得謁見竹汀先生於紫陽書院。[1]

鈕樹玉家世貧困，迫於生計，早年經營貨殖以給菽水，常往來齊魯吳楚間。而「方為童子時，稍稍從鄉塾師讀，所稟異常兒，既以生計迫賈齊魯閒，則日以贏錢聚書，恆夜篝燈從帳中讀，久之帳盡黑，而山人通六經矣。」[2]雖家貧，而鈕氏天資聰穎，仍篤志好古，力學不輟，顯然可見。鈕樹玉言：「年三十，始得謁見竹汀先生於紫陽書院。」嘉定錢大昕在蘇州紫陽書院主持講學時，鈕氏趨之請教，並以師事之，漸磨切磋，學業為之大進。鈕氏一生著述甚豐，除了《說文》研究相關著作外，尚有《群經古義》一卷、《匪石居吟稿》六卷、《匪石日記》一卷、《匪石雜文》一卷、《校定皇象碑本急就章》一卷、《匪石山人詩》、《金源金石目》、《匪石先生文集》二卷等，而以《說文》研究名聞於世。根據《清史稿・列傳二百六十八・儒林二》記載：

> 鈕樹玉，字匪石，吳縣人。篤志好古，不為科舉之業，精研文字聲音訓詁。謂《說文》懸諸日月而不刊者也，後人以新附淆之，誣許君矣。因博稽載籍，著《說文新附考》六卷，《續考》一卷。又著《說文解字校錄》三十卷。樹玉後見玉裁書，著《段氏說文注訂》八卷，所駁正之處，皆有依據。[3]

鈕氏在《說文》學上的著作堪稱豐富，其相關著作如：《說文解字校錄》凡十五卷，一字一句，莫不旁徵博引，備加辨析。鈕氏所處之年代，《說文》大家段玉裁之聲名已達極盛。當段玉裁《說文解字注》刊行後，鈕氏認為段氏多以己說強傅古義，因而撰《段氏說文注訂》八卷，以糾其失。又，鈕氏博稽載籍，另著《說文新附考》六卷，《續考》一卷。鈕氏畢生致力於《說文》研究，認為《說文》是「懸諸日月而不刊之作，後人以新附淆之，誣許君矣」。因此，力圖恢復許書舊貌，是他的研究使命之一。

---

[1] 見〔清〕鈕樹玉：《非石日記鈔》，收錄於王雲五主編：《叢書集成初編》（北京：中華書局，1985年），冊57，頁1。

[2]〔清〕梁章鉅：〈鈕山人墓誌銘〉，收錄於《碑傳集補》（臺北：明文出版社，1985年），卷四十，頁435。

[3]〔清末民初〕趙爾巽等編纂，洪北江主編：《清史稿（十八）列傳》，（臺北：洪氏出版社，1981年），頁13203。

鈕氏於在《說文解字校錄》一書序文中嘗言：

> 樹玉不揣鄙賤，有志是書。竊以毛氏之失，宋本及《五音韻譜》、《集韻》、《類篇》足以正之；大徐之失，《繫傳》、《韻會舉要》足以正之。至少溫之失，可以糾正者，唯《玉篇》為最古……。[4]

面對許慎《說文》歷經各朝各代傳寫改竄，已失去其原本面貌，鈕氏則制定一套檢證《說文》內容的作法。由於《說文》傳本在明清之際，由常熟毛晉、毛扆父子依宋本重刻汲古閣本《說文》，「毛氏初刻本原與宋本相去不遠，爾後屢據《繫傳》剜改，漸失大徐原刻面貌。」[5]因此他認為毛氏父子汲古閣本《說文》之失，可用宋本及《五音韻譜》等書來補證校改；大徐本之失，可用小徐本及《古今韻會舉要》等書來校正；至於唐李陽冰竄改之失，就只能以時代較早的《玉篇》來加以糾正。層層類推，試圖以最貼近時代的文獻來校訂，使之達到恢復許慎原書面貌的目標。

特別一提的是，鈕氏認為唐本《說文》經李陽冰之改竄，已失其真，故而借《玉篇》以正其非。因此，成書於初唐的玄應《一切經音義》，其所保留之《說文》材料，應該更接近古本《說文》。就此方面而言，應該是鈕氏藉以考訂《說文》內容的重要資料。據查鈕氏《說文》相關著作《說文解字校錄》引用玄應《音義》資料，凡四百餘條；《段氏說文注訂》引用玄應《音義》資料三十餘條，《說文新附考》引用玄應《音義》資料六十餘條，整體來看，數量不少。足見鈕氏對此批材料的重視。

二 《段氏說文注訂》著書要旨

清代《說文》重要的注家，段玉裁向來被視為四家之長。段氏從乾隆四十一年（西元 1776 年）開始編寫《說文解字讀》，至乾隆五十九年（西元 1794 年）告成，共五百四十卷。繼之，段氏又以此為基礎，加工精煉，至嘉慶十二年（西元 1807 年）完成《說文解字注》一書。此書可說是他凝聚大半生心血的代表作，「徵引極廣，鉤索亦深」。問世之後，很快獲得崇高的聲譽，「故時下推尊，以為絕學」。鈕樹玉取得此書，詳加閱讀

[4]〔清〕鈕樹玉：《說文解字校錄》（清光緒乙酉十一年江蘇書局刻本），收錄於《續修四庫全書》（上海：上海古籍出版社，1995 年），冊 212，頁 307。

[5] 參見高明：〈《說文解字》傳本考〉，《東海學報》（臺中：東海大學出版，1975 年），第十六卷，頁 5-6。

後，認為段氏在增刪篆文、訂補許書、疏證字詞等方面，常有專斷不當之處，故而作《段氏說文注訂》一書。鈕氏在書前〈自序〉云：

> 然與許書不合者，其端有六：許書解字，大都本諸經籍之最先者，今則自立條例，以為必用本字，一也。古無韻書，今創十七部以繩九千餘文，二也。六書轉注本在同部，故云建類一首，今以為諸字音恉略同，義可互受，三也。凡引證之文，當同本文。今或別易一字，以為引經會意，四也。字者孳乳浸多，今有音義相同及諸書失引者，輒疑為淺人增，五也。陸氏《釋文》、孔氏《正義》所引《說文》多誤《韻會》，雖本《繫傳》而自有增改，今則一一篤信，六也。有此六端，遂多更張，迥非許書本來面目，亦不能為之諱也。

鈕氏研讀段玉裁《說文解字注》之後，發現段氏作注與許慎《說文》有許多不合之處。他洋洋灑灑提出六大問題，藉以說明段玉裁作注主觀性太強，「多以己說強傅古義」，反而偏離了許慎《說文》的原貌。鈕樹玉《段氏說文注訂》成書後，嘗索序於阮元。阮元在其書前〈序〉云：

> 金壇段懋堂大令通古今之訓詁，明聲讀之是非，先成十七部音韻表，又著《說文解字注》十四篇，可謂文字之指歸，肄經之津筏矣！然智者千慮，必有一失，況書成之時，年已七十，精力就衰，不能改正。而校讎之事，又屬之門下士，往往不參檢本書，未免有誤。……序中所舉六端及書中舉正，皆有依據，當與劉炫規杜，並傳於世。惜此書成後，大令已歸道山，不及見也。設使見之，必如何邵公所云：「入我之室，操我之戈矣！」[6]

對於段氏《說文注》書中內容，阮元直言「然智者千慮，必有一失，況書成之時，年已七十，精力就衰，不能改正。而校讎之事，又屬之門下士，往往不參檢本書，未免有誤。」因此阮元認為，鈕氏之考訂段書，其所駁正之處，持論平實，皆有依據。近人王力先生認為阮元對段玉裁「智者千慮，必有一失」的評述也是恰當的。他說：「這是很公正的評語。而匡正段氏的人也都是尊崇段氏的人，其所以做匡正工作，實在是為了青年一代。這種學術風氣是值得贊揚的。」[7]不過，王力對鈕氏《段氏說文注訂》所提出的部分缺

[6] 見〔清〕鈕樹玉：《段氏說文注訂》書前「阮元序」，收錄於王雲五主編：《叢書集成初編》（北京：中華書局，1985 年），冊 1133，頁 1-2。

[7] 王力：《中國語言學史》，收錄於：《王力文集》第十二卷（山東：山東教育出版社，1990 年），頁 146。

失，另有不同的看法。他說：

> 段書的缺點，各家所舉雖多，但是有些不但不算缺點，而且應該算是優點。例如段氏以古音十七部統九千餘字，這是一個大大的優點，鈕樹玉反而以為缺點，以為古無韻書，段氏不該創立韻部，他不知韻部是語言本身的系統，與韻書之有無沒有關係。有些則是校讐上的錯誤，無關宏旨，段氏一時疏忽，後人校正一下就是了。[8]

由此看來，鈕樹玉對段氏所提缺失，雖不盡然周延，然他有心於導正段玉裁書中偏離許書原貌之處，「專以《玉篇》諸書參校異同」，實具用心。今人張其昀說道：「總的看來，鈕氏訂段的態度是比較公允的，鈕著不失為同類著作中比較好的一部。」[9]算是對鈕氏的訂補段玉裁《說文解字注》工作給予正面的評價。

第三節 《段氏說文注訂》徵引實例舉隅

段、鈕二人都是清代重要的《說文》研究者，唐釋玄應《一切經音義》的材料也都被運用在他們個人的著作中。正如《段氏說文注訂》書前序文，鈕氏提出段氏作注有六大缺失，導致段書往往偏離許書原貌。本節將聚焦在段、鈕二人以玄應《音義》為輔證的手段，透過《段氏說文注訂》書中實際用例來比較鈕樹玉與段玉裁二家不同的說法，以及他們對於些玄應《音義》材料的運用與觀點。經《段氏說文注訂》全文搜尋之後，書中引用玄應《音義》者，凡三十餘條。以下就鈕樹玉《段氏說文注訂》引用玄應《一切經音義》的用例，針對他訂段、補段的情況，舉其要者以條列筆記型式，逐項說明如下：

一 鈕氏根據玄應《音義》來訂補段注

承上節所言，鈕氏作《段氏說文注訂》之主因，在於認為段玉裁注《說文》作了許多更動改易，導致許書原貌盡失，於是參校玄應《音義》以及《玉篇》、《廣韻》等

---

[8] 王力：《中國語言學史》，頁146-147。

[9] 張其昀：《說文學源流考略》（貴陽：貴州人民出版社，1998年），頁152。

其他典籍之異同，來修訂段玉裁之失，或補正其說法。此類字例最多，下文略舉數例加以說明。例如「豎」字：

（一）豎字

> **豎，豎立也。今改作堅立也。注云：謂堅固之立也。**　按豎無堅固義。《繫傳》作竪，即豎之俗體缺筆者，宋人避嫌名也。俗本因譌作堅。《韻會》作豎。《一切經音義》卷十六引作樹。《篇》、《韻》但訓立也。（卷一，頁28）[10]

徐鍇《說文繫傳》訓「堅立」，大徐本《說文》訓「豎立」，清代各家注《說文》者多作「豎立也」，唯獨段注《說文》以《繫傳》為據，云：「堅立謂堅固立之也。豎與尌音義同，而豎從臤，故知為堅立。」[11]段氏作注，藉形釋義，認為豎、尌音義俱同，尌字訓立[12]，又豎字從臤構形而有堅義，故以堅立訓之。鈕氏以為《繫傳》本應作「竪」，為豎之俗體字「竪」之缺筆，為宋人之缺筆避諱，以「竪」形似堅字而訛混。鈕氏繼之根據後世字韻書《韻會》作豎及釋玄應「《一切經音義》卷十六引作樹」，藉以訂正段注之失。

據查《一切經音義卷第十六・毗尼母律第五卷》「燭樹」條：「時注反，樹猶立也，或作豎。殊庾反。《說文》樹立也。兩通。」[13]為鈕樹玉所本。段玉裁之弟子沈濤《說文古本考》亦有所考辨：「濤案：《一切經音義卷十六・毗尼母律第五卷》云『燭樹，或作豎，《說文》樹立也。』樹無立訓。蓋元應引許書本作豎。乃釋注文之或作也，後人見標題『燭樹』，遂妄改為樹，非古本如是。」[14]其次，筆者遍查玄應《一切經音義》中雖不見「《說文》豎立也」之語，然在晚唐釋慧琳《一切經音義》中則多見此說，且豎多

---

10 本文引用鈕樹玉《段氏說文注訂》為王雲五主編：《叢書集成初編》之版本。為清晰呈現鈕氏訂段、補段之內容，將以黑體呈現段注《說文》內容，其後空一格，所加按語則為鈕氏之觀點。此外，為簡省引文加注繁複，後文將直接註明鈕書之篇卷及頁碼，不另加注。

11 〔清〕段玉裁：《說文解字注》（臺北：洪葉文化事業有限公司，2016 年），頁 67-68。

12 《說文》：「尌，立也。」段注云：「與人部侸音義同。今字通用樹為之。樹行而尌廢矣。《周禮》注多用尌字。」見《說文解字注》，頁 207。

13 〔唐〕釋玄應：《一切經音義》，《磧砂藏》本，頁 226。為了貼合乾嘉學者慣用的南方藏經系統，本文引用〔唐〕釋玄應《一切經音義》材料，係采延聖院大藏經局編：《宋版磧砂大藏經・第 30 冊（一〇八七）》（臺北：新文豐圖書公司，1987 年）。此後引文，皆簡稱為《磧砂藏》本。

14 〔清〕沈濤《說文古本考》，《小學類編》（臺北：藝文印書館，1972 年），卷三下，頁 11。

俗寫作竪[15]，可知唐本《說文》應有此語。筆者以為，雖沈濤所辨重點在於駁今本「樹立」之誤，然也提及玄應「引許書本作竪」，其說有據。且根據徐楚金之注語「豆，器也，故為豎立。」[16]則堅為豎（竪）之訛字明矣，段是擅改為「堅立也」，實不合唐本《說文》之用法，故鈕氏之言可信。

又如「剾」、「撅」二字：

（二）剾字

> **剾，掊杷也。注云：「杷」各本作「把」，誤。〈手部〉曰：掊，杷也。** 按《繫傳》作杷，蓋誤。《韻會》作把。〈手部〉亦作「掊，把也」。《一切經音義》婁引《通俗文》「手把曰掊」。（卷二，頁 50）

（三）撅字

> **撅，以手有所杷也。注云：「以」各本誤「从」，「杷」各本誤「把」，今正。《通俗文》曰：『手把曰掊，手把曰攫。』此杷與把之別也。** 按《玉篇》引作：「手有所把也。」當非脫。《一切經音義》婁引《通俗文》：「手把曰掊。」並不作杷。（卷六，頁 264）

鈕氏此二例，均是訂正段玉裁《說文注》改「把」為「杷」字，在此一併論之。剾字，段注本《說文》訓作「掊杷」，其下云：「杷，各本作把，誤。〈手部〉曰：『掊，杷也。』〈木部〉曰：『杷，收麥器。』凡掊地如杷麥然。故絫言之曰掊杷。」[17]段氏在《說文》「把，握也。」下云：「握者，搤持也。《孟子》注曰：『拱，合兩手也。把，以一手把之也。』」[18]段氏又於「杷，收麥器。」下云：「杷引伸之義為引取。與掊、捊義

[15] 參見慧琳《一切經音義》書中，卷二十《寶星經第五卷》「或豎」條下：「殊乳反。顧野王云：豎，正從豆也。《說文》亦豎立也，從臤豆聲。經本從立作竪，俗也。臤音口閒反。」；卷第三十七《廣大寶樓閣善住祕密陀羅尼經上卷》「竦豎」條：「下殊主反，《說文》竪立也。從臤豆作豎，籀文從殳作豎。」；卷六十一《根本說一切有部毘奈耶律第三十六卷》「豎匙」條下：「上殊主反，上聲。《說文》云：豎立也。《文字典說》從臤從豆省聲也。有從立作竪，俗字也。」等等。分見徐時儀：《一切經音義三種校本合刊・慧琳音義》（上海：上海古籍出版社，2008 年），頁 844、頁 1148、頁 1590。

[16] 見〔南唐〕徐鍇《說文解字繫傳》：「豎，堅立也。從臤豆聲。臣鍇曰：『豆，器也，故為豎立。』」，《說文解字繫傳》（北京：中華書局，1987 年），頁 58。

[17] 〔清〕段玉裁：《說文解字注》，頁 183。

[18] 〔清〕段玉裁：《說文解字注》，頁 603。

略同。」[19]是知，把為動詞義，握持之義。杷義本收麥器，引申以杷具將東西耙梳、聚攏，亦有動詞義。各本《說文》皆用「把」字，而段氏獨排眾議將㧊、掊諸字下釋義皆改作杷，云「各本作把，誤。」其云：「掊者，五指杷之，如杷之杷物也。《史》、《漢》皆言掊視得鼎。師古曰：『掊、手杷土也。』」[20]段氏之意，杷與把二字之動作有別，不應相混，且以〔初唐〕顏師古之注《漢書》為證。然而，鈕樹玉舉《韻會》與《一切經音義》之引《通俗文》材料為證，以駁段氏之改字。

據查玄應《一切經音義》全書，確如鈕氏所言，玄應屢引《通俗文》「手把曰掊」之語[21]，特別是在《一切經音義卷第十六・鼻柰耶律第九卷》「掊水」條下：「《通俗文》手把曰掊。《說文》掊，把也。」直言「《說文》掊，把也。」此與段注用字明顯不同。又「㩧」字下，段氏逕引《通俗文》「手杷曰掊，手把曰攫」，辨析杷、把二字之義別。筆者蒐尋《一切經音義》全書，其中「手把曰攫」之說，確實可見於玄應書中[22]，唯獨不見「手杷曰掊」一語，未知段氏之說何據？段玉裁為《說文》作注時，早已引用玄應《音義》之材料[23]，以段氏作注精審之態度，不可能無視於玄應引用《通俗文》之事實。然而，在此一字例中，段氏不顧玄應書中的材料，仍舊改為「杷」字，筆者以為，段氏對手邊所有參考材料仍是有所揀擇、取捨的。

段氏注《說文》，經常站在許慎析形釋義的立場考量，把為握持之義，而杷字由農器義轉為掊杷之義。以杷字來訓解㧊、掊、㩧諸字，更能貼合本義。又顏師古為初唐經史學家，與釋玄應時代大約相當，兩人所反映均是唐代的用字現象。而玄應引用之《通俗文》，為東漢末年服虔所作，是一部專釋俗言俚語、冷僻俗字的訓詁學專著。其所反映的，應是當時民間通俗流行已久的用法，與顏師古注《漢書》兩相比較，段玉裁選擇了趨近官方雅言的用法，也認為「杷」字更能切合形義說解，並據以訂正各本之誤字。段氏於「掊」字注語最末補上一句「《六書故》引唐本作捊也，不若顏氏本作杷。」當

---

[19]〔清〕段玉裁：《說文解字注》，頁 262。

[20]〔清〕段玉裁：《說文解字注》，頁 604。

[21] 例如：《一切經音義卷第二・大般涅槃經第二十三卷》「手抱」條：「《說文》作捊。捊，或作抱，同。步交反。捊，引取也。《通俗文》作掊，音蒲交反。手把曰掊。」；卷第十二《賢愚經第四卷》：「如掊」條：「《通俗文》手把曰掊。經文作刨，近字也。」；卷第十五《十誦律第十六卷》：「捊水」條：「或作抱，同。蒲交反。《說文》引取也。《通俗文》作掊，手把曰掊也，字從手。」；卷第十六《鼻柰耶律第九卷》：「掊水」條：「《通俗文》手把曰掊。《說文》掊，把也。」；卷第十九《佛本行集經第十八卷》「掊地」條：「《通俗文》：手把曰掊。《說文》作捊，或作抱。引取也。」分見《磧砂藏》本頁 135、頁 194、頁 216、頁 225、頁 243。

[22] 見《一切經音義卷第二十五・阿毗達磨順正理論第三十一卷》「攫腹」條：「《說文》攫，爪持也。《通俗文》：手把曰攫。《蒼頡篇》攫搏也，獸窮則攫，是也。」《磧砂藏》本頁 279。

[23] 有關段注《說文》引用玄應書之概況，可參看本書第四章〈段玉裁《說文解字注》徵引玄應《音義》研究〉，頁 43-62。

可說明段氏心中已然明白唐本用字，與他所作出的選擇是有所不同的。雖然，段氏改作「杷」與諸家不同，然而筆者以為把、杷二字手勢不同，站在字詞形義關係立場言，認為段氏改字合理可信。

（四）振字

又如「振」字：

> **振，舉救之也。注云：之字依《韻會》補。** 按《匡謬正俗》引無之字。李注《文選》及《一切經音義》婁引作：「舉也。」并無救字，當為古本。（卷六，頁 259）

二徐本《說文》皆作「舉救也」，唯段玉裁根據《韻會》補上「之」字。段氏於「舉救之也」下注云：「之字依《韵會》補。諸史籍所云『振給、振貣』是其義也。凡振濟當作此字。俗作賑，非也。《匡謬正俗》言之詳矣。」[24]雖然段玉裁提及史籍中「振給、振貣」為振之本義用法，此說乃源自《匡謬正俗》所載。筆者據以查證，《匡謬正俗・卷七・振》引《說文》作「舉救也」[25]，段書「之」字係依《韻會》而補字。針對此點，鈕氏在《說文解字校錄》中有更清楚的說明。其《校錄》云：

> **舉救也。**《匡謬正俗》引同。李注《文選・過秦論》、陸士衡〈演連珠〉、《一切經音義》卷四、卷七、卷十、卷十一、卷二十二、《華嚴經音義》卷二十五引竝作：「舉也。」《韻會》引作：「舉救之也。」非。《玉篇》注：「動也。」[26]

鈕氏羅列李善注《文選》、陸機文及佛經音義各篇卷所載，並作「舉也」，來說明《韻會》引作「舉救之也」有誤。據查《一切經音義卷第四・大方便報恩經・第四卷》「振濟」條下：「脂刃反。《小尒疋》：振，救也。《說文》：振，舉也。經文作賑，之忍反。隱賑富有也。」[27]其中，玄應引《小尒疋》訓「救也」，引《說文》訓「舉也」。鈕氏

---

[24]〔清〕段玉裁：《說文解字注》，頁 609。

[25]〔唐〕顏師古：《匡謬正俗・卷七・振》，頁 90。此書凡八卷，前四卷論諸經訓詁音釋，後四卷論諸書字義、字音及俗語相承之異，考證細緻，是唐代重要的考釋形音義的訓詁著作。本文採用版本係由王雲五主編：《叢書集成初編》（北京：中華書局，1985 年）。

[26]〔清〕鈕樹玉：《說文解字校錄》（清光緒乙酉十一年江蘇書局刻本），收錄於《續修四庫全書》（上海：上海古籍出版社，1995 年），冊 212，卷十二上，頁 25-b。

[27]〔唐〕釋玄應：《一切經音義》，《磧砂藏》本，頁 149。

所舉無誤。然而段玉裁卻根據《韻會》而補字，與唐本諸多材料不合。筆者以為，《匡謬正俗》與玄應《音義》均為唐代的文獻資料，其中玄應所引《小爾雅》，據清人考訂，約為漢末魏晉的文獻，表示在〔東漢〕許慎《說文》「舉也」之後，漢末魏晉時期又延伸有「救也」之義。因此，王筠《說文解字句讀》對於各本引文異同，又有更進一步的詮釋。其《句讀》云：

> **舉救也。**元應引作「舉也。」《韻會》引作「舉救之也。」案：「舉也」蓋古本；「救之也」則庾注。自「掀」至「振」，皆承上「舉」字，庾氏乃區別之，後人以庾注易許說，取其易讀也。〈地官．大司徒〉：「三曰振窮。」注云：「振窮，抍救天民之窮者也。」《匡謬正俗》：「史籍所云振給振貸，盡當為振字，今作文書者，以其事涉貸利，輒改『振』為『賑』。」《說文》：「賑，富也。」何得輒相混雜。[28]

王筠針對段注本「振，舉救之也」，認為「舉也」是古本內容，「救之也」則庾儼默《演說文》之注語[29]。王筠此說，既可符合今日所見玄應書中，也能說明今本段注《說文》「舉救之也」之來由，誠然可信。

（五）賈字

又如「賈」字：

> **賈，一曰坐賣售也。注云：六字蓋淺人妄增。**　按《一切經音義》卷六引作：「坐賣也」，則後人增售字。（卷二，頁 81）

段玉裁於《說文》賈字「一曰坐賣售也」下注云：「六字蓋淺人妄增。〈司市〉注：『通物曰商，居賣物曰賈。』居賣物，謂居積物亦兼賣之也。居非謂坐，此以『坐』與下『行』相對，又贅以《說文》所無之『售』字，殊無文理。」[30]段玉裁根據《周禮．地官．司市》所載，認為今本《說文》增一曰之說，實為後人所妄增。許書賈字下接「賨」

---

[28]〔清〕王筠：《說文解字句讀》（北京：中華書局，1988 年），頁 481。

[29] 王筠認為唐釋玄應書中，在《說文》原書釋義「某也」外，又錄引申串講之釋義「謂某某也」，定當有所本。王筠據以推測應該是後人詮解，然又不能得其主名，故一概視為庾儼默之注。參見本書第七章〈王筠《說文解字句讀》徵引玄應《音義》研究〉，頁 108。

[30]〔清〕段玉裁：《說文解字注》，頁 284。

字，訓「行賈也」，因此段氏認為此一曰之說，乃因「行賈」相對「坐賣」而衍生，實非許書本有。

據查《一切經音義卷第六・妙法蓮華經第二卷》：「商（商）估」條：「《說文》行賣也。估，字書所無。唯《尒雅》郭璞音義〈釋言〉注中，商賈作此字。下賈客，公戶反，《說文》柯戶反。坐賣也……。」[31]玄應書中所引《說文》「坐賣也」，確無售字。售字，許書所無，為徐鉉新附之字。鈕樹玉於《說文新附考》云：「售即讎之俗體。」[32]關於此一曰之說，王筠《說文句讀》：「售者，讎之俗字，《說文》所無。元應、《韻會》引皆無此字，是也。此義乃商賈之賈，與上義不同。上指其事，此指其人也。言坐者，與下文『行賈』對文。《白虎通》：『行曰商，止曰賈。』」[33]王筠根據玄應書及《韻會》，僅就「售」字加注衍文符號，而仍保留一曰之說。清代《說文》研究者如桂馥、鈕樹玉、嚴可均、王筠、沈濤、徐灝諸家，均引玄應書卷六之文，認同《說文》一曰坐賣之說。段玉裁卻無視於玄應《音義》所引用《說文》「坐賣也」之資料，逕云「六字葢淺人妄增」，獨異於各家說法。

（六）署字

又如「署」字：

> **署，部署也。注云：部署猶處分。疑本作罘署，後改部署也。** 按《一切經音義》卷十五引作：「部署。」《篇》、《韻》注亦同，則部署無可疑。（卷三，頁 117）

各本《說文》均作「部署」，惟段玉裁作注時，提出「疑本作罘署，後改部署也」之說，鈕樹玉根據玄應《一切經音義》所載，並引《玉篇》、《廣韻》諸書為證，認為今本作部署無可疑。根據《一切經音義卷第十五・僧祇律第十一卷》「營署」條下：「時庶反。營謂經營也。署猶置也。《說文》『部署也』，亦官也。」[34]以及歷代字韻書《玉篇》：「置也，書檢也，部署也。」[35]《廣韻・去聲・御韻》：「署，書也，廨署部署也。」[36]諸本皆作「部署」無異文，因而認定段玉裁之云「疑本作罘署」，實無可疑。

---

[31]〔唐〕釋玄應：《一切經音義》，《磧砂藏》本，頁 159。

[32]〔清〕鈕樹玉：《說文新附考》，收錄於王雲五主編：《叢書集成初編》（北京：中華書局，1985 年），冊 1098，頁 22-23。

[33]〔清〕王筠：《說文解字句讀》（北京：中華書局，1988 年），卷六下，頁 17 右。

[34]〔唐〕釋玄應：《一切經音義》，《磧砂藏》本，頁 219。

[35]〔宋〕陳彭年等重修：《大廣益會玉篇》（北京：中華書局，1987 年），頁 76。

[36]〔宋〕陳彭年等重修：《新校正切宋本廣韻》（臺北：黎明文化事業公司，民國 71 年），頁 362。

筆者以為，鈕氏之說雖有據，然而他並未真切了解段氏云「疑本作罘署」之初衷。「部」字，《說文》訓「天水狄部」，為部族名。徐鍇《說文繫傳》「署」字下云：「署置之，言羅絡之若罘网也。」又於「部」字下云：「部，屬也；部之言簿也，分簿之也。」為分部隸屬之意，亦即許書「部署」之意。「署」字之从网構形，謂「各有所网屬也」，段氏以為「网屬猶系屬。若网在綱，故从网。」[37]因此，今本作「部署」之「部」字為假借字，訓為兔罝之罘字，方為本字，故云：「疑本作罘署，後改部署也。」事實上，段氏的疑作之說，也是站在許書應採用本字的觀點上，這是我們在研讀段注時應該明白的。

（七）貁字

又如「貁」字：

> **貁，改為貁，穴聲改為宂聲。注云：鼠屬當作禺屬。又云《周禮》、《爾雅》、《山海經》有蜼字，許無蜼。貁即蜼。《廣雅》曰：「狖，蜼也。」是也。〈釋獸〉曰：「蜼，卬鼻而長尾。」《周禮》注曰：「蜼，禺屬。卬鼻而長尾。」《淮南》注作狖。狖者，貁之俗省。蜼貁為古今字，許不取蜼，用今字也。从宂散之宂，俗譌穴耳。** 按此條大誤有三。改貁為貁，自來字書未有，从宂者，其誤一；〈虫部〉有蜼，而云許無蜼，其誤二；蜼貁異字異音，而以為古今字，其誤三。唯改禺屬為不誤，《一切經音義》卷二十一引作：「禺屬。」（卷四，頁179）

《說文繫傳》：「貁，鼠屬。善旋。從豸穴聲。臣鍇按：『所謂蝯狖也。』」大徐本之篆形及釋義皆同。然段玉裁改篆形作「貁」[38]，釋形改為「从豸宂聲」，並注云：「此宂散之宂。俗譌作穴聲。篆體亦誤。今正。宂之古音在三部。余救切。三部。」穴字，段注音讀為「胡決切，十二部」。段玉裁以穴與「貁」聲不相協，故改从同為三部之宂聲，並據以修改篆形。不過，鈕樹玉認為段注改篆是「自來字書未有」，所以篆形改从宂作貁，並不恰當。大約同時的嚴可均在《說文校議》中對於段玉裁之改字，亦有所評論，他說：

---

[37]〔清〕段玉裁：《說文解字注》，頁360。
[38]〔清〕段玉裁：《說文解字注》，頁463。

〔狖〕《一切經音義》卷廿一引作「禺屬，善游」校：禺字是。狖，俗作貁。《廣雅》貁，蜼也。《淮南·覽冥訓》猨狖顛蹶而失木枝。高注：狖，猨屬也。是狖為禺屬也。〈鼠部〉別有鼠宂鼠，屬字從宂食之宂。校者誤以狖鼠宂為一物輒改耳。[39]

嚴氏云：「狖，俗作貁。」對於段玉裁的改篆認為是「校者誤以狖鼠宂為一物輒改耳」。不過，據筆者查索磧砂藏本《一切經音義卷第二十一·大菩薩藏經第十卷》「山犺」條：「餘究反。《說文》：『禺屬，善遊。』《蒼頡篇》云：『似猫，搏鼠，出河西。似獼猴而大，蒼黑色。江東養之捕鼠，為物捷健也。』[40]玄應書中之「山犺」字形从「宂」，或許為段氏改篆的根據之一。至於鈕氏所舉出之錯誤，正如阮元在《段氏說文注訂·敘》所云：「書成之時，年已七十，精力就衰，不能改正。而校讎之事，又屬之門下士，往往不參檢本書，未免有誤。」鈕氏雖舉出段氏之誤有三，不過他引玄應《音義》之資料來輔證段氏改「鼠屬」為「禺屬」是正確的作法。

二 鈕氏以為玄應引未必無誤，不當偏信

鈕樹玉雖屢引玄應《一切經音義》來訂補段書，然而他對玄應書所載內容，也並非全盤接受。鈕氏在考訂《說文》時，相較於當時學者普遍重視的玄應《音義》外，他更看重的是後代字韻書，如《玉篇》、《廣韻》的記載。針對段玉裁輒引玄應書的情形，鈕氏認為「元應引未必無誤，不當偏信」。例如「煩」字。

（一）煩字

煩，**注云：元應書兩引《說文》作**頏。**今本《說文》作**煩，**非古。《篇》、《韻》皆沿俗本之誤。**按元應引未必無誤，不當偏信。《玉篇·疒部》有疣，注云與煩同。《廣韻》煩引《說文》重文作疣，疑今煩下重文作疣，非。其煩篆當不誤。（卷四，頁158）

《說文》：「煩，顫也。從頁尤聲。疣，或從疒作。」段玉裁根據玄應書之材料，

---

[39]〔清〕嚴可均：《說文校議》，收錄於嚴一萍選輯：《小學類編》（臺北：藝文印書館印行，民國62年），冊9，卷九，頁16-a。

[40]〔唐〕釋玄應：《一切經音義》，《磧砂藏》本，頁254。

認為正篆當作从頁又聲之「頍」字。據查玄應書中共兩引「戰頍」條，一見於卷七《佛說阿惟越致遮經中卷》，一見於卷十一《增一阿含經第二十四卷》[41]。段氏根據玄應《音義》資料推測古本《說文》正篆作「頍」，應有所本。段氏又於重文「疣」字下云：「按此篆亦當作疚。从疒又聲。據玄應書及《廣韵》可證。玄應曰：『今作疣』，知淺人以今體改古體耳。」[42]根據《一切經音義卷第十五．僧祇律第二十一卷》「疚頭」條云：「古文䖵、疚、頍三形。今作疣，同。有究反。《說文》：『頍，顫也。』謂顫掉不正也。」[43]段氏之言亦有所據。然而，鈕氏針對段氏屢屢引用玄應《一切經音義》為證，對今本《說文》多所改訂或增補。鈕氏對照後世字韻書所載，發現部分字際關係又互有交錯，因而提出「元應引未必無誤，不當偏信」的主張。

筆者以為，歷來字韻書對煩、頍、疣、疚諸字互有異體關係的記載，例如今本《說文》以煩為正篆，以疣為重文；《龍龕手鑑》以煩為字頭，或作疚；宋本《玉篇》以煩為字頭，亦作疣；《廣韻》以煩為字頭，下列「疚，同上」；《集韻》並列「煩頍」二字，云：「頭顫也。亦从又。」《類篇》亦同。倘就文字形義關係來論，「頍，顫也」，頭不定也，从頁又聲，金文有「」（〈伯頍觶〉，《集成》6175）[44]，為形義相合之形聲字，聲符又兼可表義。又《說文．疒部》：「疚，顫也。」[45]甲骨文作（《合》4344）[46]。此諸字之異體關聯，「煩」與「頍」二者，是屬於聲符替換的異體關係；「煩」與「疣」二者，則屬於形符替換的異體關係。根據前文的分析，段玉裁以代表唐代文獻之玄應書為證，且形義關係密合，言之有據，筆者認為段說合理。反觀鈕樹玉只因宋代之字韻書所載，驟然提出「元應引未必無誤，不當偏信」的主張，就此「煩」字例而言，似乎宜有更多證據來支持其主張。

---

[41]《一切經音義卷第七．佛說阿惟越致遮經中卷》「戰頍」條：「下又作疚，同。有富反。《說文》：『顫頍，謂掉動不定也。』」；《一切經音義卷第卷十一．增一阿含經第二十四卷》：「下古文䖵、疚、頍三形，今作疣，同。尤富反。《通俗文》：『四支寒動謂之戰頍。』《蒼頡篇》云：『頭不正也。』經文作肬，非也。」分見〔唐〕釋玄應：《一切經音義》，《磧砂藏》本，頁 167、頁 190。

[42]〔清〕段玉裁：《說文解字注》，頁 425。

[43] 見〔唐〕釋玄應：《一切經音義》，《磧砂藏》本，頁 220。

[44] 中國社會科學院考古研究所編：《殷周金文集成》（北京：中華書局，1984 年）。

[45]〔清〕段玉裁：《說文解字注》，頁 353。段注云：「與〈頁部〉煩、疣音義同。」

[46] 郭沫若主編，胡厚宣總編輯，中國社會科學院歷史研究所編：《甲骨文合集》，北京：中華書局，1982 年。

（二）魑字

又如「魑」字：

> **增魑篆注云：各本無此篆。元應五引《說文》魑字，助交切，訓捷健也。又引《廣雅》魑，捷也。《聲類》魑，疾也。蓋後人以勦代魑，而《說文》魑字亡矣。《玉篇》曰：「魑，剽輕為害之鬼也。」《說文》訓當云「鬼捷皃」，疑魑篆即魑篆之譌。** 按元應雖多采古書，未必無誤。《篇》、《韻》魑並不引《說文》，不應信其單辭輒增一篆，又疑為魑之譌，亦非。（卷四，頁 164-165）

段注「魑」字之原文[47]，已見於上。段玉裁依據玄應《音義》所載於〈鬼部〉末新增「魑」篆。據查玄應《一切經音義》於卷十二《賢愚經第十卷》「勦了」條[48]、卷十三《業報差別經》「勦健」條[49]、卷十五《十誦律第九卷》「勦疾」條[50]、卷十九《佛本行集經第十一卷》「勦勇」條[51]，均載明「《說文》作魑」。鈕樹玉書中雖多引玄應書來訂補段注，但他對唐代的材料多半抱持保留的態度，所以他主張「元應雖多采古書，未必無誤」，寧可多方引用《玉篇》、《廣韻》諸書為證，不能信其單辭而妄自增篆。

筆者查詢歷代重要字書，自〔三國魏〕張揖《廣雅．釋詁》：「魑，健也。」包括《龍龕手鑑》、宋本《玉篇》、《廣韻》、《集韻》、《類篇》等等，「魑」字多有「捷疾貌」、「健也」、「剽輕為害鬼」諸義，而歷來字韻書在意義相承時，多半直接釋義，不盡然會標示原始出處。因此，筆者以為鈕氏云「《篇》、《韻》魑並不引《說文》」一語，並不能駁倒段玉裁所指玄應書五引訓為捷健之「勦」，《說文》「本作魑」之事實。不過，我們從此一字例確實可以注意到鈕樹玉對於玄應書的材料態度相對保守許多。

47〔清〕段玉裁：《說文解字注》，頁 440。

48《一切經音義卷第十二．賢愚經第十卷》「勦了」條：「仕交反。便捷也。謂勁速勦健也。《說文》作魑。捷也。疾也。」，見〔唐〕釋玄應《一切經音義》，《磧砂藏》本，頁 194。

49《一切經音義卷第十三．業報差別經》「勦健」條：「仕交反。謂勁速捷健曰勦。《說文》作魑，健也。」《磧砂藏》本，頁 205。

50《一切經音義卷第十五．十誦律第九卷》「勦疾」條：「《說文》作魑，同。仕交反。捷健也，謂勁速勦健也。」《磧砂藏》本，頁 216。

51《一切經音義卷第十九．佛本行集經第十一卷》「勦勇」條：「《說文》作魑，同。助交反。捷健也。謂勁速勦健也。」《磧砂藏》本，頁 242。

（三）坺字

又如「坺」字：

> **坺，坺土也。注云：坺字各本無，今補。**　按各本作治也，不作土。一臿土謂之坺。注云：一下各本有曰字，今依元應書卷二十、《廣韻》十三末正。一臿所起之土謂之坺。今人云坺頭是也。　按《玉篇》引有曰字。《廣韻》不引《說文》，元應引恐脱。坺本訓治，又訓臿土，故加一曰以別之也。（卷七，頁323）

二徐本《說文》皆作「坺，治也。一曰臿土謂之坺。」段注本改作「坺，坺土也。一臿土謂之坺。」[52]與二徐本異文。據查《一切經音義卷第十九・佛本行集經第十二卷》「土墢」條下引：「《說文》一臿（鍤）土謂之坺。」[53]又《廣韻・入聲・末韻》：「坺，一臿土也。」[54]應為段玉裁所本，一下並無「曰」字。然而鈕樹玉根據宋本《玉篇》作：「一曰臿土」，且《廣韻》不引《說文》，因而懷疑玄應書所引恐有脱字。此一例證再次呈現鈕樹玉對玄應《音義》一書的態度。

類此之例，尚有「玃」字，段注云：「依元應補，又刪玃持人也四字。」鈕氏則加按云：「按元應七字，蓋采《爾雅》郭注，非許書。（見卷五，頁194）」；「紵」字，段注云：「今改為細者為絟，布白而細曰紵。今依《元應書》正。」鈕氏則加按云：「按元應誤以鄭注《周禮》為許書。（見卷七，頁301）」面對段玉裁輒引玄應書來改動《說文》內容，鈕氏則以為玄應引未必無誤，不當偏信。

三　駁段氏以為許書當用本字而擅改

鈕氏序中提到段書之失，第一點便是段玉裁「自立條例，以為必用本字」。在《段氏說文注訂》中足以表明鈕樹玉此一觀點的字例，例如「屧」字：

---

[52]〔清〕段玉裁：《說文解字注》，頁691。

[53] 見〔唐〕釋玄應：《一切經音義》，《磧砂藏》本，頁242。《磧砂藏》本作「一鍤土」，《高麗藏》本作「一臿土」。

[54]〔宋〕陳彭年等重修：《宋本廣韻》，頁487。

（一）屟字

屟，履中薦也。今改為履之荐也。注云：之，各本作中，今依元應所引訂。 按元應書引作薦，不作荐，見十四卷。《玉篇》引《廣韻》注並作：「履中薦也。」則之字誤。（卷三，頁141）

屟字，各本《說文》作「履中薦也」，段注本改作「履之荐也」，注云：「此藉於履下，非同履中苴也。荐者，藉也。吳宮有『響屟廊』，《東宮舊事》有『絳地文履屟百副』，即今婦女鞵下所施高底。」[55]薦者，獸之所食艸，為一艸名。荐，薦席也，指薦艸所製之席也，再由墊席義，引伸為墊藉之義，此為經典常用義。故薦、荐二字音同而義別。段玉裁在《說文解字注》中對字詞辨析甚明，故於〈茻部〉「葬」字「一，其中所以荐之」下注云：「荐，各本作薦。今正。荐，艸席也。有藉義。故凡藉於下者用此字。」[56]段氏認為「屟」為「婦女鞵下所施高底」，不只是置於鞋中的草[57]，故宜改為「履之荐也」。

不過，根據《一切經音義卷第十四・四分律第二十九卷》「作屧」條：「古文屟，今作䗣，同。思頰反。《說文》：『履之薦也。』本音他頰反。《東宮舊事》曰：『絳地文履屜自副。』今江南女婦猶著屟子，製如芒屟而卑下也。」[58]玄應《音義》所引《說文》實作「履之薦也」，而非「履之荐也」。段氏根據玄應所訂，係由「履中」改為「履之」，而「薦」字段氏並未根據玄應用字而改。故鈕樹玉針對段書荐字與玄應書所引不同而提出考訂。同時他也引用《玉篇》說明段氏擅自改字，實不合古本用字。

筆者以為，段氏考訂雖然依據玄應書，卻又有其選擇性的調整，自然是他認為「荐」字方能符合文字形義，許慎書當用本字才對。其所引《東宮舊事》也是朝著高底鞋來理解，而非鞋內之草。又參考〔明〕沈德符《萬曆野獲編・卷十九・兩京街道》記載：

> 街道惟金陵最寬潔。其最穢者無如汴梁，雨後則中皆糞壤，泥濺腰腹。久晴則風起塵揚，覿面不識。若京師雖大不如南京，比之開封似稍勝之。但冬月冰凝，尚堪步屟（屧），甫至春深，晴暖埃浮，溝渠滓垢，不免挑濬，然每年應故事而已。[59]

---

[55]〔清〕段玉裁：《說文解字注》，頁404。

[56]〔清〕段玉裁：《說文解字注》，頁48。

[57]《說文・艸部》：「苴，履中艸。从艸且聲。」見〔清〕段玉裁：《說文解字注》，頁44。

[58]〔唐〕釋玄應：《一切經音義》，《磧砂藏》本，頁212。

[59]〔明〕沈德符：《萬曆野獲編》（臺北：新興書局有限公司，民國65年），頁487。

根據此材料看來，汴梁街道「雨後則中皆糞壤，泥濺腰腹」，而相較於開封似稍勝之，冬月雖有冰凝，然尚堪步屧。屧，一本作屟。此步屧，為行走、漫步義，謂雙足著屧而行，則此屧字之單字義，似指木屐為妥。正如段氏所言「此藉於履下，非同履中苴也。」則段玉裁之改字，確實與他認為許書釋義當用本字之主張有關。只不過未能符合玄應書中之用字，無怪乎招來鈕氏之批駁。

段玉裁注《說文》時「拘泥本字」的作法，確實常招來學者的討論。例如王力先生曾以「不科學」來討論段氏拘泥本字的作法。他說：

> 本來，漢字最初的數量是不多的，同音假借的情況最為普遍。所謂「本字」，往往反而是後起的字。因此，「本字」是經典中罕見的，甚至是沒有的。假使依此訂改經典，那就走入魔道了。段氏不明此理，所以處處提倡本字。……我們不能凭一部字書來斷定經典是經過後人妄改的。不根據現存史料而妄談「本字」，是不科學的。[60]

段玉裁認為許慎《說文》為析形釋義之字書，自然應當採用本字才是。正如前文所舉「署」字所云「疑本作罘署，後改部署也。」也是相同主張所導致。不過，就現實狀況來看，許書也並非全然採用本字來釋義，段氏一味拘泥而改字，若無足夠的證據支撐，反而容易招來非議，被認為是不科學的作法。

四　玄應書所引《通俗文》不足以證《說文》

鈕樹玉針對段氏《說文解字注》中動輒引用玄應書來修訂許書，甚至以玄應書中引用東漢後期服虔所著《通俗文》之內容來改《說文》。鈕氏認為玄應書未引證《說文》，不應妄下論斷，並且提出「《通俗文》不足以正《說文》」之批評。例如「赾」字。

（一）赾字

> **赾，舉尾走也。注云：按此後人所增，非許書本有也。《眾經音義》曰：《通俗文》曰舉尾走曰揵。《律文》作赾，馬走也。然則唐初《說文》無赾，即有赾亦不訓舉尾走。**　按元應不引《說文》，未可便謂《說文》赾。《玉篇》注：「舉尾

[60] 王力：《中國語言學史》，頁148。

走。」《廣韻》注：「獸舉尾走。」當並本《說文》。《通俗文》揵字，《說文》不收。（卷一，頁 13）

段注《說文》「赶」字注文之大要，已見於上文。鈕氏以此條《眾經音義》所引為《通俗文》而非《說文》，因而認為段氏不宜據此來論證《說文》赶字。鈕氏同時引用後起字韻書《玉篇》、《廣韻》均有赶字形義，當本於《說文》。鈕氏目的在訂正段玉裁云「按此後人所增，非許書本有也」之語。

為求慎重，筆者查索《磧砂藏》本、《高麗藏》本、《中華大藏經・趙城金藏》本《一切經音義卷第十六・鼻柰耶律第五卷》「赶尾」條下：「巨言反。《通俗文》『舉尾走曰赶』。律文作揵，非體也。」[61]發現段氏所引內容與諸本《一切經音義》異文，段氏用字恰好與之相反，且衍「馬走也」三字。據玄應書所引《通俗文》應是「舉尾走曰赶」，段氏用此例來說明赶字，本無問題。主要問題出在段氏引文用字錯誤，又誤衍「馬走也」三字，才讓他得出錯誤的結論：「唐初《說文》無赶，即有赶亦不訓舉尾走。」這才是鈕氏應該提出訂誤之處。可惜鈕氏未能明白點出段氏之誤，此其不足之失也。

（二）歖字

又如「歖」字：

> 歖，**悲意。注云：合諸書攷之，**歖**下當云「小怖也。从欠喬聲。」引《公羊傳》：「**歖**然而駭。」又出**歟**篆下當云「悲意。从欠奧聲。」今本舛奪。** 按此因元應引《通俗文》：「小怖曰歖。」又引《公羊傳》：「歖然而駭。」故有此說，然《通俗文》不足以證《說文》。《玉篇》歖亦注悲意。《廣韻》不收歟，並非今本舛奪，今《公羊傳》作色，釋文不云作歖。（卷四，頁 151）

各本《說文》均作「悲意。从欠嗇聲。」無異文。段玉裁於「悲意」下注云：「玄應書云：《通俗文》：『小怖曰歖。』《公羊傳》：『歖然而駭。』是也。按今《公羊》作色然。」[62]遂認為「歖」字應訓為「小怖也」，而非「悲意」。「悲意」之訓當另有所屬。段氏以《類篇》「歟」注「馨叫切，悲意。」遂認定今本《說文》脫「歟」篆，當補。

---

[61]〔唐〕釋玄應：《一切經音義》，《磧砂藏》本，頁 225。此條同時收入慧琳《一切經音義卷第六十五・鼻柰耶律第五卷》，見徐時儀：《一切經音義三種校本合刊・下冊・慧琳音義》，頁 1659。

[62]〔清〕段玉裁：《說文解字注》，頁 417。

筆者據查《一切經音義卷第十九・佛本行集經第四十二卷》「歠然」條下：「所力反。《通俗文》小怖曰歠，《埤蒼》恐懼也。《說文》悲意也。字從嗇從欠……。」[63]發現玄應書中明確可見「悲意」之訓，而段氏卻忽略玄應書所引《說文》釋義，而採《通俗文》之義，確實不可取。故鈕樹玉認為段氏雖引玄應書為證，然《通俗文》不足以證《說文》。鈕氏之訂段誠是。

第四節　鈕氏對引用玄應書的態度與立場

透過前面相關字例的說明，我們可以發現證鈕樹玉對於唐代材料的信任度，似乎不若段玉裁。段玉裁屢屢引用玄應《一切經音義》來校訂或更動《說文》原文。對此作法，鈕樹玉的態度相對保留一些。換言之，對於採信唐人說法上，鈕樹玉與段玉裁的觀點明顯不同。鈕樹玉認為唐人多誤將《字林》當作《說文》，因此讓他認為唐人之說多不可行，因而對玄應書採取更為謹慎的態度。

鈕氏眼中的唐代文獻，包括陸德明《經典釋文》、玄應《一切經音義》、《文選》李善注、張參《五經文字》、唐玄度《九經字樣》等等。例如在《段氏說文注訂・卷六》「抍」字下，鈕樹玉針對段氏引用陸德明《經典釋文》、李善注《文選》等資料來考訂，提出懷疑。並引用玄應《音義》、《玉篇》、《廣韻》資料來證明段氏盡信唐人之說的不可靠，鈕氏在《段氏說文注訂》中明言：

> 按陸氏親《字林》而疏《說文》，故往往以《字林》為《說文》，此條亦然。《一切經音義》卷二、卷九並引《說文》：「抍，上舉也。」《玉篇》撜拯為抍之重文。《廣韻・平聲・抍》注云：「上舉。」引《易》曰：「抍馬壯吉。」《說文》音蒸上聲，拯，重文作抍撜，注云：「見《說文》」，則陸氏之誤明矣。出溺為拯，李氏誤以《方言》為《說文》，今《方言》作抍，亦可見拯字之非古。（卷六，頁258）

鈕氏直言陸德明《經典釋文》雖成書於唐代，但「陸氏親《字林》而疏《說文》，故往往以《字林》為《說文》」，故所引資料，未可盡信。針對此一問題，王筠《說文句讀・凡例》中也曾提出采引《經典釋文》應留意的狀況，並且比較了《經典釋文》與玄應《音義》二書的異同。他說：

---

[63]〔唐〕釋玄應：《一切經音義》，《磧砂藏》本，頁244。

元應於《說文》、《字林》，無所偏主，陸氏則主《字林》，至有引《字林》而謂《說文》同之者，且有引《說文》之音，而引《說文》之義，及他處再引《說文》，仍同此義者，故以陸氏所不引而疑《說文》本無此字，誣也。[64]

唐朝時期《字林》的地位頗高，幾乎與《說文》不相上下。此因當時《字林》之學與《說文》之學並列，且科舉取士時，《說文》、《字林》二書同為墨試項目之一[65]。此外，因「東晉時《說文》未行於南方。」[66]所以在後世《說文》傳本中，有不少《字林》內容竄入《說文》，包括晉代郭璞注《爾雅》也是偏重於《字林》[67]。此外，宋代釋贊寧在〈唐京師西明寺慧琳傳〉文中，敘述慧琳作《一切經音義》時，「遂引用《字林》、《字統》、《聲類》、《三蒼》、《切韻》、《玉篇》、諸經雜史，參合佛意，詳察是非，撰成《大藏音義》一百卷。」[68]釋贊寧文中提及《字林》、《玉篇》，卻不見《說文》，足知《字林》與《說文》二書在唐、宋時期淆混相摻雜之狀況。因此，鈕樹玉認為在玄應《音義》所引之《說文》內容，實不可盡信。

鈕樹玉《段氏說文注訂》書中也特別提到他對《通俗文》的觀點。眾所周知，《通俗文》為東漢末年服虔所作，是一部專釋俗言俚語、冷僻俗字的訓詁學專著。此書已佚，目前所見為輯佚之作，特別是玄應《一切經音義》中保留了許多《通俗文》的材料。因此，段玉裁注《說文》時屢引玄應書中之《通俗文》資料，因而也讓鈕樹玉在訂段、補段過程中，表達了他對《通俗文》的看法。由於《通俗文》所反映的，是當時民間通俗流行已久的用法，雖然鈕氏有時仍以《通俗文》來補正段玉裁的說法，但鈕氏認為《通俗文》乃通俗之作，不足以證《說文》。可見鈕氏對《通俗文》的觀點傾向不足憑證的負面態度。

---

[64] 見〔清〕王筠：《說文解字句讀》，書前〈凡例〉，頁2-3。

[65] 參見本書第九章〈玄應《音義》在清儒考據工作的運用舉例〉，頁147。

[66] 王筠之語。王筠認為引用唐人作品時，須特別留意《字林》竄入《說文》的現象，宜留心考辨。見〔清〕王筠：《說文解字句讀》，書前〈凡例〉，頁3。

[67] 參見本書第七章〈王筠《說文解字句讀》徵引玄應《音義》研究〉，頁109。

[68] 見〔宋〕釋贊寧：《宋高僧傳》(臺北：文津出版社，民國80年)，卷五，頁108。原文亦可見參見本書第十章，頁171。

第五節　小結

本文以鈕樹玉《段氏說文注訂》書中藉由引用玄應《一切經音義》來訂補段玉裁《說文解字注》的用例，詳加考釋，並還原玄應書之內容來加以檢證。針對鈕氏所提出的段注缺失，試予評述，今業已舉隅說明如上。持平而論，鈕樹玉針對段玉裁《說文解字注》書中提出訂補，其中部分用例確實可以點出段玉裁作注時，流於專斷，妄下評論。然有些卻不盡然是段氏之失，而是鈕氏未明段玉裁作注的立場。筆者認為，鈕氏對段氏的批評是否得當，見仁見智，特別是鈕氏過於偏重《玉篇》、《廣韻》的材料，經常利用時代較晚的字書、韻書，來評斷或懷疑玄應《一切經音義》的內容，容易讓人質疑其證據的強度。

參照本文前面所進行的實例討論，鈕樹玉企圖訂段、補段的用心，筆者認為是理想意義大於實際功效，許多地方鈕樹玉未能深入了解段玉裁的立場與用心，故而只能做出淺薄的評論罷了。誠如胡家全所云：「然鈕氏所訂，有段氏誤者，也有段氏不誤者。鈕氏〈自序〉中對段氏失誤的總結，就有可議之處。……又其音韻、典籍功底遠遜段氏，故所訂雖多有參考價值，亦多有可商榷之處。」[69]藉由本文對部分字例的詳細考察，這樣的評論，確實能說明鈕樹玉訂補段說的實際成效。

[69] 胡家全：〈鈕樹玉的《說文》研究〉，《南陽師範學院學報》，2011 年 04 月，頁 54。

第七章
王筠《說文解字句讀》徵引玄應《音義》研究

第一節 前言

初唐釋玄應所撰《大唐眾經音義》是現存最早的佛經音義，據《新唐書・藝文志・道家類・釋氏》著錄有「玄應《大唐眾經音義》二十五卷」[1]。今簡稱為《眾經音義》或「玄應《音義》」。〔清〕莫友芝《郘亭遺文・卷二・一切經音義寫本序》云：「此書乾隆以前，淹在彼教，不過梵典視之。」[2]可知自唐代釋玄應成書，迄於清初，釋玄應《眾經音義》一直被傳統小學研究者所忽視，埋沒於佛教典籍中。陳垣先生認為佛經音義類的著作，例如釋玄應《眾經音義》、釋慧苑《華嚴經音義》，一直到清乾隆年間才被注意到，並大量應用於古籍整理考校和古籍輯佚等方面，而最早運用的清代樸學家代表，便是乾隆四十七年任大椿（西元 1738-1789 年）的《字林考逸》[3]。同時代的《說文》名家段玉裁（西元 1735-1815 年）也將玄應《音義》運用於他的《說文》研究成果中。直至道光二十一年（西元 1841 年）王筠開始撰寫《說文解字句讀》時，便已是有意識且大量運用玄應《音義》的資料，為王筠在疏解校訂《說文》時，提供有利訂補的參考依據。

本文將針對王筠《說文解字句讀》一書中所引用玄應《眾經音義》的運用狀況，進行初步探討[4]。希望藉由對文本資料的比對與探討，能夠呈顯玄應《音義》一書，對王筠在進行《說文解字》增補考校等相關研究時之運用狀況，進一步突顯玄應《眾經音義》在《說文》學研究史上所產生的價值與影響。

---

[1] 見〔宋〕歐陽修：《新校本新唐書・藝文志三》（臺北：鼎文書局，民國 81 年），冊 3，卷五十九，頁 1527。

[2]〔清〕莫友芝：《郘亭遺文》，收錄於《續修四庫全書》（上海：上海古籍出版社版本，1995 年），冊 1537，卷二，頁 423。

[3] 陳垣說：「乾隆四十七年，任大椿撰《字林考逸》，始利用之……。最初利用兩《音義》者為《字林考逸》，則尚無異議。」見氏著：《中國佛教史籍概論》（臺北：新文豐出版公司，1983 年），頁 78-79。

[4] 王筠《說文解字句讀》書中引用玄應書材料，多統稱為《眾經音義》，而非《一切經音義》。

第二節　《說文解字句讀》成書及其對玄應《音義》之應用

王筠（西元1784-1854年），山東安邱人，為清代《說文》四大家之一。他在《說文》學上的成就，在前人既有的研究成果下，能突破創新，不囿於前人，在某些方面的創見，可以說超越前賢，名氣直逼段、桂二家。《清史稿》載：「筠少喜篆籀，及長，博涉經史，尤長於《說文》。……筠治《說文》之學垂三十年，其獨闢門徑，折衷一是，不依傍於人，論者以為許氏之功臣，段、桂之勁敵。」[5]今人黃德寬則認為「從文字學的角度而論，其成就在段、桂、朱之上……真正從文字學角度研究《說文》，段氏有始創之功，王氏則把這方面的研究大大推進了一步，後來居上。」[6]王筠在清代《說文》學上的地位可見一斑。

關於《說文句讀》的成書，王筠於書前序文云：

> 道光辛丑，余又以《說文》傳寫多非其人，群書所引有可補苴，遂取茂堂及嚴鐵橋、桂未谷三君子所輯，加之手集者，或增或刪或改，以便初學誦習，故名之曰「句讀」。不加疏解猶初志也，三篇業將畢矣。……時閱十年，稿凡三易。[7]

可知《說文句讀》一書，始撰於道光二十一年（西元1841年），道光三十年（西元1850年）草稿粗具，又經三次易稿，終於咸豐三年（西元1853年）脫稿，前後凡十三年。推算王筠的年歲，此時已高齡六十九歲。故知《說文句讀》可視為王筠晚年的《說文》研究代表作。

王筠研治《說文》，廣蒐各家之說，吸收段玉裁《說文解字注》、桂馥《說文解字義證》、嚴可均《說文校議》諸家的說解，還旁及當代鈕樹玉、王煦、王玉樹等人的研究成果，是初學者研讀《說文解字》的重要讀本。不過，雖然王筠撰寫《句讀》時，同時參考段、桂二書，但在書前〈序文〉中，王筠表明他是偏向桂馥說法的立場：「二家說同，則多用桂說。」「以其書未行，冀稍存其梗概，且分肌擘理，未谷尤長。」[8]

總體來說，此書根據字形來考究許慎的解說，長於引用各方資料來加以訂改，並且論證、評述當代各家的《說文》研究成果。換言之，王氏說解文字，別具新意，博觀約

---

[5]〔清末民初〕趙爾巽等撰：《清史稿．列傳二百六十九．儒林三．王筠》（北京：中華書局點校本，1977年），頁13279-13280。

[6] 見黃德寬、陳秉新：《漢語文字學史》（合肥：安徽教育出版社，1990年），頁148、頁151。

[7]〔清〕王筠：《說文解字句讀》（北京：中華書局，1988年），書前〈序文〉，頁1。

[8] 見〔清〕王筠：《說文解字句讀》，書前〈序文〉，頁4。

取，通貫古今，並且以深入淺出的方式說明，期能顧及《說文》研究的入門基礎，以讓讀者容易閱讀理解作為前提。梁啟超云：

> 《說文句讀》成於《釋例》之後，隨文順釋全書……。此書最後出而最明通，最便學者。學者如欲治《說文》，我奉勸先讀王氏《句讀》，因為簡明而不偏詖；次讀王氏《釋例》，可以觀其會通。[9]

故知《說文句讀》一書簡明而不偏詖，淺顯易懂，最便學者，就是梁啟超強力推薦的主要原因。

王筠對於《眾經音義》引用《說文》、《字林》等字書的材料十分重視，他在書前「凡例」中說明，多次提及《句讀》書中對玄應《眾經音義》的運用，例如：

> 所据群書，《經典釋文》、《漢書》、《後漢書》、《文選》、《初學記》、《玉篇》、《廣韻》、《集韻》、《韻會》、《眾經音義》、《五經文字》、《九經字樣》、《五行大義》、《九章算術音義》、《本草綱目》，皆所手輯也。外此則一以《說文校議》為本。然如「暴，晞也」，嚴氏據元應婁引，欲補乾字，不知此自是元應書例，恐人不解晞字，故連引其說耳。[10]

玄應《眾經音義》一書是王筠作《句讀》所採引的群書之一，而且王筠對玄應書引用《說文》的體例形式極為了解，所以能就嚴可均《說文校議》書中引用不當的情形提出批評。

由於《眾經音義》成書於初唐，王筠認為玄應書中所引用之《說文》資料，與今本《說文》或同或異，蓋「六朝唐人所據本，固如此矣。」也正因如此，王筠對《眾經音義》的材料極為珍視，他說：「釋典自漢入中國，則譯者必是漢語，故《眾經音義》不獨所引《說文》可用，即所標佛經字，亦多可用。如『連，負連也』，前人無知者，以所標負揵解之，而確不可易也。『痥，減也。一曰秏也。』似非異義，以所標衰耄解之，而其義有別也。乃知許君說解，多漢時恆言，今人不聞，遂不得其解耳。」[11]王筠於書中所舉之用例，如「連」字：

[9] 梁啟超：《中國近三百年學術史》（臺北：里仁書局，民國84年），頁296-297。

[10] 見〔清〕王筠：《說文解字句讀》，書前〈凡例〉，頁2。此外，王筠《說文解字句讀》中「玄應」皆做「元應」，此乃清刻本避玄曄名諱而改，本文敘述不取避諱用字，除了原典引文外，全部還原作「玄應」，特此說明。

[11] 見〔清〕王筠：《說文解字句讀》，書前〈凡例〉，頁3。

《句讀‧第二下‧辵部》：「䢋（連），負連也。謂負之連之也。蓋漢人常語。連，俗作『摙』。《玉篇》：『摙，力翦切，運也。』《廣韻》：『摙，擔運物也。』《詩》：『我任我輦。』任即負也，輦即連也。〈鄉師〉鄭注：『故書輦作連。』《眾經音義》：『負摙』字，婁見其〈卷十一〉說曰：『力剪反。』《淮南子》：『摙載粟米而至。』許叔重曰：『摙，擔之也，今皆作輦也。』段氏曰：『聯、連為古今字，連、輦為古今字。』筠案：連本車名，《周禮》『巾車』、『連車組輓』是也。輦亦車名，〈鄉師〉注引《司馬法》曰：『夏后氏謂輦曰余車，殷曰壺奴車，周曰輜輦』是也。許君說連以負連，廁輦於䡴、輓之閒，皆以為動字者，《毛詩》、《周官》、《左傳》多用為動字也。連以人為主，故入〈辵部〉，惟無〈扶部〉，故輦入〈車部〉也。《莊子‧秋水篇》：『五帝之所連』，蓋亦擔荷之謂，非連貫也。**從辵車。**力延切。此與聯同之音，非與輦同之音也。當力展切。」（卷四，頁八右。頁 63）[12]

大徐、小徐本皆作「連，員連也。從辵車。」徐鍇曰：「若車之相連也，會意。」[13]而段注本改作「負車也。从辵車。會意。」段玉裁云：「連即古文輦也。……負車者、人輓車而行。車在後如負也。字从辵車會意。」（段注本，頁74）[14]而王筠依據《眾經音義》屢見「負摙」一詞而更改諸本之釋義。摙為連之俗字，「負連」即是負之連之的意思。他在《句讀‧耳部》「聯」字下也說：「〈辵部〉『連』下云『負連也』者，『連』是古語，『負摙』是漢語，而古無『摙』字，故仍作『負連』。要是擔運之義，此自為一事，『聯』即『連』也者。周謂之『聯』，漢謂之『連』，借用『負連』之字，而改力展切之音，此則連屬之義，又自為一事。」（《句讀》，頁745）據查《一切經音義卷第十一‧中阿含經第六卷》「負摙」條下：「力翦反。《淮南子》『摙載粟米而至』。許叔重曰：『摙，擔之也。』今皆作輦。」（徐書，頁226）[15]，正是王筠所依據的材料[16]。

王筠所引群書資料中，《經典釋文》與《眾經音義》大約同時而略早，二書體例形

---

[12] 本文引用《說文句讀》原文，以《說文句讀》為據，為避免引用注腳繁複，均直接加注《句讀》之篇卷、國字頁碼於後。最末以阿拉伯數字標示中華書局版《說文解字句讀》之總頁碼，以方便讀者查核原典。

[13]〔南唐〕徐鍇：《說文解字繫傳》（北京：中華書局，1987 年），〈通釋第四〉，頁 35。

[14]〔清〕段玉裁：《說文解字注》（臺北：洪葉文化事業有限公司，2005 年），頁 74。後文引用段注《說文》以此為據，為避免引用注腳繁複，均直接加注「段注本頁碼」於後。

[15] 見徐時儀：《一切經音義三種校本合刊‧上冊‧玄應音義》（上海：上海古籍出版社，2008 年），頁 226。後文引用玄應《音義》以此為據，為避免引用注腳繁複，均直接加注「徐書頁碼」於後。偶有異文現象，則以《宋版磧砂大藏經》補注之。《磧砂藏》出版資料，詳見本文注 23。

[16] 玄應書另有相關詞條，如《一切經音義卷第十六‧戒消灾經》「負摙」條下：「力展反。《淮南子》曰：『摙載粟米而至。』許叔重曰：『摙，擔之也。』今皆作輦。」（徐書，頁 352）

式相似，甚至有學者認為玄應的《眾經音義》是仿陸德明的《經典釋文》的體例而作[17]。王筠曾提出他對《經典釋文》與《眾經音義》二書的比較。他說：「元應於《說文》、《字林》，無所偏主，陸氏則主《字林》，至有引《字林》而謂《說文》同之者，且有引《說文》之音，而引《說文》之義，及他處再引《說文》，仍同此義者，故以陸氏所不引而疑《說文》本無此字，誣也。」[18]因此，學者在引用陸氏《釋文》時，須特別留意這個現象。

《字林》的成書，根據《北史．列傳第二十二．江式》記載「晉世義陽王典祠令任城呂忱表上《字林》六卷，尋其況趣，附託許慎《說文》，而案偶章句，隱別古籀、奇惑之字，文得正隸，不差篆意也。」[19]〔晉代〕呂忱在《說文》基礎下進行補闕增補，而作《字林》一書，至遲在南北朝時期已廣為流行，因此在〔北魏〕酈道元《水經注》、北齊顏之推《顏氏家訓》書中已經多次提及呂忱《字林》之說。直到唐代，《字林》的地位幾乎與《說文》不相上下，甚至有《字林》學之名目而與《說文》並舉[20]。而正因二書並用，所以後世《說文》傳本中，有不少《字林》內容竄入。至於，陸德明《經典釋文》主於《字林》而略《說文》，王筠認為，晉代郭璞注《爾雅》也是偏重於《字林》，主要原因是「蓋東晉時，《說文》未行於南方。」[21]因此採用《經典釋文》時，應該明白《說文》與《字林》二書摻混的情形。

至於《眾經音義》引用《說文》或有增刪的情況，王筠云：「元應所引元文居多，且率以《說文》居首，其先《三蒼》、《字詁》之類，而《說文》居末者，必其于本文之義不相比附者也。閒亦刪節以就本文，僅十之二三，至如以嚳字之說說酷字，必先明著之曰『酷，又作嚳、俈』，婁引之後，或不言而直引之，校者為之失方，則非元應之過。」[22]王氏之意，舉例詳說如下。

《句讀．弟二上．告部》：「嚳（嚳），急。元應一引云：『嚳，急也，甚也。』此增刪其文也。又引云：『酷，急也，酷之甚也。』此傳寫之誤也。然足知急當句絕，嚳乃嚴酷之正字，故以急說之。嚴下云『教命急也』，亦說之以急。《白虎通》『謂之帝嚳者何也？嚳者，極也。言其能施行窮

---

[17] 見陳援庵：《中國佛教史籍概論》，頁 71。

[18] 見〔清〕王筠：《說文解字句讀》，書前〈凡例〉，頁 2-3。

[19]〔唐〕李延壽：《新校本北史》（臺北：鼎文書局，1976 年），卷三十四，列傳二十二，頁 1280。

[20] 據《五經文字．敘例》：「今制，國子監置書學博士，立《說文》、《石經》、《字林》之學。」參見〔唐〕張參：《五經文字》，《叢書集成初編》（北京：中華書局，1985 年），冊 1064，頁 3。又於《新唐書．選舉志上》：「凡書學，先口試；通，乃墨試《說文》、《字林》二十條，通十八為第。」可知《字林》在唐代地位與《說文》並列，同為當時課士之用。

[21] 見〔清〕王筠：《說文解字句讀》，書前〈凡例〉，頁 3。

[22] 見〔清〕王筠：《說文解字句讀》，書前〈凡例〉，頁 3。

極道德也。』**告之甚也。**又申說之者，《字隸·告部》：『須見從告之義也，酷者實甚，而受其酷者，以之告人必加甚，所謂下流惡婦也。』**從告，學省聲。**苦疾切。案：告亦聲也，故借酷為嚳，《詩》：『有覺得行。』《禮記·緇衣》引『有梏德行。』則學告一聲也。」（卷三，頁八左。頁 45）

二徐及段注本皆作「嚳，急告之甚也。」段玉裁補注說明：「急告猶告急也。告急之甚，謂急而又急也。釋玄應說嚳與酷音義皆同。按《白虎通》云：『謂之帝嚳者，何也？嚳者，極也。教令窮極也。』窮極，即急告引伸之義。」（段注本，頁54）而王筠則依據《眾經音義》引文，主張應該斷句為「嚳，急。告之甚也。」據查玄應書相關詞條有二：其一，見於《一切經音義卷第三·放光般若經第三十卷》「酷毒」條下：「又作嚳、俈二形，同。口斛反。《說文》嚳，急也，甚也。亦暴虐也。」（徐書，頁66）反語之前「又作嚳、俈二形，同」七字，為《高麗藏》本所無，王筠《句讀》所引有此七字，今據《宋版磧砂大藏經》之《一切經音義》本補上[23]。其二，見於《一切經音義卷第十五·僧祇律第一卷》「禍酷」條下：「古文俈、嚳、焅三形，同。苦篤反。酷，極也。《說文》：嚳，急也。告之甚也。謂暴虐也。」（徐書，頁325），皆為王筠主張之依據。

王筠以玄應書對《說文》或有增刪的情形，有部分為後世校者所為，若有衍脫，不可視為玄應之過。特別是引文中增字解釋的內容，王筠一概視為〔南朝梁〕庾儼默之舊注。其〈凡例〉云：「元應所引，謂厶厶也，蓋庾儼默舊注，概用之。且今本亦有存者，如騢下云『謂色如鰕魚也』；綠下云『謂衣采色鮮也』，皆是也。《選注》亦閒有之。」上文所謂厶厶，即今日稱之某某也，也就是指增字解釋的內容。王筠認為「元應引他書，亦或伸之曰『謂厶厶也』，或引《說文》亦然，然所引有與《選注》所引同者，制定是庾注矣。既不能別，甯過而存之。」[24]

根據《隋書·經籍志》在「《說文》十五卷」下記載：「許慎撰。梁有《演說文》一卷，庾儼默注，亡。」[25]因此，《演說文》就是《庾儼演說文》，別稱《庾儼字書》。據《隋書》記載的情況分析，它是一部與《說文》相關的字書，〔梁〕庾儼默做過注解。王筠徵引玄應書中的明指庾儼默舊注者，適一百五十條，是吾人了解南朝時期疏解《說文》者的重要材料。茲略舉數例說明於後。如「禱」字：

[23] 見延聖院大藏經局編：《宋版磧砂大藏經》（臺北：新文豐圖書公司，民國 76 年），冊 30（一〇八七），頁 140。此後引文，皆簡稱為《磧砂藏》本。

[24] 見〔清〕王筠：《說文解字句讀》，書前〈凡例〉，頁 3。

[25] 見〔唐〕魏徵等撰：《新校本隋書·經籍志一》（臺北：鼎文書局，民國 82 年），冊 2，頁 943。

《句讀・弟一上・示部》：「**禱（禱），告事求福曰禱。**依元應引改。又引福作請。案：下文及《繫傳》皆言請，而《北堂書鈔》、《後漢書注》，皆曰告事求福。**謂請於鬼神也。**依元應引增，蓋庾注也。雲漢箋黽勉，急禱請也。**從示壽聲。**都浩切。」（卷一，頁八左。頁4）

各本《說文》無「謂請於鬼神也」一語，王筠注曰：「依元應引增，蓋庾注也。」因非許書原有，故王筠《句讀》以略小字體呈現，以示區別[26]。據查《一切經音義卷第四・大灌頂經第十二卷》：「厭禱」條下：「於舟反，下都道反。伏合人心日厭，求福曰禱。禱，請也。請於鬼神也。」（徐書，頁86），為王筠所本。

又如「祟」字：

《句讀・弟一上・示部》：「**祟（祟），神禍也。謂鬼神作災禍也。**依元應引增，蓋庾注也。**從示出。**案：示出，是《周禮》所云『地示皆出』也。而說曰神禍，兼神言之者，蓋《左傳》曰『實沈臺駘為祟』。又曰『河為祟』，夫河汾，地示也，參則天神也，蓋散文通也。**出亦聲。**依小徐《通釋》補。案：示亦聲也，以柰從示聲，而隸、隸同字推之，雖遂切。」（卷一，頁十一右左。頁6）

各本《說文》無「謂鬼神作災禍也」一語，王筠注曰：「依元應引增，蓋庾注也。」段玉裁注以「釋玄應《眾經音義》曰：『謂鬼神作災禍也。』」（段注本P8）據查《一切經音義卷第四・大灌頂經第十卷》：「禍祟」條下：「思醉反。《說文》：『神禍也。謂鬼神作灾禍也。』」（徐書P86），為段玉裁、王筠所本。

再如「憺」字：

《句讀・弟十下・心部》：「**憺（憺），安也。謂憺然安樂也。**依元應引補，蓋庾注也。《楚詞・九歌》：『蹇將憺兮壽宮。』**從心詹聲。**徒敢切。」（卷二十，頁二十六右。頁404）

各本《說文》無「謂憺然安樂也」一語，王筠注曰：「依元應引補，蓋庾注也。」據查《一切經音義卷第六・妙法蓮華經第三卷》「憺怕」條下：「字書或作倓，同。徒濫反。《說文》：『憺，安也。謂憺然安樂也。』憺亦恬靜也。經文作惔，徒甘反……。」（徐書，頁137），為王筠所本。

---

[26] 由北京中華書局所出版之《說文解字句讀》（1988年），在許書原文、王筠增補釋文與王筠句讀三者，有字體大小差異，使用時宜加明辨。本文亦以三種大小字體加以區別，許書原文與王筠增補釋文，除了有大小字體之別外，另以黑體字標示。

由於庾儼默《演說文》所作之註解早已佚失，今人已難見其原貌[27]。王筠在〈凡例〉中加以說明：「案庾注句不繼《說文》之下，而繼《演說文》之下，且不言卷數，或所注即《演說文》乎？今考說解中有不貫串者，且有與許意乖違者，定是後人詮解，今不能得其主名，故概以庾注目之。」[28]因此，王筠則將各本《說文》所無之說解，一概視為梁庾儼默《演說文》所作之註解。《演說文》已著錄於《隋書．經籍志》，是南朝時期注解《說文》的作品。就時代性來論，自東漢許慎成書，迄於魏晉南北朝暨隋朝，除了《演說文》外，並無其他以《說文》為名之相關著作。唐初釋玄應作《眾經音義》，其於《說文》原書釋義「某也」外，又錄引申串講之釋義「謂某某也」，定當有所本。王筠據以推測應該是後人詮解，然又不能得其主名，故一概視為庾儼默之注。王筠之推測依時代先後來看，或可依從。

第三節　王筠徵引玄應《音義》之作用類型舉例

王筠撰作《說文句讀》始於道光二十一年，此時玄應《音義》一書在清代學術工作已陸續受到重視，因此王筠書中已經有意識的引錄玄應《眾經音義》，將玄應書運用於《說文》之校訂句讀、正訂篆形、補充釋義、訂譌辨誤等等。本文茲略舉其一二，以筆記條列型式，分舉說明如下。

一　引用玄應書以校訂《說文》句讀

研讀經書之基，首重於句讀。《禮記．學記》：「古之教者……比年入學，中年考校：一年視離經辨志，三年視敬業樂群。」〔漢〕鄭玄注：「離經，斷句絕也；辨志，謂別其心意所趣鄉也。」〔唐〕孔穎達疏：「離經，謂離析經理，使章句斷絕也。辨志，謂辨其志意趨鄉習學何經矣。」[29]可知「句讀」是讀經研經之基礎工夫，標點斷句的位置不同，往往影響到讀者對古書詞義內容的理解。王筠在書前〈凡例〉也說「此書之初輯也，第欲明其句讀而已。」[30]由此可見，明其句讀是王筠撰作此書的重點工作。王筠

---

[27] 〔清〕馬國翰：《玉函山房輯佚書》所輯《演說文》，僅根據宋郭忠恕《汗簡》所引，收錄二十五條字形異體，不見解說內容。馬氏云：「據輯錄之文收異體，皆許書之所未備。〈隋志〉已注名其解說必當博綜，惜不得窺其全豹也。」見《玉函山房輯佚書》（臺北：文海出版社，1974 年），頁 2317-2318。

[28] 見〔清〕王筠：《說文解字句讀》，書前〈凡例〉，頁 3。

[29] 〔漢〕鄭玄注，〔唐〕孔穎達等正義：《禮記正義》，景印嘉慶二十年南昌府學重刊宋本（臺北：藝文印書館，1989 年），卷三十六，頁 649。

[30] 見〔清〕王筠：《說文解字句讀》，書前〈凡例〉，頁 4。

根據玄應《眾經音義》的內容，來調整《說文》原文句讀，期使許書釋義更加明晰，且全文前後一致。如「餟」字與「酹」字：

《句讀・弟五下・食部》：「餟（**餟**），**酹**。句。**祭也**。依元應引乙轉，餟酹轉注，廣二名也。申之以祭，核其實也。《字林》謂『以酒澆地祭也。』《史記・孝武帝紀》：『其下四方地為餟食。』〈封禪書〉作『醊食』。《漢書・郊祀志》作『腏』。案：『餟酹』與『祼莤』同事，但『祼莤』沃之於茅，『餟酹』直沃地耳。此禮蓋後起，故莤、酹同在〈酉部〉而不類列。**從食叕聲**。陟衛切。」（卷十，頁十一右。頁184）

《句讀・弟十四下・酉部》：「酹（**酹**），**餟**。轉注。**祭也**。《字林》『以酒沃地曰酹。』《後漢書・橋元傳》『不以斗酒汁雞，過相沃酹』**從酉寽聲**。郎外切。」（卷二十八，頁三十一左。頁599）

二徐本及段注本皆作「餟，祭酹也。」段玉裁注云：「〈酉部〉曰：『酹，餟祭也。』」（段注本，頁225）而王筠根據玄應書中所引來校訂《說文》句讀，並乙轉其字序，謂其義為「祭祀時以酒沃地」。據查《一切經音義卷第十一・中阿含經第六卷》「祭餟」條：「古文綴。《聲類》作醊。同。猪芮反。《說文》：『餟，酹也。』音力外反。《字林》：『以酒沃地祭也。』《方言》：『餟，饋也。』」（徐書，頁226。莊炘本，頁492有異文）。又《句讀・酉部》：「酹，餟。轉注。祭也。」王筠於在「餟」字下斷句，以符合餟、酹二字轉注互訓之義，其後再訓以「祭也」，來說明二字作為祭祀之法，至於實際作法則如玄應書所引《字林》「以酒澆地祭也」王筠引用《史記》、《漢書》說明典籍用字異文的現象，進而疏解同為祭法的「祼莤」與「餟酹」之執行差異，前者沃之於茅，後者直沃地耳，使讀者明白此等古禮的差異。

又如「宇」字：

《句讀・弟七下・宀部》：「宇（**宇**），**屋邊**。句。**檐也**。依元應引補。先以『屋邊』指其處，再以『檐』廣其名，與它部先廣其名而後釋其義不同者，承上文『宸』字言之，如是則文義順也……。**從宀于聲**。王榘切。**《易》曰：『上棟下宇。』**《易・繫辭》文。桂氏曰：『〈鄉射〉說「五架屋」云：「正中曰棟，次曰楣，前曰戉。」』疏云：『中脊為棟，棟前一架曰楣，楣前接檐為戉。』馥謂此即『上棟下宇』之說。寓，**籀文宇從禹**。」（卷十四，頁六右。頁271）

宇字，小徐本作「屋邊」，大徐本與段注本作「屋邊也」，而王筠根據玄應書所引，改作「屋邊。檐也。」段玉裁於「屋邊也」下注云：「〈豳風〉『八月在宇』。陸德明曰：『屋四垂為宇。』引《韓詩》『宇，屋霤也。』高誘注《淮南》曰：『宇，屋檐也。』引伸之，凡邊謂之宇。」（段注本，頁342）屋邊，即屋檐之意。其義與王筠無別。據查《一切經音義卷第七．漸備經第一卷》「屋宇」條下：「古文寓，籀文作㝢，同。于甫反。《說文》：『屋邊，檐也。』《釋名》：『宇，羽也，如鳥羽翼自覆蔽也。』《左傳》：『失其宇。』注云：『於國則四垂為宇。宇亦屋溜也，居也。』」（徐書，頁159-160），為王筠所本。

又如「崖」字：

> **《句讀．第九下．屵部》**：「崖（**崖**），**岸**。句。**高邊也**。依元應引補。以『岸』釋『崖』者，〈釋丘〉題以厓岸。又曰：『重厓岸。』許所据本蓋作『崖』，故以『岸』釋『崖』者，區別之詞也。〈厂部〉：『厓，山邊也。』是山之邊為『厓』。此云『高邊』，則水之邊而陗高者也。若山則高不待言矣。崖、厓音同，形又近，故特區別之。**從屵圭聲**。五佳切。」（卷十八，頁七右。頁351）

崖字，大小徐及段注本皆作「高邊也」，而王筠根據玄應書所引，改作「岸。高邊也。」並引〈釋丘〉說明古籍以「岸」釋「崖」之用例，繼而說明「厓」與「崖」之別。條理清晰，淺顯易懂。段玉裁於「高邊也」下注云：「〈辵部〉曰：『邊，行垂崖也。』〈土部〉曰：『垂者，遠邊也。』按，垂為遠邊，崖為高邊。邊之義謂行於此二者，此二者因名邊矣。其字从屵也，故為高邊。」（段注本，頁446）段氏疏解其義與王筠並無扞格。據查《一切經音義卷第十六．四分戒本》「無崖」條下：「又作厓，同。五佳反。《說文》：『岸，高邊者也。』書有作涯，宜佳反。涯，涘也，無涯際也。」（徐書，頁352），為王筠所本。

王筠熱衷於引用書證來為《說文》明其句讀，梳理詞意。他大部分能切合許書原意，提高後學者對《說文》的理解。然而，並不是王筠所進行的斷句修訂都是恰如其分的。下文舉用兩例，仔細核對王筠與諸家在斷句與疏解的異同，進而比對段玉裁與王筠句讀說解的優劣。例如：「詁」字：

> **《句讀．第三上．言部》**：「詁（**詁**），**訓**。句。謂詁、訓同義也。《爾雅》〈釋詁〉、〈釋訓〉，雖分兩篇，義實同也。**古言也**。依元應引改。《後漢書．桓譚傳》注引此同。此以字形說字義。如說『尟』以『是少也』之比，必知古言，乃合古義，不致以今義說古字也。**從言古聲**。義聲互相

備，公戶切。**《詩詁訓》。**即指《毛詩詁訓傳》而言，明兩字同義也。段氏、嚴氏，皆據〈大雅・抑・釋文〉，謂當作『《詩》曰：「告之詁言」』六字。桂氏曰：『《詩》：「慎爾出話」。』《毛傳》：『話，善言也。』告之語言、《毛傳》、話言、古之善言也，《傳》以為古，則是詁非話矣。」（卷五，頁十左。頁 81）

大、小徐本與段注本皆作「訓故言也」，四字為句，而王筠別立新解，改作「訓。古言也。」依此斷句形式，王氏認為「詁、訓同義也。《爾雅》〈釋詁〉、〈釋訓〉，雖分兩篇，義實同也。」諸家作「故言」，王筠據玄應書改作「古言」。段玉裁云：「故言者，舊言也。十口所識前言也。訓者，說教也。訓故言者，說釋故言以教人，是之謂詁。分之則如《爾雅》析故、訓、言為三。三而實一也。」（段注本，頁 93）據查《一切經音義卷第二十二・瑜伽師地論第三十八卷》「詁訓」條：「古文作詁，今(作)故，同。姑護反。又音古。《說文》：『詁，訓古言也。』訓，道(導)也，釋也。」（徐書，頁 457）有關玄應書所引《說文》「訓古言也」一句，鈕樹玉主張應連上讀之，讀作「詁訓，古言也」，而非如王筠之斷句訓讀。[31]王筠謂「詁」、「訓」二字同義，並舉《爾雅》〈釋詁〉、〈釋訓〉兩篇來論證。然而就實際檢視〈釋詁〉、〈釋訓〉兩篇內容，發現二篇收詞性質仍有所不同。〔清〕朱駿聲認為：「按《爾雅・釋詁》者，釋古言也；〈釋言〉者，釋方言也；〈釋訓〉者，釋雙聲、疊韻、連語及單辭、重辭與發聲助語之辭也。」[32]朱氏認為《爾雅》〈釋詁〉〈釋訓〉〈釋言〉三篇之收詞各有所側重，而非如王筠所言「詁、訓」意義相同。可知「詁」字條之句讀，段玉裁的斷句說解，明顯優於王筠。

又如「婞」字：

《句讀・弟十二下・女部》：「**𡠗(婞)，保。**句。**任也。**據《公羊疏》漢律即有保辜。『保辜』，複語也，故許君以『保』說『婞』，而再以『任』申之者。〈人部〉『保，養也』、『任，保也。』然二字遠隔，知『任，保也』之保不用『養也』本義，而與此『保婞』同義。《眾經音義》：『保，當也；任，保也，言可保信也。』其說與本文合。**從女辜聲。**亦省作『辜』，《公羊》襄七年經……何注：『古者保辜，辜內當以殺君論之，辜外當以傷君論之。』顏注《急就篇》曰：『保辜者，各隨其狀輕重，令毆者以日數保之，限內致死則坐重辜也。』古胡切。」（卷二十四，頁十六左。頁 498）

---

31 鈕樹玉：《說文解字校錄》：「《後漢書・桓譚傳・注》及《一切經音義・卷二十二》引作『訓古言也』，蓋當連上讀，『詁訓』者，古言也。」見《說文解字校錄》，《續修四庫全書》（上海：上海古籍出版社，1995 年），冊 212，頁 307。

32〔清〕朱駿聲：《說文通訓定聲》（臺北：藝文印書館，1994 年），豫部弟九，頁 45，總頁 447。

大、小徐本及段注本皆作「保任也」，而王筠別作「保。任也。」另引《公羊疏》漢律「保辜」之說，紆曲說解其義。「保任」一詞，已見於《左傳・襄公二十一年》：「昔陪臣書，能輸力於王室，王施惠焉。其子黶，不能保任其父之勞。」為當時恆語，表示保守負任的意思。據查《一切經音義卷第六・妙法蓮華經第二卷》「保任」條：「補道反。《說文》『保，當也。任，保也。』言可保信也。」（徐書，頁 132）另外，《一切經音義卷第二十三・攝大乘論第九卷》亦有「保任」詞條及相同引文。筆者核查《妙法蓮華經・第二卷》，審視其經文內容：「汝等莫得樂住三界火宅，勿貪麁弊色聲香味觸也。……我今為汝保任此事，終不虛也。汝等但當勤修精進。」即為保守負任之義。段玉裁以「保任」說解，認為「原許君之義，實不專謂罪人保嬣，謂凡事之估計豫圖耳。」（段注本，頁 627）段玉裁之說解較能貼合「保任」之保守負任、保證擔保之意。王筠刻意斷句為「保。任也。」反而需迂迴說解，以求合意。王筠之說，未見其優也。

二　引用玄應書以訂正許書形構

許慎《說文》根據篆文形體來析形釋義，書中不免有釋形不當之處。王筠《說文句讀》也根據玄應書來訂補《說文》之釋形。如「企」字，許慎以形聲字說之，而王筠刪去「聲」字，改形聲為會意也。詳說如下：

> **《句讀・弟八上・人部》：「(企)，舉踵也。**一作『舉踵望也。』《字林》亦無『望』字，『踵』當作『歱』，《詩》：『跂予望之。』『企』與『望」自兩事也。**從人止聲。**元應曰：『企從人從止。』案：𨀕亦從人從足，不得言足聲也。本去跂切，孫去智切。**，古文企從足。」**（卷十五，頁二右。頁 292）

王筠根據大徐本作「舉踵也」，而段玉裁此前已注：「歱，各本作踵。非。今正。歱者、跟也。」桂馥《說文義證》也作「舉歱也。」王筠只在注文云「踵，當作歱」。此外，王筠也注意到在元、明以來，字書、韻書流傳著另一釋義「舉踵望也」，如〔元〕熊忠《古今韻會舉要》、《韻府群玉》、《六書本義》、《正字通》、《古今通韻》等，皆是[33]。他則引用《字林》之說，予以駁斥。既而說明「企」字從「止」，義重在舉足，

[33] 諸家之說，詳列如下：〔元〕熊忠《古今韻會舉要・卷十二上聲》「企」字引《說文》：「舉踵望也，从人止聲。」；〔元〕陰時夫《韻府群玉・卷九上聲》：「企，舉踵望也。《詩》『企予望之』。去聲。或作跂」；〔明〕趙撝謙《六書本義・卷四》：「企，舉歱望也。从人舉止為意。」；〔明〕張自烈《正字通・卷一》「企，奇寄切，音器。舉踵望也。」；〔清〕毛奇齡《古今通韻・卷七上聲》：「企，遣

「望」字之意則不在其中，故云「『企』與『望』自兩事也」。另外，在「從人止聲」下，王筠引用玄應之說，訂正許書形構，改形聲為會意[34]。根據《一切經音義卷第十六・善見律第二卷》「企摩」條下：「去豉反。人名也。依字，企，立也。從人從止，經文從山作企（㕂），古文危字，人在山上皃也。」（徐書，頁340）企字，牙聲溪紐，收韻十部；止字，舌聲端紐，收韻二十四部[35]。二字聲韻俱遠，不得稱止聲。誠如段玉裁所云：「企跂字，自古皆在十六部寘韵。用止在一部，非聲也。今正。」（段注本，頁369）故王說有據。孫愐《唐韻》作「去智切」，段注本亦同。

三　引用玄應書校訂各本《說文》篆形異構

王筠認為釋字尤重於字形，因此校訂《說文》字形也是《說文句讀》的重點工作之一。他在《說文釋例・序》云：

> 夫文字之奥，無過形、音、義三端，而古人之造字也，正名百物，以義為本，而音從之，於是乎有形。後人之識字也，由形以求其音，由音以攷其義，而文字之說備。乃往往不能釋者，何也？則以其即字求字，且牽連他字以求此字，於古人制作之意隔，而字逐不可識矣。……而《說文》屢經竄易，不知原文之存者尚有幾何？[36]

王氏深知「字形」是研治《說文》極為關鍵的一環，而《說文》一書歷經時代更迭，幾經竄易，展轉傳抄，形體訛舛，在所難免。所以，王筠運用歷代典籍注疏及各種傳世文獻中所保存的古文字材料，例如：《爾雅》、《後漢書》、《文選注》、《眾經音義》、《經典釋文》等，來進行許書篆形的校訂。下文舉例說明，如「鵻」。

> **《句讀・弟四上・鳥部》**：「**䧿（鵻）**：惟小徐、《韻譜》如此。《玉篇》同，元應引亦同。**祝鳩也。**《左》昭十七年傳：『祝鳩氏，司徒也。』杜注：『祝鳩，鷦鳩也。鷦鳩孝，故為司徒。』**從鳥隹聲。**當作隼聲。裘從求聲，麗從丽聲，是其例。《唐韻》思允切，此『豈翩翩者鵻』之音哉！《爾雅・釋文》解郭注曰：『鷦音焦，本又作焦，本或作鷦。』案：鷦即雛，與鷦皆為鵻之譌也。詳

弭切。舉踵望也。」等等。

[34] 段玉裁在「从人止」下也注云：「按此下本無聲字，有聲，非也。今正。」見《說文解字注》，頁369。

[35] 本文上古語音系統，韻部采陳新雄先生古韻三十二部，聲類采黃季剛先生古本聲十九紐。

[36] 參見〔清〕王筠：《說文釋例》（北京：中華書局，1987年），書前〈序文〉，卷一，頁2。

見《說文韻譜校》。又案：〈釋鳥〉：『鷹隼醜。』《釋文》：『隼，本或作鶽。』案：隹即鳥也，無勞更加，似陸氏所据《說文》已譌鶽為鵻。然〈釋鳥〉首句曰：『隹其鳺鴀』，《釋文》曰：『隹如字，旁或加鳥，非也。』是陸氏以隹為正，以鵻為俗。據字論之，未嘗檢《說文》，其釋《詩》『四牡翩翩者鵻』，曰『本又作隹』，不復斥鵻為俗。以當時《毛詩》固然也。陸氏與元應同時，元應引《說文》：『鶽，祝鳩也』，則知陸氏所見《說文》，亦當與之同，以『鵻』為『隹』之俗，猶以『鶽』為『隼』之俗，皆是也。《說文》收『鶽』者，蓋小篆之誤。**○一曰：鷙鳥也。**〈采芑〉疏、〈釋鳥〉疏皆引之，而屬之隼字。案：當在此。《山海經》：『開明南有鶽。』注：『雕也。』**隼，鵻或從隹一。**『鵻』當作『鶽』，從隹一，文不成義。如其說，則是卒從衣一、凡從几一也。《六書故》引唐本：『隼，從隹從凡省。』李陽冰曰：『隼，凡省聲也。』是必李氏作偽。蓋隼者古文，鶽則小篆加鳥，古文之難解者多，不可穿鑿。**一曰鶉字。**此四字文不成義。元應曰：『隼又作鶉，同。思尹反。』蓋即据此文也。《廣雅》：『隼，鶉也。』則是一物而非一字。《集韻》引作『鶉子』。顏師古亦作子。〈釋鳥〉：『鶉子�。』本部無『�』。鳥、隼聲近，或鳥即隼之譌與？」（卷七，頁三十一左-三十二右。頁 129）

大小徐及段氏諸本《說文》之篆形皆作「鵻」，從鳥隹聲。然王筠依據玄應書所載，將篆形改作「鶽」，從鳥隼聲。王筠以陸德明《經典釋文》所載內容，推測陸氏所根據的《說文》版本應當與玄應相同，玄應書中引《說文》：「鶽，祝鳩也」，認為「鵻」為「隹」之俗，猶以「鶽」為「隼」之俗。而《說文》另收「鶽」字，「蓋小篆之誤也」。據查《一切經音義卷第五．觀無量壽經》「鷹隼」條下：「又作鶉[37]，同。思尹反。《詩》云：『鴥彼飛鶽。』箋云：『鶽，急疾之鳥也。』《說文》：『鶽，祝鳩也。』」（徐書，頁 122），為王筠所本。

另外，在重文「隼」下有「一曰鶉字」四字。段玉裁以為「按此鶉字即𪆫字。轉寫混之。」王筠卻認為此四字乃本之於玄應書中「隼又作鶉」而來。由此條資料來看，王筠所據玄應《音義》之版本，決非如《高麗藏》之北方藏經系統，而趨近於南方藏經系統的版本，如《磧砂藏》之屬。同時也驗證了陳垣所說：「乾嘉諸老，引證記卷，悉是南本。」[38]此言「南本」乃指宋、元、明南藏等二十五卷本。此說大抵與事實相合。

王筠訂正各本《說文》之篆文形體，並徵引玄應書，藉以說明二篆形體分化的緣由。如「鴙」字：

---

[37] 此三字有異文。《高麗藏》與中研院史語所周法高版本皆作「又作鶽」，王筠所據玄應書作「又作鶉」，與《磧砂藏》、莊炘本相同。今引文根據《磧砂藏》版本而改。參見延聖院大藏經局編：《宋版磧砂大藏經》，冊 30（一〇八七），頁 155。

[38] 陳援庵：《中國佛教史籍概論》，頁 73。

《句讀·弟五下·食部》：「𩜆（餳），𠨎飴和饊者也。《眾經音義·卷十三》『蜜餳』下云：『似盈、徒當二反。』《說文》：『以飴和饊曰餳。』〈周頌·釋文〉：『字雖誤作餳，然云夕清反。又音唐。』《方言》云：『張皇也，即乾餹也。』筠案：元應以二音屬之一字，後人分為兩體，以隸〈陽〉、〈庚〉二部，賴此正之。**從食易聲。**徐盈切。」（卷十，頁五左。頁181）

大小徐本皆作「𩜆」，從食易聲。段注本改作「𩜆」，注云：「各本篆作𩜆，云易聲。今正。按餳从昜聲，故音陽。亦音唐，在十部。」（段注本，頁221）王筠從段注本之篆形也作「𩜆」，從食易聲。王筠《句讀》僅徵引《眾經音義》收錄似盈、當徒二音之說，說明玄應以二音屬之一字，以致後人分化為兩字，分立於陽、庚二部。據查《一切經音義卷第十三·舍頭諫經》：「蜜餳」條：「似盈、徒當二反。《說文》：『以飴和饊曰餳』。《方言》『凡飴謂之餳也』。」[39]（徐書，頁280）為王筠所本。關於二字二音之分合或致誤原因，段玉裁則有更清楚的說明，參看《說文解字注》「餳」字注[40]。

四 引用玄應書增補《說文》釋義書證

根據玄應《音義》的內容，增補古籍書證之用例，以助後學者了解詞義的運用，如「㝵」字：

《句讀·弟八下·見部》：「𧢝（㝵），取也。〈曲禮〉：『臨財毋苟得。』當作『㝵』。蓋自衞宏詔定古文官書『㝵』、『得』兩字同體，是以淆也。**從見從寸。**多則切。**寸，度之。**度其當取與否也。**亦手也。見而手取之。**依《韻會》引補。上二句但解從寸之義。此乃合見寸而說之。**《尚書》『高宗夢㝵說』，是也。**依元應引補。『夢』當作『㝱』，〈書序〉文。」（卷十六，頁九右。頁324）

《說文·彳部》有「得」，〈見部〉有「㝵」，許書釋義不同，段玉裁在「㝵」下注云：「按〈彳部〉㝵為古文得。此為小篆。義不同者、古今字之說也。在古文則同得。在小篆則訓取也。」（段注本，頁412）王筠注語所云：「蓋自衞宏詔定古文官書『㝵』、『得』兩字同體」，也是出自玄應書，說明二字混用之因。二徐及段氏諸本皆作「取也。從見、寸。寸，度之。亦手也。」唯王筠又依《韻會》及玄應書補上「見而手取之」及

---

39 本條徐時儀所據《高麗藏》本，並無《方言》諸語，今根據《磧砂藏》本補之，頁204。

40 參見〔清〕段玉裁：《說文解字注》「餳」字注，頁221。

「《尚書》『高宗夢尋說』，是也。」據查《一切經音義卷第六．妙法蓮華經第一卷》「無礙」條下：「……又作㝵，音得。《說文》『得，取也。』《尚書》『高宗夢㝵說』，是也。案衛宏《詔定古文官書》云㝵、得二字同體，㝵非此用。」（徐書，頁130）王筠藉玄應書補引《尚書》之說，雖非許書原有，然可補釋「㝵」字在古籍中的用例，方便後學者理解詞義。

五　引用玄應書以補充名物之說解

《說文》中許多植物等名稱，多半簡單釋以通名，如「艸也」，使讀者無法了解字義內容，無法獲得確切的學習。王筠能藉由徵引玄應書來補充各類名物的說解。類此之例頗多，如「藎」字：

> **《句讀．第一上．艸部》**：「**（藎），艸也。**元應引《本草》云：藎草可以染流黃，作金色，生蜀中。**從艸盡聲。**徐刃切。」（卷二，頁七左。頁21）

各本《說文》皆作「艸也」，段玉裁注云：「蘇恭、掌禹錫皆云：『俗名菉蓐艸。』《爾雅》所謂『王芻』、《詩．淇澳》之『菉』也。按：《說文》有『藎』，又別有『菉』，則許意藎非菉矣。」（段注本，頁26）段氏之說，僅在辨析許慎之意「藎應非菉也」，而王筠以玄應書徵引《本草》說明藎草的作用。據查《一切經音義卷第三．光讚般若經第一卷》：「然藎」：「才刃反。《字林》：『草名也。』《本草》云：『藎草，可以染流黃，作金色，生蜀中。』」（徐書，頁67）王筠引玄應書的內容證可補充許慎《說文》的釋義，也讓學習者可以對藎草有更清楚的認識。〔明〕李時珍《本草綱目》載云：「此草綠色，可以染黃，故曰黃曰綠也……許慎《說文》云：『莀草可以染黃』……皆為此草也。」其後又引《集解》〈別錄〉曰：「藎草生青衣川谷，九月十月採可以染作金色。……恭曰：青衣，縣名，在益州西。今處處平澤溪澗側皆有，葉似竹而細薄，莖亦圓小，荊襄人煮以染黃，色極鮮好，俗名菉蓐草。」[41]此即是玄應所載「藎草可以染流黃，作金色，生蜀中」的進一步補充說明，其說解可以輔助後人認識藎草的生長環境與其作用。

[41]〔明〕李時珍：《本草綱目》，《欽定四庫全書》（臺北：商務印書館，1986年），冊773，卷十六，頁244。

六 引用玄應書並援引鄉俗語以補釋其義

有關王筠研治《說文》的特色，主要側重在下列幾個方向：一、對《說文》全書體例的闡釋；二、運用今世材料來進行漢字本義的研究方法；三、將研究《說文》的心得運用於童蒙教育的教學方法等。除此之外，王筠也能利用鄉俗之語或民俗材料來補充釋義[42]。下舉一例說明之，如「趠」字：

> **《句讀・弟二上・走部》**：「𧻲（趠），遠也。元應引〈上林賦〉：『趠稀閒。』郭璞曰：『懸擲也。』筠案：吾鄉謂遠而迂回者曰趠遠，或即許義，亦即〈辵部〉之逴遠也。**從走卓聲。**敕角切。《玉篇》：『丑孝切』。」（卷三，頁二十六左。頁 54）

王筠在「趠，遠也」下徵引玄應書之來補充說明許書之釋義。據查《一切經音義卷第五・獨證自誓三昧經》「趠第」條下：「丑挍、他吊二反。〈上林賦〉：『趠稀閒。』郭璞曰：『懸擲也。』《說文》：『趠，遠也。』」（徐書，頁 118）為王筠所據之資料來源。然王筠認為玄應所引〈上林賦〉之說，詞義依然隱晦難懂，所以又補上其鄉俗之語「吾鄉謂遠而迂回者曰趠遠」加以補充，期使能更貼合許書之意。同時也連結了《說文・辵部》「逴」字，認為二字音義俱同。段玉裁於「趠，遠也」下云：「〈辵部〉曰。逴、遠也。音義同。……按許云遠者、騰擲所到遠也。」（段注本，頁 66）王筠之說與段玉裁相近而略異。

第四節 小結

王筠《說文解字句讀》是一部綜合了桂馥、段玉裁、嚴可均等人研治《說文》成果的著作。《句讀》書中注重對《說文》釋義語句的句讀分析，對許慎篆字的形體、音聲、釋義均有詳細的分析討論，是初學者研讀《說文解字》的重要讀本。王筠撰寫《說文解字句讀》時大量運用玄應《眾經音義》的資料，為他在疏解校訂《說文》時，提供有利補正的參考依據。然而，王筠《說文解字句讀》引用玄應《眾經音義》中，仍存有一些問題或局限性。例如：王氏率意徵引玄應書之內容，增加許書釋義「一曰」之例，與各本迥異；針對玄應書引用《說文》重文之性質，逕引「玄應以為古文」等論題，則可待日後再進行深入探究。本文僅列舉數種類型，說明王氏運用玄應《眾經音義》資料之概

---

[42] 劉家忠：〈試論王筠研治《說文》的民俗特色〉，《濰坊學院學報》，2011 年 10 月，第 11 卷第 5 期。

況，並徵引相關資料，予以判讀或評述，希冀能對王筠徵引玄應《眾經音義》此一議題，有初步的了解與認識。

第八章

朱駿聲《說文通訓定聲》徵引玄應《音義》研究

第一節 前言

被譽為清代《說文》四大家之一的朱駿聲，博覽群籍，勤於學問，著述甚博。他在《說文》學研究上，打破許慎原書以形分部的體例，改以聲類分部，並在注釋中輯錄許多與許書不同的前代諸家傳注，藉以補充發明許書之隱略，撰成《說文通訓定聲》一書。筆者繼探究段玉裁《說文解字注》、桂馥《說文解字義證》、王筠《說文解字句讀》三書之徵引玄應書研究後，將針對朱駿聲《說文通訓定聲》一書中所引用玄應《一切經音義》的運用狀況，進行初步討論。希望藉由文本資料的比對與探討，能夠呈顯玄應《音義》一書，對朱駿聲在進行許慎《說文》訓釋詞義、增補《說文》不錄之字等相關研究時之運用狀況，進一步突顯玄應《一切經音義》在清代《說文》學研究史上所產生的價值與影響。本文之撰作，擬就朱駿聲《說文通訓定聲》引用玄應《一切經音義》的實況，以筆記條列形式，分別舉例說明。

第二節 朱駿聲研治《說文》之學術特色與評價

朱駿聲（西元 1788-1858 年），江蘇吳縣人，後人譽為清代《說文》四大家之一。朱氏自幼聰穎，畢生勤於問學著述。所學廣泛，博通經史諸子，亦擅辭章，且兼及天文、地理、曆算、醫卜之屬[1]。

根據《清史稿・儒林傳二・朱駿聲》記載：

> 年十三，受許氏《說文》，一讀即通曉。從錢大昕游，錢一見奇之，曰：「衣缽之傳，將在子矣！」嘉慶三十二年舉人，官黟縣訓導。咸豐元年，以截取知縣入都，進呈

---

[1]〔清〕朱鏡蓉：《說文通訓定聲・後敘》，見於〔清〕朱駿聲：《說文通訓定聲》（臺北：藝文印書館，1994 年），頁 25。本文引用朱駿聲《說文通訓定聲》材料，皆以此本為據。

所著《說文通訓定聲》及《古今韻準》、《東韻》、《說雅》，共四十卷。[2]

咸豐皇帝在批覽後，嘉許朱書博洽有據，稱其「引證尚為賅洽，頗於小學有裨。……以為留心經訓者勸。」[3]特頒國子監博士銜。朱駿聲身處在乾嘉、道咸之際，正是時局變革的時代，加上當時古音學研究極為蓬勃的學術氛圍，朱氏在當時反省求變的潮流中，繼承乾嘉樸學的傳統，所以在傳統的《說文》學研究下求新求變，不依循許慎原本以形分部的體例，而改用「以聲為經，以形為緯」的分部方式。同時，他也勇於對許慎六書中的轉注、假借，提出不同的看法。

《說文通訓定聲》的成書，據書前〈自敘〉所載，完成於道光十三年（西元 1833 年），朱駿聲時年四十六歲。朱氏自云：

> 渴（竭）半生之目力，精漸銷亡；殫十載之心稽，業才艸剏。氾濫未竟，踳繆尚多，愳（懼）不能書，先為此敘。非敢謂萬川會海，導西京《爾雅》之原，亦庶幾百世本支，演南閣《說文》之譜云爾。[4]

可知此書為朱駿聲「竭半生之目力」，耗費許多心力的辛苦結晶。同時，文末也寄寓了朱氏個人對此書的殷殷期許。關於《說文通訓定聲》的刊刻過程，據朱氏遺著〈石隱山人自訂年譜〉記載：「（道光）二十七年，丁未，六十歲。……六月，開雕自著《說文通訓定聲》一書，門生朱鏡蓉肩其事。」[5]其弟子謝增於道光二十九年（西元 1849 年）所撰〈說文通訓定聲跋〉一文也提到：

> 憶道光丁亥、庚寅間，館先生於家。先生教授之暇，恆矻矻手自鈔撮，雖甚寒暑不輟卷。自後己未下第，侍先生南歸，復獲一載聚，而是書前已脫藁。今又閱十三、四年，始版成於古黟學署。增受而讀之，歎為不朽之盛業。[6]

---

[2]〔民國〕趙爾巽等人撰：《清史稿．列傳二百六十八．儒林二．朱駿聲》（北京：中華書局，1977 年），頁 13236－13237。

[3] 見〔清〕朱駿聲：《說文通訓定聲》，卷首〈上諭〉，頁 2。

[4] 見〔清〕朱駿聲：《說文通訓定聲》，卷首〈自敘〉，頁 7。

[5]〔清〕朱駿聲：〈石隱山人自訂年譜〉，參見《說文通訓定聲》，〈附錄〉，頁 8。

[6] 見〔清〕朱駿聲：《說文通訓定聲》，卷首〈說文通訓定聲跋〉，頁 27。

據謝增之言，該書於道光己未年「侍先生南歸」之時，「是書前已脫藁」，「今又閱十三、四年，始版成於古黟學署。」故知《說文通訓定聲》自成書至付梓刊印，其間歷經十餘年，且其成書年代早於王筠《說文句讀》達十七年之久[7]。

一　研治《說文》之特色

根據林明波《清代許學考》一書對清代《說文》學相關著作的分類來看，「箋釋類」中的著作包括有段玉裁《說文解字注》、桂馥《說文解字義證》、王筠《說文解字句讀》等，而朱駿聲《說文通訓定聲》一書卻歸在「辨聲類」[8]。可知林明波認為朱書性質有別於其他三家。朱駿聲在〈進《說文通訓定聲》呈〉云：

> 專輯此書，以苴《說文》轉注假借之隱略，以稽群經子史之通融。題曰「說文」，表所宗也；曰「通訓」，發明轉注、假借之例也；曰「定聲」，證《廣韻》今韻之非古而導其源也。[9]

朱駿聲此語，不僅說明了他的書名來歷，也提示了全書核心重點所在。特別是他認為許慎對轉注、假借的解釋與舉例有所不足，造成後代眾說紛紜的詮釋。是故，朱氏研治《說文》的特色之一，就在於轉注與假借二者。誠如他在〈進《說文通訓定聲》呈〉中提到作此書的最大目的在於「以苴《說文》轉注、假借之隱略，稽群經子史之通融。」故其書名之「通訓」，重點便在「發明轉注、假借之例也」。

朱氏對轉注、假借的看法類似於清儒戴震「四體二用」的主張，將轉注、假借當作是用字之法[10]。他在《說文通訓定聲・自敘》言：「天地間有形而後有聲，有形聲而後有意與事。四者文字之體也。意之所通，而轉注起焉；聲之所比，而叚借生焉。二者文字之用也。」[11]其後，朱氏梳理歷代學者對轉注的分歧意見後，將許

---

[7]《說文句讀》一書，始撰於道光二十一年，道光三十年草稿粗具，又經三次易稿，終於咸豐三年脫稿，前後凡十三年。參見本書第七章〈王筠《說文解字句讀》徵引玄應《音義》研究〉，頁 104。

[8] 林明波：《清代許學考》（嘉新水泥基金會研究論文第二十八種，1964 年）。

[9] 見〔清〕朱駿聲：《說文通訓定聲》，卷首〈進呈〉，頁 1。

[10] 朱說之轉注說與戴震之互訓說，又有本質上的不同。王立軍言：「戴氏以『互訓』釋轉注，反倒將引申的內容置於假借之中，遭到朱駿聲的批評。朱駿聲正是在對前代學者的反思中形成了自己的轉注觀念，創建了以『引意相受』為核心內涵的轉注理論。」參見王立軍：〈談朱駿聲對字際關係的溝通〉，《第廿八屆中國文字學國際學術研討會論文集》（臺中：國立臺中教育大學，2017 年），頁 146。

[11] 見〔清〕朱駿聲：《說文通訓定聲》，卷首〈自敘〉，頁 5。

慎之轉注、假借予以重新定義，提出他個人對轉注、假借二書的看法，並比較二書之別，自成一家之言。其於〔轉注〕下云：

> 轉注者，體不改造，引意相受，令長是也。叚借者，本無其意，依聲託字，朋來是也。凡一意之貫注，因其可通而通之為轉注；一聲之近似，非其所有而有之為叚借。就本字本訓，而因以輾轉引申為他訓者曰轉注；無輾轉引申，而別有本字本訓可指名者曰叚借。依形作字，睹其體而申其義者轉注也；連綴成文，讀其音而知其意者叚借也。[12]

朱氏對轉注、假借二者的分辨，可知轉注是透過意義的聯繫，假借是透過聲音的聯繫。轉注是「因其可通而通之」，即是展轉引申的意義貫串，朱氏的轉注，其實就是引申義。而朱氏雖對「假借」重新定義，但其意義與許慎「依聲託事」並無太大差異。許慎是站在「假借義」立場上，言「本無其字，依聲託事」，而朱駿聲是站在「本字本義」立場上，言「本無其意，依聲託字」。兩種說法都是以聲音關係作為必要的聯結線索，賦予某一文字與其形體毫無關係的意義。

透過實際觀察朱駿聲全書對於詞義的發展軌跡與運用類別，分層論述，條分縷析，確實可以看出《說文通訓定聲》一書的確有別於其他三家的《說文》研究成果。有關《說文通訓定聲》研治《說文》的特色，柯明傑在《朱駿聲《說文通訓定聲》之研究》一書中提到：

> 朱氏的《通訓定聲》，其著力處又與三家迥異。朱氏雖然也以《說文》為本，也同樣徵引文獻作為論述的依據，但他並不像段、王著重於整理體例及說義釋形，也不如桂氏廣羅資料以證成許說，而是以文字的運用作為考察的重點，特別重視字形的演化以及字義的類型，……朱氏實有意在段、桂二家的基礎上，另出機杼，獨抒己見，打破了許氏《說文》的局限，已經由「字義」轉而為「詞義」的研究了。[13]

簡單來說，朱駿聲是以清人古音研究成果為基礎，就古音求古義，不拘泥於形體，可視為研究文字本義和轉注（引伸）、假借關係之書。如龍宇純先生所說：「此

---

[12] 見〔清〕朱駿聲：《說文通訓定聲》，卷首〈轉注〉，頁 12。

[13] 柯明傑：《朱駿聲《說文通訓定聲》之研究》（臺北：文津出版社有限公司，2008 年），頁 34。

書則以全面系統的闡釋字義為宗旨，為訓詁學中第一部偉大著作。」[14]

朱駿聲的《說文》學研治特色，除了在詞義研究上析分轉注、假借、別義、聲訓之別，引經據典，層層疏解外，朱書以聲母為條綱的體例，聲義相通的作法，也是一大特色。胡樸安在《中國文字學史》中提到：

> 聲讀之發明，萌芽於宋代，至朱氏駿聲，始本聲讀而成一偉大之著作。吾人讀朱氏書，聲義相通之故，隨處皆可以得之。……由形以得文字之義，有許君《說文解字》五百四十部首在；由聲以得文字之義，有朱氏《說文通訓定聲》一千一百三十七聲母在，此朱氏之書，在文字學史上之可貴者也。[15]

胡樸安並未針對朱駿聲顛覆《說文》編纂傳統，解散五百四十部首這點上，加以著墨或批駁，反而肯定了朱駿聲繼承戴、段、二王以來「因聲求義」之法，可作為後世學者覽讀經典之輔助，並認為「以聲統字」此一作法正是朱書在文字學研究上的特色。

二　後人之評價

有關朱駿聲在《說文》學研究上的評價，特別是在改動許慎轉注、假借之定義，以及編纂體例上的變革，在清末至民初，曾存在部分負面評價。例如：民初杭縣學者沈盡[16]在〈說文解字段注考正跋尾〉說：

> 段金壇之注《說文》也，體博思精，實鄦學特出之傑作。雖桂氏《義證》、王氏《釋例》，莫與抗手。若朱氏《通訓定聲》之逞異說以亂家法者，抑毋論已。[17]

---

[14] 龍宇純：《中國文字學》（臺北：五四書店，2001 年），頁 435-436。

[15] 胡樸安：《中國文字學史》（臺北：臺灣商務印書館，1988 年），頁 397。

[16] 沈盡，號簡子，杭州人，客居潮州。此人既工於詩，又精鑒定。參見許習文：〈潮州壬社社事考略〉一文，登於《潮州日報》，2020 年。

[17] 沈盡：〈說文解字段注考正跋尾〉，此文不見於民國 16 年原稿本，由臺北：台聯國風／中文出版社於民國 63 年發行之馮桂芬《說文解字段注考正》書末。也不見於《續修四庫全書》所據民國 17 年影印清稿本之版本中。本文僅摘引自楊家駱主編：《說文解字詁林正補合編》（臺北：鼎文書局，1994 年），頁 1-223。

沈亶稱朱駿聲「逞異說以亂家法」，主要針對朱氏改變了自〔東漢〕許慎《說文》以形分部的編纂傳統，拆散五百四十部首，改用聲母來系聯，以聲統字的作法，而提出「亂家法」的嚴厲批評。因應以形表義的漢字特色，歷代編纂字書的作法，大都是依循著許慎「以形分部」的軌範。而朱駿聲顛覆傳統，將《說文》全書重新進行編排，加上朱氏又率意變更了許慎六書中的轉注、假借的定義與舉例。這對於擁護傳統者來說，自然認為朱駿聲標新立異，變亂家法，勢必會引來一些非議。

然而，維護傳統與創新改革，在觀點評價上本是趨向兩極化。對傳統擁護者而言，朱駿聲的作法就是所謂破壞傳統，然而針對與改革與創新而言，朱駿聲的作法算是對於《說文》研究走出一條新的路子來。誠如梁啟超在《中國近三百年學術史》提到：

> 想把《說文》學向聲韻方面發展，而朱氏書最晚出，算是這一群裡頭最好的。這部書把全部《說文》拆散了重新組織，「舍形取聲，貫穿連綴」……總算把《說文》學這一片新殖民地開闢差不多了。[18]

王力在《中國語言學史》也說：

> 清代有成就的小學家，如段玉裁、王念孫等，都知道擺脫字形的束縛，從聲音上觀察詞義的會通。朱駿聲更進一步，把漢字從字形排列法改為韻部排列法。這裡並不是檢字法的問題，而是整個學術觀點的改變。[19]

可知梁啟超與王力在討論清代小學成就時，他們對於朱駿聲《說文通訓定聲》從傳統《說文》學研究走出一條新途徑，帶來整個學術觀點的改變，是給予正面的肯定。張其昀稱「總觀全帙，雖有小疵，無妨大醇。此書稱得上《說文》學的一部要著。如果論對詞義的綜合研究，論訓詁學意義，朱書則勝過段、桂及其他《說文》家的著述。」[20]張氏言《說文通訓定聲》勝過當時《說文》諸家著作雖有過譽之嫌，然強調其在訓詁學上之價值，則尚稱公允。

---

[18] 梁啟超：《中國近三百年學術史》（臺北：里仁書局，民國 84 年），頁 297-298。

[19] 王力：《中國語言學史》，收錄於：《王力文集》第十二卷（山東：山東教育出版社，1990 年），頁 159。

[20] 張其昀：《說文學源流考略》（貴陽：貴州人民出版社，1998 年），頁 174。

第三節　朱駿聲徵引玄應《音義》之作用類型舉例

朱駿聲的《說文》研究，試圖建構全面性的漢字詞義系統，擴大《說文》以釋本義為主的拘限。他首先本於《說文》去考求本義，其次就古書通用之義，分列轉注（引伸）、假借、別義等項目，兼載聲訓、古韻。朱氏有層次的架構詞義系統，整體而言，釋義頗為完整。釋玄應《一切經音義》是清乾嘉學者最常引用之佛經音義書。玄應《音義》一書可貴之處在於，其所引用的書籍極為豐富，書中保存了許多今已佚失的古代辭書，也有不少亡佚的古籍資料，對後人研究古代訓詁極為有用[21]。朱駿聲運用玄應書的材料，主要表現在「說文」與「通訓」兩方面，既藉以補正說明《說文》的形義內容，同時也多用於說明詞義中的〔別義〕、〔轉注〕、〔假借〕等標目，偶而也出現在〔聲訓〕標目下。另外，朱氏也藉由玄應《音義》的資料，補錄一些許慎《說文》未收之字，增列文字異體。以下將分別從這些角度，以讀書筆記之形式，條列舉例說明於後。

一　引用《一切經音義》來補充許慎釋義

朱駿聲的研究，是以《說文》為本，但他對《說文》釋義的內容，仍時有補充，引用古今經史文獻、字書韻書相關資料為證。一如〈凡例〉所載：「宗許為主，誼若隱略，間予發明，確有未安，乃參己意。」[22]朱氏根據玄應《音義》所引《說文》資料來補充釋義，如：《說文通訓定聲．小部第七》下收「髦」字[23]：

> 髦，髮也。从髟从毛。按毛聲。《一切經音義．四》：引《說文》「髮中豪者也。」按《漢書》所謂壯髮。〔轉注〕《禮記．曲禮》「乘髦馬」《詩．駉．傳》「白馬黑髦」。髦即鬣也。（《通訓定聲》，頁363）

髦字，二徐本作「髮也」，段注本作「髦髮也」。段氏以髦字應訓「髦髮也」為三字句，諸書所引皆脫一「髦」字。徐灝《說文解字注箋》則認為「元應所引《說文》乃連篆文解義為句，正與今本同。」據查《一切經音義卷四．密迹金剛力士經卷一》「髦尾」條下：「又作髳，同。莫高反。又音蒙。《說文》：髦，髮也。髮

21　參見本書第四章〈段注《說文》徵引玄應《音義》初探〉，頁43。

22　見〔清〕朱駿聲：《說文通訓定聲》，卷首〈轉注〉，頁15。

23　為避免注腳繁瑣，後文引用《說文通訓定聲》原文，均直接加注「《通訓定聲》頁碼」於後。

中豪者也。」[24]（徐書，頁 97）為朱駿聲所本。而段玉裁認為：「髮中豪者也。下句乃古注語。……髮中之秀出者，謂之髦髮。《漢書》謂之壯髮。馬鬣偁髦、亦其意也。《詩》三言髦士。《爾雅》、《毛傳》皆曰：『髦、俊也。』《釋文》云：『毛中之長豪曰髦。』士之俊傑者借譬為名，此引伸之義也。」[25]段氏申明詞義之運用發展，王筠《說文句讀》則依玄應書逕改作「髮中毫者也」。且言毫為俗字，應以豪為正。一如朱駿聲所引用之內容。朱氏此引玄應《音義》中《說文》資料，正可用以補充釋義。

又如：《說文通訓定聲・豫部第九》下收「誣」字：

> 誣，加也。《一切經音義》引《說文》：「加言也。从言巫聲。」謂憑虛搆架以謗人。《漢書・孫寶傳》注：「誣，謗也。」（《通訓定聲》，頁 436）

誣字，二徐本及段注本皆作「加也」。《說文》以「語相增加也」來訓「加」，「誣」即以不實言論來誣衊人之義。段玉裁云：「加與誣同義互訓，可不增言字。加與誣皆兼毀譽言之。毀譽不以實皆曰誣也。」[26]而王筠《說文句讀》則依玄應書逕改作「加言也」。據查《一切經音義卷十・發菩提心論卷上》「加誣」條下：「武于反。《說云（筆者案：當作「文」）》：加言曰誣。誣亦罔也，妄也，欺也。」（徐書，頁 217）朱駿聲引用玄應《音義》之《說文》材料，又引《漢書》書證，說明「加言」即「謂憑虛搆架以謗人。」適可補充《說文》之釋義。

朱駿聲有意引用玄應書來補釋《說文》之釋義，但也有引用不周備的狀況，例如：《說文通訓定聲・解部第十一》下收「忮」字：

> 忮，很也。从心支聲。《一切經音義・九》引《說文》：「恨也。」《廣雅・釋詁三》：「佷也。」《詩・雄雉》：「不忮不求」、〈瞻卬〉：「鞫人忮忒」，〈傳〉：「害也。」（《通訓定聲》，頁 542）

---

[24] 見徐時儀：《一切經音義三種校本合刊・上冊・玄應音義》（上海：古籍出版社，2008 年），頁 97。後文引用玄應《音義》以此為據，為避免引用注腳繁複，均直接加注「徐書頁碼」於後。

[25]〔清〕段玉裁：《說文解字注》（臺北：洪葉文化事業有限公司，2005 年），頁 430。

[26]〔清〕段玉裁：《說文解字注》，頁 97。

忮字，二徐本及段注本皆作「很也」，段玉裁注：「很者，不聽从也。〈雄雉〉、〈瞻卬〉傳皆曰：『忮，害也。』害即很義之引申也。」[27]很字，據段玉裁注語，本義為違逆之意，引申為害也。據古代文獻的用法，忮字多有忌恨、強悍、兇狠諸義，而許慎釋以「很也」。據查《一切經音義卷九．大智度論卷六》「忮羅」條下：「之豉反。依字，詩傳云：『忮，害也。』《說文》：『忮，恨也。』」（徐書，頁 188）朱說蓋出自於此。惟當代《說文》學者多以玄應之引《說文》有誤，如鈕樹玉《說文校錄》：「《一切經音義．卷九》及《韻會》引作恨也，蓋譌。」沈濤《說文古本考》：「濤案：《一切經音義．卷九》引很作恨，乃傳寫之誤，非古本如是。」王筠《說文句讀》：「元應引作恨也，非。」蓋因「恨」字，許慎訓「怨也」，表怨恨、仇恨之義，與「很」義明顯不同。朱駿聲此條引用玄應書，而未加考訂，容易造成學習者理解上的困擾。

二　引《一切經音義》以明古今本《說文》之異文

朱氏根據《一切經音義》所引《說文》資料來說明唐本《說文》與今本《說文》之異文現象。例如：《說文通訓定聲．頤部第五》下收「胎」字：

> 胎，婦孕三月也，从肉台聲。按《一切經音義》引《說文》作二月。凡兩見。又《文子》曰：「四月而胎。」《爾雅．釋詁》「胎，始也。」注：「胚胎未成」，亦物之始也。（《通訓定聲》，頁 222）

胎字，二徐本及段注本皆作「婦孕三月也」，段玉裁注：「玄應兩引皆作二月。〈釋詁〉曰：『胎、始也。』此引伸之義。《方言》曰：『胎、養也。』此假借胎為頤養也。又曰：『胎，逃也。』則方俗語言也。」[28]朱氏所言與段注本同，乃承自段氏之說。王筠《說文句讀》亦注：「元應引作二月。」據查《一切經音義卷七．正法華經卷三》「肧胎」條下：「普才反。《說文》：婦孕一月為肧，二月為胎。胎，始也，養也。」（徐書，頁 147），為段、朱、王三氏所本。然釋語中「二月」或「三月」之辨，嚴可均《說文校議》云：「《一切經音義》卷七、卷十三引作二月，諸引皆作三月，當考。」嚴章福《說文校議議》以《淮南子》所載，逕云「據

---

[27]〔清〕段玉裁：《說文解字注》，頁 514。

[28]〔清〕段玉裁：《說文解字注》，頁 169。

此，似玄應誤」。查考《淮南子・精神訓》:「一月而膏，二月而肤，三月而胎，四月而肌……。」[29]清儒多據此而質疑玄應所本。沈濤《說文古本考》則為之緩言，認為古本《說文》不作三月，且諸文獻（如《淮南子》、《文子・九守篇》）引文「皆不相同，後人習見三月為胎之語，遂據《鴻烈》以改許書誤也。」[30]

筆者覆核中唐慧琳《一切經音義》所載，分別於卷第十六《佛說胞胎經》「胞胎」條、卷第三十《不退轉法輪經卷四》「胞胎」條、卷第六十六《阿毘達磨發智論卷十八》「胎卵」條下，皆引《說文》「婦孕三月也」[31]，丁福保據此推斷「此古本當作『胎，婦孕三月』。」[32]玄應與慧琳二氏相距約有百年之久，兩人所見《說文》版本明顯已有傳鈔異文的情形。在此，朱氏引玄應《音義》，以明今本《說文》與玄應所據初唐本《說文》異文情形，而並未改動《說文》原文。

又如:《說文通訓定聲・孚部第六》下收「皰」字:

> 皰，面生氣也，从皮包聲。按《一切經音義》引《說文》:「面生熱氣也。」《廣雅・釋詁一》:「皰，病也。」《淮南・說林》:「潰小皰而發痤疽。」(《通訓定聲》，頁 321)

皰字，大徐與段注本作「面生气也」，小徐本作「面生氣也」，除了气、氣用字有別外，釋義大致相同。清代諸家唯獨王筠《說文句讀》採玄應之說作「面生熱气也」。據查玄應全書引用皰字相關詞條多見，其引《說文》釋義分成兩類，一為「面生氣也」，一為「面生熱氣也」[33]。沈濤《說文古本考》認為「是古本生下多一熱字，下文皯『面黑氣也』。面之熱氣為皰，面之黑氣為皯，熱字不可少。」凡脫熱字作「面生氣」者，疑後人據今本所改。朱駿聲所引，乃採其第二類。如《一切經音義卷十四・四分律卷十五》「皰沸」條下:「《淮南子》作齙，同。彭孝反。

---

[29]〔西漢〕劉安:《淮南子》,《四部叢刊・卷七》(臺北:臺灣商務印書館，1967 年)，頁 45。

[30]〔清〕沈濤:《說文古本考》，《續修四庫全書》第 222 冊（上海:上海古籍出版社，1995 年），卷四下，經部・小學類，頁 275。

[31] 分見徐時儀:《一切經音義三種校本合刊・中、下二冊・慧琳音義》(上海:上海古籍出版社，2008 年)，頁 780、頁 1035 及頁 1673-1674。本文引用《一切經音義》以此為據，為避免引用注腳繁複，均直接加注「徐書頁碼」於後。偶有異文現象，則以《宋版磧砂大藏經》補注之。

[32] 見楊家駱主編:《說文解字詁林正補合編》，冊 4，頁 4-667~4-668。

[33] 玄應全書引用皰字相關詞條多見，各條之細目，可參見本書第四章〈段玉裁《說文解字注》徵引玄應《音義》研究〉，頁 57-58。

《說文》：『面生熱氣也。』《通俗文》：『體蚌沸曰殨沮。』」（徐書，頁 302）可知各家之引文雖略有出入，當是所據版本不同，仍能保存異說。

三　據《一切經音義》修訂篆文形構

朱駿聲與段玉裁同為江蘇人，在許書研究上，朱氏有多處依循段氏《說文解字注》的說法。其中，有根據玄應《音義》所引《說文》資料來訂正宋本《說文》之篆形及其六書分類者。例如：《說文通訓定聲・屯部第十五》下收「燓」字：

> 燓，燒田也。从火棥，棥亦聲。段氏據《玉篇》、《廣韻》有焚無燓。許書彬篆下「焚省」。元應書引《說文》：「从火燒林。」凡四見。訂从火从林，會意。今按經傳所用有焚無燓，當從段改字。……」(《通訓定聲》，頁 793)

焚字，二徐本篆形皆作「燓」，釋形為「从火棥，棥亦聲」。段注本改作「焚」，釋形為「从火林」。段玉裁云：「各本篆作燓。解作从火棥，棥亦聲。今正。按《玉篇》、《廣韵》有焚無燓。……況經傳焚字不可枚舉，而未見有燓。知〈火部〉燓即焚之譌。玄應書引《說文》『焚、燒田也。』字从火，燒林意也。凡四見。然則唐初本有焚無燓。不獨《篇》、《韵》可證也。」[34]朱駿聲依循段玉裁之說，認為「當從段改字」。據查《一切經音義卷六・妙法蓮華經卷二》「焚燒」條下：「古文炃、燌二形，同。扶雲反。《廣雅》：焚，燒也。《說文》：焚，燒田也。字從火燒林意也。」（徐書，頁 132）他如：卷二十二《瑜伽師地論卷五十二》「焚燎」條（徐書，頁 460）、卷第二十四《阿毗達磨俱舍論卷四》「焚燒」條（徐書，頁 488），皆有相同的記載。為段、朱二氏所本。段玉裁有本有據，直接改動《說文》篆形與形構，从二徐的省聲字改為會意字，而朱駿聲在書中之篆字及形構，仍然以二徐本《說文》內容，並未改動，僅在注語中加以說明，以明其所宗也。

「燓」字一例，乃段、朱二氏據玄應書訂宋本《說文》形構，易形聲為會意字。也有根據玄應書訂其宋本《說文》形構，改會意為形聲之例，例如：《說文通訓定聲・升部第二》下收「孕」字：

[34]〔清〕段玉裁：《說文解字注》，頁 488。

> 孕，裹子也，从子从几。《一切經音義》引《說文》：「乃聲。」凡二見。按是也。字亦作繩、作䏃、作䙢。《廣雅・釋詁四》孕，傷也。……」（《通訓定聲》，頁127）

孕字，二徐本作「从人从几」，徐鍇注云：「几音殊，草木之實垂，亦取象於几，朶字是也。人裹妊似之也。會意。」[35]，段注本改為「从子乃聲」，注云：「乃聲二字，各本作从几。誤。今正。〈艸部〉艿字、〈人部〉仍字皆乃聲。《管子》孕作䏃。从繩省聲，可證也。」[36]朱駿聲從之。朱氏根據玄應書所引《說文》，訂正許慎「从子从几」應為「从子乃聲」。據查《一切經音義卷十八・法勝阿毗曇論卷三》「裹孕」條下：「《三蒼》云：古文懷孕字。下古文䏃，同。餘證反。《說文》：孕子也。《廣雅》：孕，傷也。謂孕子也。含實曰孕，字從子乃聲。」（徐書，頁388）為朱駿聲所據。然「孕」字甲骨文字形作「」（《合集》21071）[37]，象人腹中有子之形，會合人腹（身）與子二形，表示女子懷孕之意。《說文》篆形作「」，其上體之形，二徐誤作「几」，段玉裁改作「乃」，以為聲符，諸說並誤。

四　引《一切經音義》以明其〔轉注〕之義

朱駿聲對轉注的定義為「體不改造，引意相受」，亦即引申義。朱駿聲引用玄應《音義》來證轉注（引申義）之情形，茲二例為證。例如：《說文通訓定聲・臨部第三》下收「頷」字：

> 頷，低頭也，从頁金聲。……〔轉注〕按凡人以拜手稽首為恭，以頤指氣使為傲。曰不敢仰視、曰俯首而朝，皆低頭畏敬之誼。經典則皆以欽字為之也。又《廣雅・釋詁一》「頷，動也。」《一切經音義・十一》引《說文》：「搖其頭也。」《列子・湯問》：「頷其頤則歌合律。」《釋文》猶搖頭也。……（《通訓定聲》，頁149）

頷字，各本《說文》皆作「低頭也」，無異文。朱駿聲於〔轉注〕下引《廣雅》

---

[35] 見〔南唐〕徐鍇：《說文解字繫傳》（北京：中華書局，1987年），〈通釋第二十八〉，頁280。

[36]〔清〕段玉裁：《說文解字注》，頁749。

[37] 郭沫若主編，胡厚宣總編輯，中國社會科學院歷史研究所編：《甲骨文合集》（北京：中華書局，1982年）。

「頷，動也」之引申義，並徵引《一切經音義》之《說文》「搖其頭也。」來說明《廣雅》之意。沈濤《說文古本考》：「濤案：《一切經音義》卷五、卷十六、卷二十皆引同。今本《玉篇》亦同。惟卷十一引曰『頷，搖其頭也』，當是古本『一曰』以下之奪文。今《春秋傳》頷作頷，杜注曰：頷，搖其頭也。其說正合。」據查玄應書中「頷頭」條凡三見[38]。其中，「搖其頭也」直承《說文》下者，今一條。見於《一切經音義卷十一．增一阿含經卷十四》「頷頭」條下：「五感反。《說文》：搖其頭也。經文作儑，非也。」（徐書，頁 232）應為朱駿聲、沈濤所本。沈濤認為「搖其頭也」別為一義，當是古本《說文》有「一曰」之別義，今本奪其文。而朱駿聲則據玄應《音義》所引之義，是為低頭之引申義，故在其轉注標目下引玄應書以證其轉注之義。

又如：《說文通訓定聲．隨部第十》下收「苛」字：

> 苛，小艸也。从艸可聲〔轉注〕《一切經音義．一》引《說文》:「苛，尤劇也。」《漢書．成帝紀》:「勿苛留。」注:「細刻也。」《史記．酈生陸賈傳》:「好苛禮。」《晉語》:「內無苛慝。」注:「煩也。」《楚語》:「弭其百苛。」注:「虐也。」《荀子．富國》:「苛關市之征。」注:「暴也。」(《通訓定聲》，頁 522)

苛字，各本皆作「小艸也」。徐鍇曰：「以細草喻細政，猶言米鹽也。」段玉裁注曰：「引伸為凡瑣碎之稱。」以「苛」之小艸義罕見，故徐鍇與段玉裁皆加注，以申明古代文獻之運用。朱駿聲在〈轉注〉標目下，徵引玄應書中所見《說文》「尤劇也」之另一義。沈濤《說文古本考》云：「《一切經音義》卷一、卷十二引『苛，尤劇也。……』是古本有『一曰：尤劇也』五字，其煩擾已下，則未必皆許氏本文矣。」王筠《說文句讀》則據玄應書，逕自加上「一曰：尤劇也」於正文中，並注以「謂苛政也」。據查《一切經音義卷一．法炬陁羅尼經卷十》「苛暴」條下：「賀多、胡可二反。《說文》：苛，尤劇也。亦煩擾也。剋，急也。《禮記》：苛政猛於虎。是也。」（徐書，頁 26）當為朱駿聲所本。

上舉兩例，「頷」字由《說文》「低頭也」，朱氏據玄應書別引一義「搖其頭也」，二義有意義脈絡可循，具有引申義關係，朱氏列於〔轉注〕可也。然於「苛」

---

[38] 另兩條分見：《一切經音義卷第五．太子墓魄經》「頷頭」條下：「牛感反。《說文》低頭也。《廣疋》頷，搖也。謂搖其頭也。今江南謂領納搖頭為頷傪，亦謂笑人為頷酌。傪音蘇感反。」；《一切經音義卷第十六．大比丘三千威儀經卷上》「頷頭」條下：「牛感反。《說文》低頭也。《廣雅》搖也，謂搖其頭也。」分見徐時儀：《一切經音義三種校本合刊．上冊．玄應音義》，頁 118、頁 350。

字，若依許書之訓本義為「小草」，其與表苛政煩擾之「尤劇也」，意義關聯薄弱，當以假借義視之。而朱駿聲列為〔轉注〕之下，有可議之處。

五　引用《一切經音義》以明其〔別義〕

「別義」，在《說文》中類似「義有兩歧」的「一曰」體例。朱駿聲的詞義系統中，在轉注（引伸）、假借之外，又有〔別義〕一項。朱駿聲引用玄應《音義》來證別義之情形，茲二數例為證。例如：《說文通訓定聲・孚部第六》下收「鶹」字：

> 鶹，鳥少美長醜為鶹離，从鳥留聲。《爾雅・釋鳥》：「鳥少美長醜為鶹鷅。」注：「猶留離」……〔別義〕《北山經》：「饒山其鳥多鶹。」注：「鵂鶹也。」《說文》作舊畱。《詩》：「旄丘。」陸疏：「流離，梟也。」又《一切經音義》云：「鵂鶹，關西名訓侯，山東名訓狐。」按皆方音之轉，鵂鶹亦疊韻連語。（《通訓定聲》，頁 283）

鶹字，據《說文》所載是指一種幼時美好，長大醜陋的禽鳥。朱駿聲引《爾雅・釋鳥》，根據《爾雅》所載乃指鶹離之鳥。此禽名為雙聲連語，故或稱鶹鷅、流離、留離、鶹離，詞形不定。朱氏於〔別義〕下，別舉「鵂鶹」一名，並引玄應《音義》為證。據查《一切經音義卷十一・中阿含經卷三十》「鵂狐」條下：「許牛反。鵂鶹也。關西呼訓侯，山東謂之訓狐也。」（徐書，頁 228），為朱駿聲所本。據〔清〕曹寅《全唐詩・卷三百四十・射訓狐》：「有鳥夜飛名訓狐，矜凶挾狡誇自呼」注：「唐〈五行志〉休留，一名訓狐。或曰：訓狐其聲也，因以名之。」鵂鶹，也是連綿詞，也作舊留、鵂狐、訓侯、訓狐，朱駿聲以為「皆方音之轉」。

又如：《說文通訓定聲・屯部第十五》下收「瞟」字：

> 瞟，瞭也，从目票聲。《一切經音義》引《埤蒼》：「明察也。」今常州人俗語有所省視曰瞟瞟。〔別義〕《廣韻》引《埤蒼》一目病也。與眇略同，今俗語謂邪視曰瞟白眼。（《通訓定聲》，頁 347）

瞟字，各本《說文》及清代《說文》諸學者皆作「瞭也」，唯獨朱駿聲《說文通訓定聲》訓作「瞭也」，然《說文》未收「瞭」字，應是朱本有誤。《說文》：

「瞭，察也。」為察視之意，以「瞭」訓「瞟」方能吻合朱氏引用玄應書「明察也」之意。段玉裁以江蘇俗語補注曰：「今江蘇俗謂以目伺察曰瞟。」[39]也貼合玄應書引《埤蒼》「明察」之意。據查《一切經音義卷十八・鞞婆沙阿毗曇論卷五》「若瞟」條下：「普么反，一目病也。又《埤蒼》云『明察也』。」（徐書，頁376），為朱駿聲所本。值得一提的是，此一條目為《高麗大藏經》所無，徐時儀教授乃根據南方藏經《磧砂藏》所補。細查同屬北方藏經系統的《趙城金藏》本也不見此條，而道光年間刊本則仍《磧砂藏》收錄了「若瞟」條[40]，此一現象印證了陳援庵所說：「乾嘉諸老，引證記卷，悉是南本。」[41]此言「南本」乃指宋、元、明南藏等二十五卷本。諸說大抵相合。

此外，朱氏在此增收「別義」，徵引《廣韻》引《埤蒼》「目病」之另一義。並以其方俗之語「今俗語謂邪視曰瞟白眼」釋之。朱駿聲雖未引玄應書為證，而「目病」之說，已見於玄應書中。如《一切經音義卷十七・阿毗曇毗婆沙論卷八》「瞟翳」條下：「匹眇反，目病也。下或作瞖，同。於計反。」（徐書，頁357）由此可知，瞟字應有二義，一為「明察」之意，一為眼病之斜視。二義明顯有別，不宜混淆。茲查索臺灣教育部《異體字字典》所錄「瞟」字，其義項一之內容如下：

> 斜視。《說文解字・目部》：「瞟，瞭也。」〔清〕段玉裁注：「今江蘇俗謂以目伺察曰瞟。」〔清〕朱駿聲《說文通訓定聲・小部》：「今俗語謂邪視曰瞟白眼。」《金瓶梅》第五八回：「他佯打耳睜的不理我，還拏眼兒瞟著我！」[42]

從上引資料可見，今日教育部《異體字字典・目部・瞟字》已經混淆了兩個不同的意義，實應據以修訂才是。

---

[39] 〔清〕段玉裁：《說文解字注》，頁 133。

[40] 本文所云道光年間刊本，係指《續修四庫全書》本。見〔唐〕釋玄應：《一切經音義》（道光二十五年海山仙館叢書本），收錄於：《續修四庫全書》（上海：上海古籍出版社，1995 年），冊 198，卷十八，頁 207。

[41] 陳援庵：《中國佛教史籍概論》（臺北：新文豐出版公司，1983 年），頁 73。

[42] 參見《異體字字典・目部・瞟字》：https://dict.variants.moe.edu.tw/variants/rbt/word_attribute.rbt?quote_code=QTAyNzk5 檢索日期：2021 年 2 月 28 日。

六　引用《一切經音義》以明其〔假借〕義

朱駿聲對假借的定義，乃站在「本字」立場而言，故云「本無其意，依聲託字」。朱駿聲引用玄應《音義》來證假借之情形，茲舉二例為證。例如：《說文通訓定聲．豫部第九》下收「跨」字：

> 跨，渡也。从足夸聲。……〔叚借〕為䠸。《一切經音義》引《俗典》：「江南謂開膝坐為跘跨，山東謂之甲趺。」又為誇。《列子》：「楊朱而欲尊禮義以跨人。」《釋文》本作夸。（《通訓定聲》，頁 457）

跨字，各本《說文》皆作「渡也」，段玉裁注：「謂大其兩股閒以有所越也，因之兩股閒謂之跨下。」[43]朱駿聲云假借作䠸。《說文．足部》：「䠸，踞也，從足荂聲。」「踞也」二字，段注本作「居也」，蹲也，為兩足蹲踞之義。渡越之跨字與蹲踞之䠸，聲同而義別，故為假借關係。朱氏又據《一切經音義》引《俗典》證其假借關係。據查《一切經音義卷第六．妙法蓮華經卷一》「加趺」條下：「古遐反。《爾雅》：加，重也。今取其義則交足坐也。《除災橫經》、《毗婆沙》等云：結交趺坐是也。經文作跏，文字所无。案：《俗典》江南謂開膝坐為跘跨，山東謂之甲趺坐也。」（徐書，頁128-129），為朱駿聲所本。

又如：《說文通訓定聲．鼎部第十七》下收「眚」字：

> 眚，目病生翳也，从目生聲。字亦作瘖……〔叚借〕為媘。《一切經音義》：「眚，瘦也。」又《周禮．大司徒》七曰：眚禮。司農注：掌客職，所謂凶荒殺禮也。又〈大司馬〉馮弱犯寡則眚之。注：猶人眚瘦也。〔聲訓〕釋名釋天眚省也如病者省瘦也。（《通訓定聲》，頁 864）

眚字，本義為「目病生翳」，段玉裁注：「眚……又假為減省之省。《周禮》馮弱犯寡則眚之。注：眚猶人省瘦也，四面削其地。按省瘦亦作瘖瘦。俗云瘦省。」[44]朱駿聲云假借作媘。媘字，其義「減也」。段玉裁注：「減者、損也。按〈水部〉又曰：『渻，少減也。』然則媘、渻音義皆同。作省者，叚借字也。省行而媘、渻

---

[43]〔清〕段玉裁：《說文解字注》，頁 82。

[44]〔清〕段玉裁：《說文解字注》，頁 135。

廢矣。許書凡云省改皆作省。應以媘正之。」[45]目病之眚與減省之媘，聲同而義別，故為假借關係。朱氏又據《一切經音義》證其假借關係。據查《一切經音義卷十九・佛本行集經卷二十六》「瘦眚」條下：「《字苑》作瘖，同。所景反。眚，瘦也，病也。《釋名》云：『眚者瘠也。如病者瘖瘦也。』經文作省，非體也。」（徐書，頁 400），為朱駿聲所本。

又如：《說文通訓定聲・小部第七》下收「眺」字：

> 眺，目不正也，从目兆聲。……〔叚借〕為覜。《一切經音義・七》引《說文》：「視也。」〈月令〉：「可以遠眺望。」《家語・辨樂》：「睪然高望而遠眺。」（《通訓定聲》，頁 370）

眺字，本義為「目不正」，段玉裁注：「按〈釋詁〉、《說文》皆云覜、視也。然則覜望字不得作眺。〈月令〉可以遠眺望，系假借。小徐注引〈射雉賦〉『目不步體，衺眺旁剔。』徐爰曰：『視瞻不正，常驚惕也。』此眺字本義。」[46]「覜，視也」。依照《說文》眺、覜二字，聲同而義別，眺字作為眺望字，為假借用法。朱氏則據玄應《音義》證其假借關係。據查《一切經音義卷七・正法華經卷五》「求眺」條下：「他吊反。《說文》：眺，視也。亦望也，察也。」（徐書，頁148），為朱駿聲所本。

七 引用《一切經音義》以明其〔聲訓〕之義

朱駿聲將古籍中凡是以同音字為訓者，亦詳列於各字之下，標注為〔聲訓〕。其書中也有徵引玄應《音義》來說明聲訓之義者。例如：《說文通訓定聲・謙部第四》下收「闔」字：

> 闔，門扇也，从門盍聲。……〔聲訓〕《一切經音義・十二》引《說文》：「闔，合也。」（《通訓定聲》，頁 200）

闔字，各本說文作「門扇也……一曰閉也。」朱駿聲引玄應書之《說文》訓「闔，

45〔清〕段玉裁：《說文解字注》，頁 629。

46〔清〕段玉裁：《說文解字注》，頁 136。

合也。」據查《一切經音義卷十二・達磨多羅禪經卷上》「闔眾」條下：「胡臘反。《說文》：闔，閉（合）也。」（徐書，頁259）此條有版本異文，《高麗藏》本作「閉也」，《磧砂藏》本作「闔，合也。」道光年間刊本亦同。可知朱駿聲所據當為南方之藏經系統，闔與合同音，故朱駿聲據之，置於聲訓義標目下。惟此說皆與各本不同，讀者應知乃朱氏所據玄應書版本不同所致。

又如：《說文通訓定聲・乾部第十四》下收「算」字：

> 算，數也。从竹从具，會意，讀若筭……〔聲訓〕《一切經音義》引《三蒼》：「算，選也。」（《通訓定聲》，頁 772）

算字，《說文》訓「數也」。段玉裁注：「古假選為算。如〈邶風〉不可選也。《車攻・序》因田獵而選車徒。選皆訓數，是也。」[47]算、選二字，聲類同屬心母，韻部同在段玉裁十四部。二字同音。據查《一切經音義卷四・寶雲經卷六》「算擇」條下：「乘管反。謂簡擇也。《三蒼》：算，選也。」（徐書，頁 96），為朱駿聲所本，列為聲訓義。

八　引用《一切經音義》增收篆文

朱駿聲根據玄應《音義》增收篆文之狀況，例如：《說文通訓定聲・小部第七》下收「䰫」字：

> 䰫，段氏玉裁據元應書引《說文》有此字。剽捷之鬼也。从鬼堯聲。姑附于此。〔段借〕為驍、為獟，《廣雅・釋詁二》：「䰫，健也。」《聲類》：「䰫，疾也、捷也。」按䰫實獟之轉注。（《通訓定聲》，頁 346）

䰫字，二徐本未收。段玉裁於「醜」字下：「按此下大徐補一魋篆。以〈言部〉有譙篆。从魋聲也。」又於「䰫」下云：「各本無此篆。考玄應書五引《說文》䰫字。助交切。訓捷健也。又引《廣雅》：『䰫、捷也。』《聲類》：『䰫、疾也。』蓋後人以勦代䰫。而《說文》䰫字亡矣。《玉篇》曰：『䰫、剽輕為害之鬼也。』

[47]〔清〕段玉裁：《說文解字注》，頁 200。

《說文》訓當云鬼捷皃。疑魑篆即魑篆之譌。」[48]據查《一切經音義卷十二・賢愚經卷十》「勦了」條下：「仕交反。便捷也。謂勁速勦健也。《說文》作魑，捷也，疾也。」（徐書，頁248）玄應書中有「魑」字，訓為捷也、疾也。朱駿聲遂據段玉裁之說，補錄「魑」篆。

九 引用《一切經音義》保留異體字材料

朱駿聲《說文通訓定聲》一書，除了補錄《說文》未收之字於字頭外，又有部分狀況是雖未列為字頭，但仍引用《一切經音義》以保留異體字材料。例如：《說文通訓定聲・謙部第四・附說文不錄之字》下收「鴨」字：

> 鴨鴄 〔新附〕鴨，鶩也。俗謂之鴨字。亦作鴄。《一切經音義》：「鴨，古文鵪。」（《通訓定聲》，頁205）

鴨字，不見錄於《說文解字》，為徐鉉新附之字。鉉載：「鶩也。俗謂之鴨字。从鳥甲聲。」朱駿聲引玄應書：「鴨，古文鵪。」以「鴨」字為鵪之古文，見於《一切經音義》。據查《一切經音義卷五・般舟三昧經卷中》「鶡鴨」條下：「胡葛反。似雉，鬪死不却，故武人戴鶡冠以象之也。出煇諸之山。以其尾垂頭。亦出上黨。下古文鵪，同。烏甲反。煇音魂。」（徐書，頁109），朱說蓋出自於此。又朱駿聲在「臨部第三・凡今之派皆衍今聲」「雂」字下云「从隹酓聲。籀文从鳥。字亦作鵮、作鵪。奄、酓雙聲。」也將「鵪」字收為「雂」之異體。筆者進一步考察，鵪、鴨二字相對關係的轉變，出現在宋代。宋代郭忠恕《汗簡・卷上之二》收錄「[古文字形]，鴨，出郭顯清〈字指〉，後人轉音於檢切。」[49]據此可見，兩字身分互換，鵪變為鴨之古文。後出之字書，如《玉篇・鳥部》：「鴨，烏甲切，水鳥。鵪，古文。」[50]《字彙・鳥部》：「鵪，古鴨字。」[51]大致都依循著《汗簡》的字際關係。徐灝《說文解字注箋》則曰：「箋曰：此後世所製，不必求古字以當之。《一切經音義・五》云『鴨，古文鵪』，亦非也。」徐灝之意，鴨字本不見錄於《說文》，為後造之字，實毋須

---

[48] 段注書中醜、魑二篆相次。見〔清〕段玉裁：《說文解字注》，頁440。

[49]〔宋〕郭忠恕：《汗簡》，收錄於《文淵閣四庫全書》（臺北：臺灣商務印書館，1976年），冊224，卷上之二，頁4。

[50] 見〔宋〕陳彭年等重修：《大廣益會玉篇》（北京：中華書局，1987年），頁133。

[51]〔明〕梅膺祚：《字彙》（上海：上海辭書出版社，1991年），頁574。

將它視為鷁之古字，因而一併推翻了《一切經音義》的說法。然筆者考察玄應《音義》諸多版本，如《高麗藏》初雕本、《磧砂藏》本、《趙城金藏》本、道光年間刊本等，不論南藏或北藏都有相同的記載，可知玄應書中所載，應當有一定的可信度。或許在唐代有一定文字材料，讓玄應留下這樣的注語。無奈今日材料有限，無從考察，但仍應存以待考，而非如徐灝直接否定玄應的說法。

十　引用《一切經音義》補附《說文》不錄之字

朱駿聲《說文通訓定聲》記載補附字之〈凡例〉有三，茲條列如下：

> 字有不見正篆，見于說解及字敘中者，有有偏旁無正篆者，有見於《說文》小徐本者，有見於他書注所引《說文》者，今悉加考覈，有補有附。附者見于注中，補者書以大字。

> 大徐「補」、「附」、「俗」三類字，四百五十文，又見於經史，凡魏晉以前注有音讀者，皆訂附焉。

> 字有見於《方言》、《廣雅》及子史傳記而無可附麗者，於每部後別箠存之以俟考。[52]

《說文通訓定聲》在每韻部之後，又附錄了不見於《說文》之唐以前古書之字。〈凡例〉清楚記述了朱駿聲收錄《說文》未收之字的原則及其來源。其中，有根據玄應《音義》而補錄者。下文僅舉數例，並還原《一切經音義》之原始出處如下。

例如：《說文通訓定聲．小部第七》末補錄「毷」字：

> 毷：《一切經音義．十四》引《字林》：「毷毛皃也。」又《通俗文》：「毛茂謂之毷毷。」按疊韻連語。(《通訓定聲》，頁381)

檢核朱駿聲所據之出處為《一切經音義卷十四．四分律．卷五十二》「毛毷」條下：「《字林》：先要反。毛皃也。《通俗文》：毛茂謂之毷毷。」（徐書，頁

52 見〔清〕朱駿聲：《說文通訓定聲》，卷首〈凡例〉，頁15-16。

311）

又如：《說文通訓定聲・豫部第九》末補錄「姥」字：

> 姥：媽《一切經音義》引《字書》：「媽，母也。今以女老者為姥也。」（《通訓定聲》，頁 509）

檢核朱駿聲所據之出處為《一切經音義卷十三・過去現在因果經卷三》「老姥」條下：「又作媽，同。亡古反。《字書》：媽，母也。今以女老者為姥也。」（徐書，頁 278）

又如：《說文通訓定聲・豫部第九》末補錄「蚱」字：

> 蚱：《一切經音義》引《字書》：「蚱蜢，淮南名。去父也，即蟾蠩也。」（《通訓定聲》，頁 510）

檢核朱駿聲所據之出處為《一切經音義卷十二・義足經卷下》「蚱蜢」條下：「側挌反。下莫綆反。蚱蜢。《字書》云：淮南名。去父也。即蟾蠩也。郭璞曰：蝦蟆類，居陸地者也。」（徐書，頁 261）

朱駿書據玄應《音義》之材料補錄《說文》不附之字，共有十六條。限於文長，此處僅舉「毹」、「姥」、「蚱」三字為例，以見其梗概。

第四節　小結

雍和明云：「《說文通訓定聲》（18 卷）突破了以往研究《說文》只重視文字本義的局限，以『說文』為起點，以『通訓』為重點，以『定聲』為基點，全面系統地解釋字義。」[53]雍氏扼要地將朱駿聲《說文通訓定聲》的特色表露無疑。朱駿聲在全書建構詞義系統時，採集古今重要典籍及字書韻書，而玄應《一切經音義》也是朱駿聲所關注材料之一。雖然，與王筠《說文句讀》相比，朱氏並未如王筠那般有意識的大量運用，然而透過本文的分析，我們也看到《說文通訓定聲》在補釋《說文》詞義內容、修訂篆文形構、明古今本《說文》異文、增補篆文、闡明轉注（引伸義）、假借義、別義、聲訓義等各方面，玄應《一切經音義》一書都發揮了

[53] 見雍和明等：《中國辭典史論》（北京：中華書局，2006 年），頁 175。

重要的功能。特別是成書於初唐的玄應書中所保留的《說文》異文資料，更是彌足珍貴。

第九章

玄應《音義》在清儒考據工作中的運用舉例

第一節　清初學術風氣概述

明朝末年，民變領袖之一李自成，率領義軍殲滅明軍主力。最終導致明崇禎皇帝自縊，明政權覆亡。其後，清軍在明將吳三桂引領下，大舉進入山海關，擊敗李自成，攻佔北京。至此，滿清入主中原，統一政權，建立滿清王朝。由於清廷以異族身分入主中原，為鞏固其政權，除加強中央集權的君主專政外，又採取安定人心、繁榮社會、建設文化等措施，以奠定其統一大業。在康熙、雍正、乾隆年間，社會發展，人口增加，農業經濟與工商業皆欣欣向榮，開創滿清王朝的盛世。

在漫長的中國學術史上，因應歷朝歷代不同的社會環境與學術氛圍，每個階段都有其獨特的學術思潮代表，例如：先秦哲學、兩漢經學、魏晉玄學、隋唐佛學、宋明理學等等。總體來說，清代樸學家從事學問的態度，排斥空論，提倡實際。他們反對無根的主觀冥想，傾向實事求是的考察。推究此一治學特色，大約來自於兩方面的影響：其一為政治因素；其二為學術環境。

從政治因素來說，清朝在中國歷史上，由於具有「異族統治」的獨特政治樣態，因而形成一種別具特色的學術思潮——樸學。在滿清建立政權，統治漢族的百餘年中，清廷對於漢族的文化政策是兼用高壓與懷柔政策。一方面為籠絡士人，以八股科舉來吸收人才；以山林隱逸和博學鴻儒的薦舉，來網羅宿儒遺老；開設《明史》館、《四庫全書》館，來振興文化、提倡科學，也讓學者交流和學術發展提供了良好條件。

但在另一方面，清廷為鞏固其政權，加強中央集權的君主專政，同時箝制文人思想，大興文字獄。許多文人為求自保，不問政事，便把目光轉向經學、小學，躲入故紙堆中。為了求避禍，文人學士埋首於傳統儒家經典的校勘、輯佚和辨偽，也廣及其他諸子百家、史部、集部等傳統文化典籍的清理、爬梳和研究。他們治學的方法，都以嚴肅的態度，刻苦的精神，孜孜不怠的努力，在傳世文獻材料中下功夫。通過校勘、辨偽、輯佚、注疏、考訂史實等方法，試圖將當時真偽混雜的典籍文獻，去偽存真；也為部分散失不存的古書，找回殘存的寶貴材料，讓後人得以一窺原書可能的面貌；根據新發現的材料，來為古籍注疏、考釋訂訛，讓原本晦澀深奧、難以卒讀的典籍，提供方便理解的門徑。職是，清代在經學、史學、語言文字學、校勘學、金石、地理、輯佚、辨偽等各方面，都有不錯的表現。

清代的學術特色，除了上舉政治因素外，也與明末學術環境息息相關。由於明季王陽明心學盛行，人們逐漸流於空談「明心見性」，造成當時反抗傳統、追求個人性靈自由，棄讀經史，且好竄改古書的空疏流弊。清初顧炎武對當時「束書不觀，游談無根」[1]的學術風氣曾進行猛烈的抨擊，他認為放棄經學、空談心性是不良學風產生的根本原因，故極力主張以小學為基礎來研究、發展經學。在這種學術思想的指導下，清儒掃除明末浮誇、空談的習氣，形成了從材料出發來治經考據、研究古音古義的樸學風氣。在這種研究態度的影響下，清代的小學家們著重實事求是、考訂史實、校勘辨偽、訓詁考據，成就了獨特的「清代樸學」學術思潮，而與歷代先秦哲學、兩漢經學、魏晉玄學、隋唐佛學、宋明理學，相互輝映，同為中國學術發展史中，不可或缺的一環。

總而言之，清初學者治學的態度，一方面來自反對明末王陽明心學末流的空疏，另一方面則是迫於當時政治環境的壓力。因而形成一種反對空虛的主觀冥想，傾向實事求是的考證精神。是故，自清初乾嘉以來，清儒在文獻整理、校勘輯佚、訓詁考據等方面，都有極高的成就。

第二節　清儒徵引玄應書對各本《說文》之校勘舉例

在清初樸學風氣中，針對所研治的典籍，引經據典來進行考校增補，是屬於乾嘉學者慣用的手段。因此，運用歷代傳世文獻所徵引的《說文》材料，藉以校勘大徐本、小徐本，更是清代《說文》四大家及當時其他《說文》研究者重要的研究方法之一。乾、嘉、道、咸時期的《說文》研究者，有許多著作都屬於這種類型，例如：丁福保《說文解字詁林》所列舉，鈕樹玉《說文解字校錄》；姚文田、嚴可均《說文校議》；顧廣圻《說文辨疑》；嚴章福《說文校議議》；惠棟、王念孫、席世昌、許槤《讀說文記》；沈濤《說文古本考》；朱士端《說文校定本》；莫友芝《唐說文木部箋異》；許溎祥《說文徐氏未詳說》；汪憲《繫傳考異》；王筠《繫傳校錄》；苗夔《繫傳校勘記》；戚學標《說文補考》；田吳炤《說文二徐箋異》等等，皆屬之。他們利用各種材料，去校勘二徐本，試圖還原

[1] 語出〔宋〕蘇軾〈李氏山房藏書記〉：「而後生科舉之士，皆束書不觀，游談無根。」見〔南宋〕呂祖謙：《宋文鑑》（臺北：臺灣商務印書館，1983年），收錄於《文淵閣四庫全書・集部》，冊1350-1351，卷八十二，頁4。

許慎《說文解字》的面貌。當時，唐代釋玄應《大唐眾經音義》的面世，其書中保留許多大量的古代典籍資料，以及包含《說文》在內與其他已佚失的古代字書資料，為當時的小學家提供了一份亮眼的新材料。

有關玄應《音義》引用《說文》之資料，正如同身歷南朝陳、隋、唐之陸德明《經典釋文》與〔唐〕李善《文選注》之徵引《說文》一般，具有類似的時代意義與價值。因其所保留的《說文》內容年代，皆早於今日所見的二徐本《說文》，應該更趨近於唐本《說文》的面貌。陳煥芝《玄應《一切經音義》引《說文》考》認為：「玄應注引之《說文》，因動多裁翦，不錄全文，亦間有合《字林》、《玉篇》雜揉而出之者，又版本不同，故亦多疏誤」。[2]認為玄應書所引《說文》時與《字林》、《玉篇》相混，故多疏漏。然而，根據《隋書・經籍志一・六藝經緯》所載：

> 魏世又有八分書，其字義訓讀，有《史籀篇》、《蒼頡篇》、《三蒼》、《埤蒼》、《廣蒼》等諸篇章，訓詁、《說文》、《字林》、音義、聲韻、體勢等諸書。[3]

又如《五經文字・序例》所載：

> 今制，國子監置書學博士，立《說文》、《石經》、《字林》之學，舉其文義，歲登之下。亦古之小學。[4]

再如《新唐書・選舉志上》所載：

> 學書，日紙一幅，間習時務策，讀《國語》、《說文》、《字林》、《三蒼》、《爾雅》。……凡書學，先口試。通，乃墨試《說文》、《字林》二十條，通十八為第。[5]

從上舉相關文獻可知，《字林》一書歷經了魏晉南北朝及隋代，到唐代受到極度重視，甚而與《說文》並重，以至有唐世所謂「字林之學」的稱呼。正因唐代《說文》、《字林》二書並重，加之古人引注經常混入正文，因此，二書相混之現象確實是存在的。不過，

---

[2] 陳煥芝：《玄應一切經音義引《說文》考》（臺北：私立中國文化大學中國文學所碩士論文，民國 58 年）。

[3]〔唐〕魏徵等撰：《新校本隋書》（臺北：鼎文書局，民國 82 年），〈經籍志一〉，頁 946-947。

[4]〔唐〕張參：《五經文字》，頁 3。收錄於王雲五主編：《叢書集成初編》（北京：中華書局，1985 年），冊 1964。

[5]〔宋〕歐陽修，宋祁撰：《新校本新唐書》（臺北：鼎文書局，民國 81 年），〈選舉志上〉，頁 1160-1162。

王筠認為玄應書中所引用之《說文》資料，與今本《說文》或同或異，蓋「六朝唐人所據本，固如此矣。」[6]其所反映的正是當時唐代《說文》的面貌。此外，縱使玄應書所引《說文》資料，可能摻混《字林》或當代及後世字書的內容，然而藉由與歷代典籍或其他字韻書之內容，交叉比對，不難查知那些是後人摻入的內容。因此，在保留文獻的歷史意義上，玄應《音義》書中的《說文》材料，仍是彌足珍貴的。

清代考據學肇始於顧炎武，中經閻若璩、胡渭等人的推闡，再歷經惠棟、戴震、錢大昕諸家，迄段玉裁、王念孫父子而臻於極盛。清儒從事文字訓詁等考據工作時，對於保存許多古代佚失古籍及字韻書的玄應《眾經音義》，自然，除了前文已提及的《說文》學研究專著外，王念孫《廣雅疏證》則是在乾嘉時期大量運用玄應《音義》資料的一部重要訓詁學專著。是故，本節先以清代《說文》研究者如何藉由玄應書來校勘二徐本《說文》之內容，進行探討。至於，王念孫《廣雅疏證》之徵引玄應《音義》材料如何運用於《廣雅疏證》中，則置於下一節討論。

下文將列舉數例，以逐條筆記形式呈現。首引大徐本《說文》內容，小徐本、段注本則並列於後，以供參照[7]。其後羅列諸家徵引玄應書之內容，進行探討。除了展現清儒如何藉由玄應《音義》所引《說文》內容外，筆者亦提出個人觀點，評斷各家說法之優劣得失。

一　澆字

大徐本《說文》:「澆，溠也。从水堯聲。」
《說文解字繫傳》:「澆，沃也。從水堯聲。」
《說文解字注》:「澆，溠也。从水堯聲。」

各本《說文》有異文。大徐本、段注本同作「溠也」，小徐本作「沃也」。清儒各家或作「溠也」[8]，或作「沃也」[9]，段玉裁於「溠」字下注云:「隸作沃」，知「沃」、「溠」二字為篆、隸異體的關係。各本《說文》之異文僅是篆、隸用字不同耳。其次，桂馥《義證》云:「沃也者，小字本作溠。《一切經音義．三》:引作『灌漬也。』」[10]鈕樹玉《校

[6]〔清〕王筠:《說文解字句讀》，書前〈凡例〉，頁2。
[7] 本文所云各本《說文》，除了二徐本之外，清代刻本則以段玉裁《說文解字注》為代表。
[8] 如段玉裁《說文注》、王筠《句讀》、朱駿聲《定聲》屬之，與大徐本同。
[9] 如桂馥《義證》、鈕樹玉《校錄》、嚴可均《校議》、錢坫《斠詮》、沈濤《古本考》，與小徐本同。
[10]〔清〕桂馥:《說文解字義證》(濟南:齊魯書社，1994年)，頁983。

錄》云：「《一切經音義・卷三》引作：『灌漬也』，誤。」[11]嚴可均《校議》：「堯聲下當有『一曰灌漬也』。《一切經音義・卷三》引『澆，灌漬也』。」[12]朱駿聲《說文通訓定聲》：「《一切經音義・三》引《說文》：『一曰灌漬也』，字亦作澆。《廣雅・釋詁二》：『澆，漬也』。」[13]沈濤《說文古本考》：「〔濤案〕《一切經音義・卷三》引『澆，灌漬也。蓋古本一曰以下之奪文』。」[14]筆者覆查玄應書之內容，《一切經音義卷第三・放光般若經第五卷》「澆灒」條下：「上又作澆，同。古堯反。《說文》：『澆，灌漬也。』……《說文》：『灒，相汙灑也。』」[15]諸家所引，源自於此，無誤。

綜合以上各家之說，諸家皆引玄應書〈卷三〉「澆，灌漬也」，惟桂馥只引玄應資料，未加評論。鈕樹玉則以為玄應所引有誤[16]。至於，嚴可均、朱駿聲及沈濤則根據玄應書所載，一致認為大徐本在堯聲下脫「一曰灌漬也」一語，彌補大徐本之脫文。不過，四大家之段玉裁、王筠有不同的處理方式。段玉裁不引玄應書，只云：「沃為澆之大，澆為沃之細，故不類廁。凡醲者，澆之則薄，故其引伸之義為薄。漢書循吏傳。澆淳散樸。」[17]其意許書雖以「沃」訓「澆」，但二字義近而有別，故不類廁。段氏所言雖無可厚非，然而卻未說明他對玄應所引《說文》因何略而不提？筆者以為，王筠之說可以補足段注之不備。王筠《說文解字句讀》云：

> 澆，渼也。元應引作「灌漬也」，不與「渼」類廁者，〈食部〉「饡」下云：「以羹澆飯也」，乃澆之本義。本篆上下，皆飲食字也。至於《汜勝之書》：「湯有旱災，伊尹作為區田，教民糞種，負水澆田」，則引伸之義。[18]

王筠根據許慎《說文》列字「以類相從」的體例立說。《說文》：「渼，溉灌也。」[19]溉者，灌注也。故渼字，即農事負水澆田，灌溉之義。而「澆」字，雖以「渼也」訓之，因與

---

[11]〔清〕鈕樹玉：《說文解字校錄》，收錄於《續修四庫全書》（上海：上海古籍出版社，1995 年景印清光緒乙酉十一年江蘇書局刻本），冊 212，卷十一上，頁 43-b。

[12]〔清〕嚴可均：《說文校議》，收錄於嚴一萍選輯：《小學類編》（臺北：藝文印書館印行，民國 62 年），卷十一，頁 18-a。

[13]〔清〕朱駿聲：《說文通訓定聲》（臺北：藝文印書館，1994 年），頁 346。

[14]〔清〕沈濤：《說文古本考》，收錄於嚴一萍選輯：《小學類編》（臺北：藝文印書館印行，民國 62 年），卷十一，頁 24-a。

[15] 見徐時儀：《一切經音義三種校本合刊・上冊・玄應音義卷三》，頁 63。

[16] 鈕樹玉對於玄應《音義》之材料，曾經提出「元應引未必無誤，不當偏信」、「元應雖多采古書，未必無誤」的說法，參見本書第六章〈鈕樹玉《段氏說文注訂》徵引玄應《音義》研究〉，頁 93-95。

[17]〔清〕段玉裁：《說文解字注》（臺北：洪葉文化事業有限公司，2005 年），頁 568。

[18]〔清〕王筠：《說文解字句讀》，頁 59 左。

[19]〔清〕段玉裁：《說文解字注》，頁 560。

涒（食已而復吐之）、液（津也）、汁（液也）等飲食相關字類聚，則知澆字亦應為飲食字之屬。王筠輔以「饡，以羹澆飯也」說明「澆」字本義為澆飯、以湯泡飯之義。而玄應引作「澆，灌漬也」已是引伸之義，而非本義。故段玉裁云：「沃為澆之大，澆為沃之細，故不類廁。」其說亦是。筆者還原佛經經文：《放光般若經卷第四·摩訶般若波羅蜜陀隣尼品第二十》：「菩薩觀人，初死之日至于五日，膖脹爛臭，體壞汁流，互相澆灒，無有淨處。」經文所言「澆灒」，為澆灌、灌注之義，非澆之本義。故玄應書引《說文》「澆，灌漬也」釋之。段、王二氏，皆未採用玄應書之說，以其所釋非本義也。然筆者以為，《說文》有「一曰」之例，凡義有兩歧者，可以「一曰」釋之，不必然皆為本義也。玄應《音義·卷三》既引《說文》，代表唐代應有此用法，時可以「一曰」形式，加以補足。因此，嚴可均、朱駿聲及沈濤三人認為大徐本脫文，應該根據玄應書所引《說文》內容，彌補大徐本之脫文。此說為是。

二　龇字

> 大徐本《說文》：「龇，齒相齗也。一曰開口見齒之皃。从齒，柴省聲。讀若柴。」
>
> 《說文解字繫傳》：「龇，齒相齗也。一曰開口見齒之皃。從齒，柴省聲。讀若柴。」臣鍇曰：「齒不齊也。」
>
> 《說文解字注》：「龇，齒相齘也。一曰開口見齒之皃。从齒此聲。讀若柴。」

龇字，各本《說文》有異文。二徐本釋義同作「齒相齗也」，段注本作「齒相齘也」。形構上二徐本同作「從（从）齒，柴省聲」，段注本作「从齒此聲」。清儒各家或作「齒相齗也」[20]，或作「齒相齘也」[21]，段注云：「齘，各本誤齗。李本不誤。《廣韵》『齸齚、齒不正。』」[22]龇字，段氏改「柴省聲」為「此聲」。注云：「各本作柴省聲。淺人改也。」桂馥、王筠从段說，皆云「當作此聲」。然徐承慶《說文解字注匡謬》：「按《三國志》犬崖柴，即此龇字。恐作柴省聲者，未必淺人。改為此聲，其人之深淺未可定也。」[23]又，清儒徵引玄應書重點在於校勘「一曰開口見齒之皃。」一語。桂馥《義證》：「齒相齗也者，齗，《廣韻》《類篇》竝引作齘。一曰開口見齒之皃者。……《一切經音義·

[20] 如桂馥《義證》、鈕樹玉《校錄》、嚴可均《校議》、錢坫《斠詮》、沈濤《古本考》，與二徐本同。

[21] 如王筠《句讀》、朱駿聲《定聲》屬之，與段注本同。

[22]〔清〕段玉裁：《說文解字注》，頁79。

[23]〔清〕徐承慶：《說文解字注匡謬》（清張氏寒松閣抄本），收錄於《續修四庫全書》，冊214，卷二，頁240。

六》啀喍《說文》作齜，謂開口見齒也。《埤蒼》犬相啀拒也。」[24]嚴可均《說文校議》：「齜，齒相齗，難通，恐『斷』字誤。《一切經音義・卷六》引作『開口見齒也』。此云『之皃』，非是。『柴省聲當作此聲』，校者輒改耳。柴亦此聲，況下文有讀若柴。」[25]筆者覆查玄應書之內容，《一切經音義卷第六・妙法蓮華經第二卷》「嗺喍」條下：「五佳、仕佳反。《說文》作齜，謂開口見齒也。《埤蒼》：犬相啀拒也。」[26]桂馥、嚴可均所引，皆源自於此，無誤。

綜合以上材料，本條有三個重點，其一為許書釋義「齒相齗」異文問題。其二為「柴省聲」或「此聲」之辨。其三為根據玄應書修訂各本《說文》「之皃」衍文之失。筆者以為，各本《說文》「之皃」衍文，根據玄應書所引《說文》而逕改，可也。其二，段氏以為「柴省聲」為淺人妄改，竊以為尚有討論空間。就聲理來看，齜、柴二字，發聲均屬從紐，同紐雙聲；而此字，發聲屬清紐，與齜字僅是旁紐雙聲。故齜字作柴省聲，並無不當[27]。且根據玄應書所引：「嗺喍」，《說文》作齜，其字作「喍」，字形已从柴。加上許書云「讀若柴」，則齜字作「柴省聲」，實無不當，不必依段氏而改。無怪乎徐承慶譏之曰「改為此聲，其人之深淺未可定也。」。最後，針對「齗、齘」異文問題。齗，齒本也；齘，齒相切也。二字義訓有別。筆者以為，齗、齘二字，乃因形近而傳抄致誤。然齜、齘二字比鄰而居，義相似也。故釋義應以段本「齒相齘」為是。至於嚴可均《校議》認為「齗」，「恐『斷』字誤」，只因形近而推測，其文義並不參協，不可取。

三　雊字

大徐本《說文》：「雊，雄雌鳴也。雷始動，雉鳴而雊其頸。从隹从句，句亦聲。」

《說文解字繫傳》：「雌雉鳴也。雷始動，雉鳴而雊其頸。從隹句，句亦聲。臣鍇曰：「《禮・月令》曰：『雉始雊。』」

《說文解字注》：「雊，雄雉鳴也。雷始動。雉乃鳴而句其頸。从隹句。句亦聲。」

雊字，各本《說文》有異文。在釋義上各不相同，大徐本作「雄雌鳴也」，小徐本

---

[24]〔清〕桂馥：《說文解字義證》，頁 325-326。

[25]〔清〕嚴可均：《說文校議》，卷二，頁 14-b。

[26] 見徐時儀：《一切經音義三種校本合刊・上冊・玄應音義卷六》，頁 133-134。

[27] 筆者以為，段氏認為《說文》省聲字多有問題，故有此說。段氏曾於「家」篆「豭省聲」下云：「按此字為一大疑案。豭省聲讀家。學者但見从豕而已。从豕之字多矣。安見其為豭省耶。」見〔清〕段玉裁：《說文解字注》，頁 341。

作「雄雌鳴也」，段注本作「雄雉鳴也」。形構上三本同作「句亦聲」，僅大徐本作「从隹从句」，並列為義，小徐及段注作「從（从）隹句」，順遞為義。其次，二徐本皆作「雉鳴而雊其頸」，段注本作「雉乃鳴而句其頸」，段云：「乃字依《尚書・正義》補。句，各本誤雊。依《小弁・正義》正。」[28]段玉裁逕引經籍證其為「雄雉鳴」，不必引玄應書已可得證。

清儒各家徵引玄應書所載，以訂正二徐本之誤者，如鈕樹玉《校錄》云：「雊，雄雌鳴也。《繫傳》、《韻會》作：『雌雉鳴也。』《類篇》作：『雄雉鳴也。』是也。《一切經音義》卷十引作：『雄雉鳴為雊。』李注《文選・長笛賦》引作：『雄雞之鳴為雊。』雞字，非。嶋雉鳴者乃鷕字。雷始動，雉鳴而雊其頸。」[29]嚴可均《校議》云：「當作『雄雌鳴也』。……《一切經音義》卷十、《類篇》皆引作『雄雉』。〈小弁〉：『雉之朝雊，尚求其雌。』既云『求雌』，則鳴者必雄雉矣。《小徐》、《韵會》廿六宥引作：『雌雉鳴也。』則誤涉鷕字。」[30] 王筠《句讀》云：「雊，雄雉鳴也。依《詩》疏引改。元應引作『雄雉之鳴為雊』。」[31]沈濤《古本考》：「〔濤案〕《書・高宗肜日・正義》、《詩・小弁・正義》皆引作雄雉鳴也；《文選・長笛賦・注》引『雄雉之鳴為雊』。《一切經音義・卷十》引『雄雉鳴為雊』。葢古本如是。今本雌字誤。小徐本作『雌雉鳴也』，更誤。《書・正義》作雉乃鳴而雊其頸，今本亦奪『乃』字。」[32]筆者覆查玄應書之內容，《一切經音義卷第十・大莊嚴經論第三卷》：「雊呼」條下：「故豆反。《說文》雄之鳴為雊也。《廣雅》鴝，鳴呼也。」[33]鈕樹玉、嚴可均、王筠、沈濤所引，其義源自於此，而行文略有出入。故知清儒《說文》研究者引經據典，詳加考證，而玄應《音義》所載《說文》內容也提供了參考依據，藉以修訂二徐本《說文》釋義之誤字。

四　劓字

大徐本《說文》：「劓，刑鼻也。从刀臬聲。《易》曰：『天且劓。』」

《說文解字繫傳》：「劓，刖劓也。從刀，臬聲。《易》曰：『天且劓。』」

《說文解字注》：「劓，刖鼻也。从刀臬聲。《易》曰：『天且劓。』」

---

[28]〔清〕段玉裁：《說文解字注》，頁 143。

[29]〔清〕鈕樹玉：《說文解字校錄》，卷四上，頁 19-a。

[30]〔清〕嚴可均：《說文校議》，卷四，頁 8-a。

[31]〔清〕王筠：《說文解字句讀》，頁 20 右。

[32]〔清〕沈濤：《說文古本考》，卷四，頁 14-ab。

[33] 見徐時儀：《一切經音義三種校本合刊・上冊・玄應音義卷十》，頁 208。

各本《說文》有異文。大徐本作「刑鼻也」，小徐本作「刖劓也」，段注本作「刖鼻也」。清儒各家大多從大徐本作「刑鼻也」，惟有少數如王筠《句讀》從段注本作「刖鼻也」。段注云：「刖，絕也。《周禮注》曰：截鼻。」段玉裁不引玄應書「決鼻也」之說，引《周禮注》截鼻之說，作「刖鼻也」，刖鼻也，即割鼻也。透過清儒各家徵引玄應書之狀況，我們必須了解，雖然玄應書中所引《說文》內容，提供了絕佳的依據，可以藉以校勘各本《說文》的正訛。但也不是所有玄應書所引《說文》材料都會被採用。例如：鈕樹玉《校錄》：「劓，刑鼻也。《繫傳》作：『刖劓也』，劓字譌。《集韻》、《類篇》、《韻會》引作：『刖鼻也』，當不誤。《一切經音義》卷十五、十九、二十一引竝作：『決鼻也』。恐非。」[34]鈕氏《校錄》乃以大徐本「刑鼻也」為主，然而根據歷代傳世的字書、韻書所載，肯定段注本「刖鼻也」當不誤。同時認為《一切經音義》之「決鼻也」，恐非。沈濤則進一步推衍古本《說文》可能的面貌。其《古本考》云：「〔濤案〕《一切經音義》卷十五、卷十九、卷二十一，皆引作『決鼻也』蓋古本如是。決鼻，猶言缺鼻。《御覽．天部》引《詩推度灾》曰：穴鼻始萌。宋均注：穴，決也；決，鼻兔也。蓋亦言兔之缺鼻。小徐本作作刖鼻，與決聲相近。大徐作刑鼻，則誤矣。卷二十一又有割也二字，其古本之一解乎。」[35]

筆者覆查玄應書之內容，根據《磧砂藏》[36]所收玄應《一切經音義》之內容：《一切經音義卷第二十一．菩薩戒本》「劓鼻」條下：「古文劓，同。魚噐反。《說文》劓，決鼻也。割也，謂割去其鼻也。」[37]《一切經音義卷第十九．佛本行集經第五十一卷》：「劓去」條下：「又作劓，同。魚器反。劓，割也。謂截去其鼻也。《說文》劓，決鼻也。」[38]《一切經音義卷第十五．僧祇律第十七卷》「刵劓」條下：「讓記反。《廣雅》刵，截耳也。下又作劓，同。魚器反。《說文》劓，決鼻也。《尚書》無或劓刵人也。孔注云：『劓，割鼻也。刵，截耳也。』」[39] 可見鈕樹玉、沈濤所言，乃有所本。

據上文所載，可知清儒對於玄應所引《說文》內容，仍有所取擇，而非照單全收。

---

[34]〔清〕鈕樹玉：《說文解字校錄》，卷四下，頁 27-b。

[35]〔清〕沈濤：《說文古本考》，卷四下，頁 24-a。

[36] 根據鈕樹玉與沈濤所所引卷十五、卷十九、卷二十一，不見於《高麗藏》版本，本條改引流行於南方的《磧砂藏》版本。

[37] 延聖院大藏經局編：《宋版磧砂大藏經》（臺北：新文豐圖書公司，民國 76 年），頁 257。

[38] 延聖院大藏經局編：《宋版磧砂大藏經》，頁 245。

[39] 延聖院大藏經局編：《宋版磧砂大藏經》，頁 219。

五　餞字

> 大徐本《說文》:「餞，送去也，从食戔聲。《詩》曰:『顯父餞之。』」
> 《說文解字繫傳》:「餞，送去也。從食戔聲。《詩》曰:『顯父餞之。』」臣鍇曰:「以酒食送也，餞猶羨也，引也。」
> 《說文解字注》:「送去食也。从食戔聲。《詩》曰:『顯父餞之。』」

各本《說文》有異文。二徐本作「送去也」，段注本作「送去食也」。清儒各家大多從大徐本作「送去也」，惟有少數如朱駿聲《通訓定聲》、徐承慶《段注匡謬》從段注本作「送去也」。段注云:「各本少食字。今依《左傳音義》補。《毛傳》曰:『祖而舍軷，飲酒於其側曰餞』。」[40]清儒各家徵引玄應書所載，以訂正段注本之異文，如鈕樹玉《校錄》:「餞，送去也。《一切經音義》卷十五引同。《左・成八年傳・釋文》引作:『送去食也。』恐非。《玉篇》注:『送也』。《廣韻》注:『酒食送人。』」[41]鈕氏以玄應書所引《說文》僅作「送去也」，疑《左傳釋文》有誤，段氏不應據以妄增「食」字。筆者覆查玄應書之內容，根據《磧砂藏》[42]所收玄應《一切經音義》之內容:《一切經音義卷第十五・五分律第一卷》「餞送」條下:「才翦反。《說文》送去也。謂以飲食送人曰餞。字從食，律文作踐履之踐，非體也。」[43]鈕氏所言有據。然而段氏弟子沈濤，針對段注本作「送去食也」，依據《左傳釋文》與《御覽》所引，力挺師說。認為古本應有「食」字，故段氏加之有據。沈濤《古本考》云:「〔濤案〕《左氏成八年傳・釋文》、《御覽・八百四十九・飲食部》皆引『餞，送去食。』蓋古本有食字。《詩・大雅・傳》曰:祖而舍軷飲酒於其側曰餞，食字必不可少。《詩・崧高・釋文》引《字林》亦云『送去食也』，蓋本《說文》，《一切經音義十五》引同，今本乃後人據今本改。」[44]沈濤根據《詩・崧高・釋文》引《字林》，認為今本玄應書已經後人竄改，故今本玄應《音義》書已非原貌。筆者以為，沈氏所言乃為段氏增字開脫之詞，如本節前文所言，唐代《字林》與《說文》並重，《字林》之說時有竄入《說文》之情形。《字林》有載，不能類同於《說文》的內容。故王筠《說文句讀》云:「餞，送去也。謂以飲食送人曰餞。依元應引補。

---

[40]〔清〕段玉裁:《說文解字注》，頁 224。

[41]〔清〕鈕樹玉:《說文解字校錄》，卷五下，頁 8-a。

[42] 此條《一切經音義三種校本合刊・玄應音義》標點有誤，故改引《磧砂藏》版本。《道光本・一切經音義》內容亦同，作「送去也」。見〔清〕莊炘:《一切經音義》(臺北:新文豐出版公司，1980 年)，頁 181。

[43] 延聖院大藏經局編:《宋版磧砂大藏經》，頁 221。

[44]〔清〕沈濤:《說文古本考》，卷五下，頁 7b-8a。

蓋庾注也。以許說古而申之也。崧高《釋文》引《字林》:『送去食也。』《左傳釋文》引《說文》亦同，則以《字林》補《說文》也。《詩・泉水》《毛傳》:『祖而舍較。飲酒於其側曰餞。』《韓詩章句》、《鄭箋》皆云『送行飲酒』固不當以字從食而云食矣。」[45] 筆者認為，王筠之說，是比較中肯的評論。

限於文章篇幅，本節僅列舉五例，呈現清儒引用玄應書用於校勘《說文》的不同情況。他如：隫字、誣字、禪字，茵字、緧字、澍字、逮字、讐字……等，均可看見清儒徵引玄應《音義》之《說文》材料，來校勘當時可見之各本《說文》之正訛，或補其脫文，或刪其衍文。由此可知，玄應《音義》一書在當時對《說文》學研究上，著實占有重要的地位。

第三節　王念孫《廣雅疏證》徵引玄應書之運用舉例

王念孫（西元 1744-1832 年），字懷祖，號石臞。早年從學師事戴震。對於《廣雅》一書之價值，王念孫云：「蓋周秦兩漢古義之存者，可據以證其得失；其散逸不傳者，可藉以闚其端緒，則其書之為功於詁訓也大矣。」[46]（見《廣雅疏證・敘》）因此，王氏歷經多年蒐集漢魏以前的古訓，詳加考證，撰成《廣雅疏證》，為訓詁學研究極為重要的著作，貢獻頗大。其子王引之承繼家學，亦精於文字、音韻、訓詁之學，人稱「高郵二王」。

筆者利用電子資料庫初步搜尋，王念孫《廣雅疏證》引用玄應《眾經音義》資料，約莫有三百六十七條，而全書引用玄應書材料時多半以《眾經音義》稱之。僅極少數例外，如〈卷一上〉「嘘養娛悰歡酣比，樂也。」條下稱：「唐釋元應《眾經音義》。」又如在《廣雅疏證補正》中稱《一切經音義》，且僅兩見。此一作法在與段玉裁《說文解字注》引用玄應書兩相比較下，王念孫之稱述方式，正如同王筠多稱《眾經音義》、桂馥多稱《一切經音義》一般，明顯統一許多。

王念孫從事訓詁、校勘等研究的最大特點，在於就古音以求古義。懷祖嘗言：「訓詁之旨，本乎聲音」其藉音探義，而能觸類引申，不拘限於字形。故《廣雅疏證》書中推闡「聲近義同」、「聲轉義近」之理，屢言「某之言某也」，以聲音通訓詁，探求詞源，繫聯詞族，隨處可見。

---

[45]〔清〕王筠：《說文解字句讀》，頁 9 左。

[46]〔魏〕張揖撰，〔清〕王念孫疏證：《廣雅疏證》（臺北：廣文書局，民國 81 年），頁 2。

下文將王念孫《廣雅疏證》中引用玄應《音義》之作用類型，選錄數例，分別說明如下：

一　補原著之脫文

《廣雅疏證》是王念孫針對《廣雅》一書進行闡述、疏證的著作，也是王氏藉以展現其語言音韻、文字訓詁功力之集大成作品。《廣雅》一書，為三國魏張揖所撰，大約成書於魏明帝太和年間（西元 227-232 年），歷經隋唐以降，朝代更迭，傳本難免有所佚脫。而成書於唐初的玄應《音義》保留了大量古籍資料，注文中所引證，除經傳注釋以外，還有許多重要字辭書資料。包括今日猶存之《爾雅》、《方言》、《說文解字》、《廣雅》、《釋名》、《玉篇》之類，還有一些早已亡佚者，如《倉頡篇》、《三倉》、《通俗文》、《古今字詁》、《埤倉》、《聲類》、《字林》、《韻集》等。玄應《音義》為清儒進行輯佚、校勘工作時，提供了寶貴的資料。王念孫正是引用玄應《音義》中保留之《廣雅》資料，藉以補今本之脫文。

例如〈卷一上〉：「弸愊憑悀充牣叵愊窒塞盈屯飽餯饖臆溢穌豐，滿也。**填**」條下補「填」字，《疏證》云：

> 《眾經音義》卷二、卷五、卷十、卷二十二竝引《廣雅》：「填，滿也。」今本脫填字。[47]

據查玄應《音義》於多處徵引《廣雅》「填，滿也」之說，例如：《一切經音義卷第二・大般涅槃經・第一卷》「廁填」條：「《廣雅》填，塞也，滿也。」《一切經音義卷第五・不必定入印經》「寶寘」條：「《廣雅》：填，塞也，滿也。」《一切經音義卷第十・十住毗婆沙論第十四卷》「填瑠」條：「《廣雅》：填，塞也。亦滿也。」《一切經音義卷第十二・長阿含經第二卷》「填塞」條：「《廣雅》填，塞也。亦填，滿也。」《一切經音義卷第二十二・瑜伽師地論第四十八卷》「廁填」條：「《廣雅》填，塞也，亦滿也。」足見「填，滿也」之說，確實見於唐本《廣雅》書中。王念孫列舉《眾經音義》卷二、卷五、卷十、卷二十二等四處之資料，因補上「填」字，其增補有據，可也。

又如〈卷三上〉：「輸𢇍殂𡕖燼孑贏㱚𢡱遺，餘也。**緒**」條下補「緒」字，《疏證》云：

[47]〔魏〕張揖撰，〔清〕王念孫疏證：《廣雅疏證》，頁 11。

緒者，《說文》：「緒，絲耑也。」《楚辭・九章》：「欸秋冬之緒風」，王逸注云：「緒，餘也。」《莊子・讓王篇》：「其緒餘以為國家。」司馬彪注云：「緒者，殘也，謂殘餘也。」〈山木篇〉：「食不敢先嘗，必取其緒。」緒亦餘也。《釋文》以為次緒之緒，失之。《眾經音義》卷十九引《廣雅》：「緒，餘也。」今本脫緒字。[48]

緒字，《說文》訓為「絲耑也」，段玉裁注云：「耑者，艸木初生之題也。因為凡首之稱。抽絲者得緒而可引。引申之，凡事皆有緒可纘。」[49]即線頭之義。又引申為「殘餘」之義。如《莊子・山木》所引，王念孫以為：「緒者餘也。言食不敢先嘗而但取其餘也。」《釋文》以為次緒之緒，非也。參諸文獻所載，緒字，確有「餘」義。

據查《一切經音義卷第三・放光般若經第一卷》「習緒」條：「辝呂反，緒，餘也，業也。《大集經》云『斷習氣緒』是也。」[50]又《眾經音義卷十九・佛本行集經第六十卷》「由緒」條下：「辭與反。絲端也。《廣雅》：『緒，末也。緒，餘也。謂殘餘也。』事也，業也。」[51]是知，玄應所見古本《廣雅》有「緒，餘也」之語，而今本《廣雅》脫緒字，故補上。

二 訂正各本異文

王念孫引用玄應《音義》中保留之《廣雅》資料，藉以訂正補各本之異文。例如〈卷一上〉：「剖判礐劈擘裂參離墳析斯坼桼剛異劇別刻斑，分也」條下，《疏證》云：

……各本皆脫擘字。其劈字下有普狄、普革二音。案普革當為補革，乃擘字之音，非劈字之音。高誘注《淮南子・要略篇》云：「擘，分也。」《玉篇》：「擘，補革切。」《眾經音義》卷九及卷十一、十三、十四、二十二竝引《廣雅》：「擘，分也。」音補革反。今據以補正。〈內則〉云：「塗皆乾，擘之。」《考工記・旊人》：「髻墾薜暴。」鄭注云：「薜，破裂也。」〈喪大記〉：「絞一幅為三，不辟。」《正義》云：「古字假借，讀辟為擘。」竝字異而義同。[52]

---

[48]〔魏〕張揖撰，〔清〕王念孫疏證：《廣雅疏證》，頁 37。

[49]〔清〕段玉裁：《說文解字注》，頁 650。

[50] 見徐時儀：《一切經音義三種校本合刊・上冊・玄應音義卷三》，頁 62。

[51] 見徐時儀：《一切經音義三種校本合刊・上冊・玄應音義卷十九》，頁 406。

[52]〔魏〕張揖撰，〔清〕王念孫疏證：《廣雅疏證》，頁 20。

王氏云：「劈字下有諳狄、諳革二音。」[53]，其中劈字，音普狄切，可也。而依據音理「普革切」應為擘之讀音，且據《玉篇》、《眾經音義》等，訂正其切語當為「補革切」。其後，懷祖又引〈內則〉、《考工記・瓬人》、〈喪大記〉等典籍資料為證，其字或作擘、或作薜、或作辟，雖字異而音義相同。王念孫認為「各本皆脫擘字」，因此於「劈」字下補一「擘」字，其說可從。

筆者搜尋今本《眾經音義》全書，僅《眾經音義卷二十二・瑜伽師地論・第二十五卷》「若擘」條下：「補革反。擘，裂也。《廣雅》：擘，分也。」[54]完全符合王氏之說。其他相關條目如：《眾經音義卷九・大智度論第十一卷》「能擗」條：「補革反。《說文》擗，捣也。捣，裂也。《廣雅》：擗，分也。論文作躃，補赤反。躃，跛也。又作僻，匹尺反。僻，邪也。二形並非此用。」[55]《眾經音義卷十一・增一阿含經・第三十九卷》「擗口」條：「補革反。《廣雅》：擗，分也。亦裂也。」[56]後兩條「能擗」、「擗口」雖非針對「擘」字切音，而「擗」字亦從「辟」聲，玄應謂其音為「補革反」，誠如同時之段玉裁常言「凡從某聲多有某義」，亦如《疏證》引諸文獻後所說「字異而義同」，故王氏並舉以為證。此外，王念孫云：「《眾經音義》卷九及卷十一、十三、十四、二十二竝引《廣雅》。」與今本《眾經音義》不同，亦可作古今版本考訂之參考。

又如〈卷三上〉：「惎恉意，志也」條下，《疏證》云：

> 恉，經傳通作旨、指。各本皆作「惎、恉、志，意也」。《集韻》、《類篇》亦云：「惎，意也。」則宋時《廣雅》本已然。案：《眾經音義》卷八云：「《說文》：『恉，意也。』《廣雅》：『恉，志也。』」《莊子・刻意篇・釋文》云：「《廣雅》『意，志也。』」則德明、元應所見本志字皆在意字下，今據以訂正。[57]

王氏此條在於訂正各本「惎、恉、志，意也」之異文。其根據宋本相關字書韻書，推知宋本《廣雅》已然。惟懷祖以唐代陸德明《經典釋文》與釋玄應《眾經音義》相互考校，認為「志字皆在意字下」。據查玄應《眾經音義卷八・維摩經中卷》「聖旨」條下云：「字體作恉，諸視反。《說文》：『恉，意也。』《廣雅》：『恉，志也。』」[58]《磧

---

[53] 諳即今之「普」字。

[54] 見徐時儀：《一切經音義三種校本合刊・上冊・玄應音義卷二十二》，頁 455。

[55] 見徐時儀：《一切經音義三種校本合刊・上冊・玄應音義卷九》，頁 190。

[56] 見徐時儀：《一切經音義三種校本合刊・上冊・玄應音義卷十一》，頁 235。

[57]〔魏〕張揖撰，〔清〕王念孫疏證：《廣雅疏證》，頁 73。

[58] 見徐時儀：《一切經音義三種校本合刊・上冊・玄應音義卷八》，頁 167。

砂藏》本亦然[59]。懷祖之主張，確然有據，其說是也。

三　據以補充釋義

《通俗文》為東漢末服虔所撰，書中保有當時大量的口語、俗語資料。可以說是中國第一部專釋俗言俚語、冷僻俗字的訓詁學專著。玄應《眾經音義》中保留了許多《通俗文》資料，對後人研究中古漢語的方言、俗語具有很高的文獻價值。王念孫《疏證》中透過玄應書中所引《通俗文》資料，以淺顯易懂的方言俗語，來補充釋義。

例如〈卷一上〉：「抗殌膴磔磬彍披攎遬瞋，張也」條下，針對「磔」字之釋義，《疏證》云：

> 磔者，《爾雅》：「祭風曰磔。」《僖三十一年・公羊傳・疏》引孫炎注云：「既祭披磔其牲，似風散也。」磔之言開拓也。《眾經音義》卷十四引《通俗文》云：「張申曰磔。」顏師古注《漢書・景帝紀》云：「磔謂張其尸也。」[60]

磔字，許慎《說文》訓「辜也」，「辜，辠也」，謂磔為分裂肢體之罪刑。王念孫《疏證》中先引《爾雅》「祭風曰磔」，以「分裂牲畜肢體之祭儀」釋之。一如《禮記・月令》：「九門磔攘。」孫希旦《集解》：「磔，磔裂牲體也」之義。其後懷祖引孫炎注語「既祭披磔其牲，似風散也」，補釋《爾雅》「祭風」之義。懷祖又據《眾經音義》引錄《通俗文》說明磔之另一義，顏師古云「磔謂張其尸也」，此即《說文》辠辜之義也。

據查《一切經音義卷第十四・四分律第三卷》「磔手」條：「《廣雅》磔，張也。磔，開也。《通俗文》：『張申曰磔』。又亦披磔也。」；《一切經音義卷第二十二・瑜伽師地論第一卷》「一磔」條：「古文厇，同。知格反。《通俗文》：『張申曰磔。』《廣雅》：『磔，張也，開也。』」另於《一切經音義卷第二十四・阿毗達磨俱舍論第二十二卷》亦有「一磔」條，內容與卷二十二並同。玄應《眾經音義》三引《通俗文》「張申曰磔」，而王念孫據以補充說明「磔」字之釋義，乃有所本，其說是也。

又如〈卷一上〉：「痂瘃疥瘙癉瘍癬瘭癘傷瘢胗痁瘍，創也」條下，《疏證》云：

---

59 磧砂藏《玄應音義卷八》「聖旨」條：「字体作恉，諸視反。《說文》：『恉，意也。』《廣雅》：『恉，志也。』」見《宋版磧砂大藏經》，冊 30，頁 171。

60〔魏〕張揖撰，〔清〕王念孫疏證：《廣雅疏證》，頁 13。

> 瘙者，《眾經音義》卷十四引《通俗文》云：皮起曰瘙。[61]

瘙字，不見於《說文》，為後出之俗字。《龍龕手鑑・疒部》:「瘙，皮上起小痒瘡也。今作瘙，同。」「瘙」、「瘙」二字同。考「蚤」者子皓切，聲類屬精母，「喿」者穌到切，聲類屬心母，二字發聲部位相同，屬同類雙聲，則「瘙」之作「瘙」，乃改易聲符所致。《一切經音義卷第十四・四分律第三十五卷》「疥瘙」條：「又作瘙，同。桑到反。《廣雅》：『瘙，瘡也。』《通俗文》：『皮起曰瘙。』」[62]所謂「皮起」，即《龍龕手鑑》所云「皮上起小痒瘡也」。懷祖藉玄應書所引《通俗文》，以淺顯易懂的方言俗語來補充釋義。

又如〈卷一上〉:「龕岑資敚采……撈……剿擣捊，取也」條下，《疏證》云：

> 撈者，《方言》：「撈，取也。」郭璞注云：「謂鉤撈也。」《眾經音義》卷五引《通俗文》云：「沈取曰撈。」今俗呼入水取物為撈，是其義也。撈，通作勞。〈齊語〉「犧牲不略，則牛羊遂」《管子・小匡篇》「犧牲不勞，則牛羊育。」勞、略一聲之轉，皆謂奪取也。[63]

撈字，不見於《說文》。《玉篇・手部》:「撈，取也，辭也。」《集韻・平聲・六豪韻》:「沉取曰撈。」據查《一切經音義卷第五・七佛神呪經第二卷》「撈摝」條下：「祿高反。《通俗文》：『沉取曰撈。』經文作牢固之牢，非也。」[64]《一切經音義卷第二十・陁羅尼雜集經第二卷》「撈摝」條下：「鹿高反。《方言》：『撈，取也。』郭璞曰：『謂鉤撈也。』《通俗文》沉取曰撈。經文作堅牢之牢，非體也。」[65]懷祖藉玄應書所引《通俗文》之釋義，補述「今俗呼入水取物為撈」，以淺顯易懂的方言俗語來補充釋義。

---

[61]〔魏〕張揖撰，〔清〕王念孫疏證：《廣雅疏證》，頁 16。

[62] 見徐時儀：《一切經音義三種校本合刊・上冊・玄應音義卷十四》，頁 306。

[63]〔魏〕張揖撰，〔清〕王念孫疏證：《廣雅疏證》，頁 18。

[64] 見徐時儀：《一切經音義三種校本合刊・上冊・玄應音義卷五》，頁 107。

[65] 見徐時儀：《一切經音義三種校本合刊・上冊・玄應音義卷二十》，頁 409。

四　訂各本之誤字

例如〈卷一上〉：「嘘養娛悰歡酣比，樂也」條下，《疏證》云：

> 酣者，《說文》：「酣，樂酒也。」〈酒誥〉：「在今後嗣王酣身。」《傳》云：「酣樂其身。」酣，各本譌作醋。《集韻》：「酣，或作甘。」唐釋元應《眾經音義》卷二及二十三竝引《廣雅》：「甘，樂也。」今據以訂正。[66]

酣字，《說文》作「樂酒也」，王念孫誤作「樂酒也」。段玉裁於「酖，樂酒也」下辨析二者之別，云：「酒樂者，因酒而樂。樂酒者，所樂在酒。其義別也。」[67]又「醋」訓「客酌主人也」[68]，非有樂義。蓋因酣、醋二字，形近易渾，故各本譌作醋。懷祖引《集韻》「酣，或作甘」，並徵引玄應書為證。據查《一切經音義卷第二・大般涅槃經・第四卷》「甘嗜」條：「古藍反。《廣雅》：『甘，樂也。嗜亦貪也。甘嗜，無猒也。』」[69]《一切經音義卷第二十三・顯揚聖教論第一卷》「甘執」條：「古藍反。《廣雅》：『甘，樂也。嗜欲之意也。甘嗜，无猒也。』《說文》：『甘，美也。』」[70]二卷皆引《廣雅》：「甘，樂也」，懷祖交相比對，藉以訂正各本之誤字。

又如〈卷一上〉：「剖判𠜻劈擘裂參離墳析斯坼筡𠝹異劇𠛬刻斑，分也」條下，《疏證》云：

> 坼，各本譌作折。《說文》：「坼，裂也。」解《釋文》引《廣雅》：「坼，分也。」《眾經音義》卷一、卷六、卷十七引《廣雅》，竝與《釋文》同。今據以訂正。[71]

坼字，《說文》作「裂也」，段玉裁注云：「裂者，繒餘也。因以為凡隙之偁。」[72]由裂隙引伸而有分之義。另，「折」字訓「斷也」[73]，與分義訓有別。蓋因坼、折二字，

---

[66]〔魏〕張揖撰，〔清〕王念孫疏證：《廣雅疏證》，頁 8。

[67]〔清〕段玉裁：《說文解字注》，頁 756。

[68]〔清〕段玉裁：《說文解字注》，頁 756。

[69] 見徐時儀：《一切經音義三種校本合刊・上冊・玄應音義卷二》，頁 39。

[70] 見徐時儀：《一切經音義三種校本合刊・上冊・玄應音義卷二十三》，頁 468。

[71]〔魏〕張揖撰，〔清〕王念孫疏證：《廣雅疏證》，頁 20。

[72]〔清〕段玉裁：《說文解字注》，頁 698。

[73]〔清〕段玉裁：《說文解字注》，頁 45。

形近易渾，故各本譌作折。懷祖引玄應書卷一、卷六、卷十七為證。據查《一切經音義卷第一．大集月藏分經第十卷》「圮坼」條下：「父美反。下恥格反。《爾雅》：『圮，毀也。坼，裂也。』《爾雅》：『圮，覆也。』《廣雅》：『坼，分也。』」[74]《一切經音義卷第六．妙法蓮華經第二卷》「圮坼」條下：「《字林》父美、恥格反。圮，毀也。坼，裂也。《爾雅》：圮，覆也。《廣雅》：坼，分也。」[75]《一切經音義卷第十七．具舍論第九卷》「開坼」條下：「《埤倉》作㡿，同。耻格反。《說文》：『圮，裂也。』《廣雅》：『坼，分也。』」[76]三卷皆引《廣雅》：「坼，分也」，懷祖藉以訂正各本之誤字，是也。

又如〈卷四下〉：「州郡縣道都鄙邦域邑，國也」條下，《疏證》云：

> 邦者，〈大宰〉注云：「大曰邦，小曰國。邦之所居，亦曰國。」《釋名》云：「邦，封也。封有功於是也。」邦，各本訛作邨。《眾經音義》卷二十三引《廣雅》：「邦、域，國也。」今據以訂正。[77]

邨字，《說文》訓作「地名」，段玉裁注云：「此尊切。十二部。按本音豚。屯聚之意也。俗讀此尊切。又變字為村。」[78]又《字彙．邑部》云：「邨，聚落也。徐鉉曰：今俗作村，非是。」可知「邨」字本「聚落」之義，與邦國字，小大不同，義訓有別。蓋因邦、邨二字，形近易渾，故各本譌作邨。懷祖引玄應書卷二十三徵引《廣雅》為證，據查《一切經音義卷第二十三．顯揚聖教論．第十卷》「方域」條下：「為逼反。《說文》：『域，邦也。』《廣雅》：『邦、域，國也。』」[79]故懷祖藉以訂各本之誤字，其說有據。

以上所舉例證，大致可見王念孫運用玄應《音義》之用意，而懷祖藉以「補原著之脫文」、「訂正各本異文」、「據以補充釋義」、「訂各本之誤字」等等，實為《廣雅疏證》徵引《眾經音義》常見之作用類型。此亦為清儒從事古籍考據時常見的訓詁工作內容。因此，藉由《廣雅疏證》徵引玄應書之狀況，也可以讓我們了解玄應《音義》一書在清代考據訓詁工作上的重要性。

---

[74] 見徐時儀：《一切經音義三種校本合刊．上冊．玄應音義卷一》，頁 21。

[75] 見徐時儀：《一切經音義三種校本合刊．上冊．玄應音義卷六》，頁 132。

[76] 見徐時儀：《一切經音義三種校本合刊．上冊．玄應音義卷十七》，頁 366。

[77]〔魏〕張揖撰，〔清〕王念孫疏證：《廣雅疏證》，頁 127。

[78]〔清〕段玉裁：《說文解字注》，頁 302。

[79] 見徐時儀：《一切經音義三種校本合刊．上冊．玄應音義卷二十三》，頁 470。

第四節 小結

玄應《眾經音義》是我國小學史上現存一部以解釋佛經中生難語詞的訓詁書，其內容統包了字形、字音、字義等，可說是兼及文字學、聲韻學、訓詁學的一部重要專著。玄應書在唐初成書之後，雖長久埋沒於釋藏之中，所幸在清初又能再度為人所利用，其書中所保留大量在唐代尚存的文獻典籍，例如《倉頡篇》、《通俗文》、《埤倉》、《古今字詁》、《字林》、《聲類》、《韻集》等。這些資料適可提供清代樸學家進行考校訓詁時，重要的參考依據。本章內容包含兩大部分，其一是以清儒根據玄應《音義》引《說文》資料，討論清代《說文》研究者如何善用這批寶貴的材料，來進行各本《說文》的校勘；其二是以王念孫《廣雅疏證》為例，梳理此位乾嘉學者如何將玄應《音義》之資料運用於《廣雅》的校勘工作。透過相關資料的交相比對，落實在清儒考據訓詁工作時的重要憑據。如此一來，確實能讓我們了解玄應《眾經音義》這批材料，在清代學術發展史的時代意義與價值。

第十章
慧琳《一切經音義》「轉注」探析

第一節 前言

「轉注」之法，歷來眾說紛紜，各家對六書「轉注」的詮解，從唐代以來，爭論不斷。推究其因，乃在於許慎《說文解字》中對轉注定義過於簡約，舉例又未加說明，以致後人解讀產生歧義。歷來研究六書學多著重於宋元明清各家之說，今檢視釋慧琳《一切經音義》一百卷（以下簡稱慧琳《音義》），書中存有一些明確注明「轉注字」的語言材料。有關慧琳《音義》轉注字之探討，前人已有撰述，如大陸學者解冰、黃仁瑄、聶宛忻等人[1]，惟諸氏所論，仍有可待商榷之處。本文撰作之目的，希冀藉慧琳書中的轉注材料，重新檢討前人論述內容，試圖釐清釋慧琳之轉注觀，並了解有唐一代「轉注」的觀念。

第二節 唐代轉注觀點概述

一 歷來轉注討論重點

「六書」是中國傳統文字學的經典理論，《周禮・地官・保氏》云：「保氏掌諫王惡，而養國子以道，乃教以六藝：一曰五禮，二曰六樂，三曰五射，四曰五馭，五曰六書，六曰九數。」[2]《周禮》將「六書」列於古代天子、諸侯弟子必學的「六藝」中，但只在「五曰」下籠統舉出「六書」一詞。至於「六書」的具體內容為何，卻未提及。

---

[1] 專文如解冰：〈慧琳《一切經音義》轉注、假借考〉，《貴州大學學報（社會科學版）》，1992 年第 2 期，頁 58-64。黃仁瑄：〈慧琳《一切經音義》中的轉注兼會意字〉，《語言研究》，2005 年第 2 期，頁 93-98。聶宛忻、黃仁瑄：〈慧琳《一切經音義》中的一些轉注字〉，《南陽師範學院學報》，2004 年第 3 卷第 10 期，頁 79-82、頁 89。聶宛忻、黃仁瑄：〈「耄」和「考」「老」——慧琳《一切經音義》「轉注」考（一）〉，《河南教育學院學報（哲學社會科學版）》，2002 年第 4 期（總 82 期），頁 103-106。此外，黃仁瑄另有專書《唐五代佛典音義研究》（北京：中華書局，2011 年），第四章「唐五代佛典音義術語研究」有「轉注」專題介紹，頁 113-130。

[2]〔漢〕鄭玄注，〔唐〕賈公彥疏：《周禮注疏》，影嘉慶二十年南昌府學重刊宋本（臺北：藝文印書館，1989 年），卷十四，頁 212。

最先將「六書」個別名稱標出的是西漢末年劉向父子。劉氏父子的說法，見於《漢書・藝文志》。《漢書・藝文志》：「古者八歲入小學，故周官保氏掌養國子，教之六書，謂象形、象事、象意、象聲、轉注、假借，造字之本也。」[3]「轉注」為「六書」之一。許慎《說文・敘》云：「建類一首，同意相受，考老是也。」唐宋以降，學者對許書定義之詮說，可謂五花八門，其癥結主要出在「類」、「一首」以及「同意相受」等概念上的不同，諸家各執其是，予以論述，至今難有定論。此外，「轉注」在文字學上另一個廣被討論的議題，便是體用之殊，也就是用字與造字之爭議。

有關「轉注」定義與體用之爭的探討，論說極多，茲不贅述。關於轉注字的產生，有不少學者認為和「古今分化」、「方言音殊」有關。例如：張文國認為轉注字產生的原因主要有以下四種：一、為方言詞語造字；二、為古今發生聲韻變化的詞語造字；三、為同一事物「異名」造字；四、為對象不同的同義詞造字[4]。張氏文中明確指出轉注字的造字原因是為了替「方言詞語」和「古今發生聲韻變化的詞語」造字。筆者也主張「轉注」為造字之法，嘗撰文探討轉注之成因及其形成之先後問題[5]。文中認為轉注之形成，與語言之時空演變或運用有關，初文與轉注字之間音義必然有密切的關係。章季濤也曾舉「聿筆」、「妹娟」、「弟娣」、「麾揮」等例，認為「後者緣前者而創制，同根字保持著形音義或音義上的同一性。」[6]一致認為轉注兩耑之字必定有音、義上的關聯性。

討論如何藉由「轉注」產生新字，與本文探討慧琳《音義》之轉注觀念，有著密切關係，下文接續討論幾種轉注造字的方法。因為在肯定「轉注」為造字之法原則下，許多學者對於如何「轉注」出新的字，也有各種不同的主張。在今人的轉注研究中，孫雍長、孫中運兩位學者的「轉注造字」說法，特別引起筆者關注。兩位孫先生都認為「轉注」是造字之法，然其轉注字形成方式卻正巧完全相反。

孫中運之轉注觀念，源自於章太炎「聲轉」說。孫氏在《論「六書」之轉注——揭開轉注字千古謎》書中主張：

> 「轉注」就是「轉語注聲」的縮語。「轉語」就是語言的變化。一個字或因古今音變，或因方言殊異，要按新的讀音另造新字。一般來說因轉語造新字有三種

[3] 見〔漢〕班固：《新校本漢書》（臺北：鼎文書局，1991 年），卷三十，〈藝文志〉，頁 1720。

[4] 見張文國：〈轉注新說〉《聊城師範學院學報（哲學社會科學版）》第 4 期（山東：聊城師範學院，2000 年），頁 76。

[5] 李淑萍：〈論轉注字之成因及其形成先後〉，《成大中文學報》第 18 期（臺南：成功大學中文系，2007 年），頁 197-216。

[6] 章季濤：《怎樣學習〈說文解字〉》（臺北：萬卷樓圖書股份有限公司，1991 年），頁 47。

> 方法：一是借同音字表義的方法，二是定類標聲的方法，三是在原字上加注聲的方法。[7]

又說：

> 「轉注」的「注」是加注聲旁，因為原字轉語，轉語就是變音，原音變作新音，就要加注上新的讀音，這是600個轉注字共有的特點。[8]

孫中運之轉注說，簡單來說就是文字「加注聲旁」的孳乳過程。然而，孫雍長在《轉注論》書中對轉注的形成過程卻有不同的主張，他說：

> 六書中的「轉注」造字法，簡單地說，就是將一個「轉注原體字」移附授注到一個「類首」形體上的一種造字法，換言之，也就是對一個「轉注原體字」加注一個「類首」符號（即意符）的造字之法。[9]

孫雍長認為，轉注造字法產生的背景是：漢字經過初創階段後，原有要求形音義密合的造字法難以再造新字，「假借」之法遂應運而生。由於字少事繁，一字多用的負擔過重，對具體詞義的辨析難度提高，人們在運用文字與識讀產生困難。於是就採用在「假借字」上加注意符標示其代表的某一意義範疇，分化孳乳構成代表某一假借義的專用字。簡言之，孫氏的「轉注原體字」，即所謂的「初文」。他主張轉注新字產生過程，是在轉注初文的基礎上加注意符而成。換句話說，所謂「轉注」是在轉注原體字的基礎上「加注意符」的一種造字方法。

筆者以為，二孫氏所言轉注為造字之法，所言不差，然其所主張轉注字的形成，一說「加注聲旁」，一說「加注意符」，似乎都流於專斷，無法完整反應漢字發展的真實情況。章太炎在《國故論衡．轉注假借說》中提到：

> 蓋字者，孳乳而寖多，字之未造，語言先之矣。以文字代語言，各循其聲，方語有殊，名義一也。其音或雙聲相轉，疊韻相迆，則為更制一字，此所謂轉注也。[10]

---

[7] 孫中運：《論「六書」之轉注——揭開轉注字千古謎》（上海：學林出版社，1999年），頁8。
[8] 孫中運：《論「六書」之轉注——揭開轉注字千古謎》，頁11。
[9] 孫雍長：《轉注論》（長沙：嶽麓書社，1991年），頁51。

據章氏之言，可知「語言變化」是轉注發生的主因。然而，語言包含了語音和語義兩部分，太炎先生只論及了語音轉變一耑[11]。前文已提，轉注的成因，學者多認為轉注字的產生和「古今詞義分化」、「方言音殊」有關。此一說法，即是說明語言中「語義」和「語音」兩部分的變化，造就了轉注字的形成。

為因應語言的變化，寧鄉魯實先提出「義轉而注」、「音轉而注」之說，頗能完整說明語言中「語義」與「語音」兩方面的轉變，其云：

> 夫文字必須轉注，厥有二耑，其一為應語言變遷，其二為避形義殽掍。[12]

魯先生明白揭示了「應語言變遷」與「避詞義淆渾」正是轉注字的由來[13]。而「應語言變遷」正是前文所言之「方言殊異、古今音變」;「避詞義淆渾」則是因應「詞義變化」而來。

故知文字藉由「轉注」之法產生新字，其孳乳分化的途徑有不同的方法，許師錟輝認為轉注字的形成有「古今音變」、「方言異讀」、「避免字義相混」、「假借造字」、「附加聲符」、「附加形符」等六種，並舉證立說。總觀以轉注之法孳乳新字，或加形，或加聲，或換形加聲，其徑不一[14]。反觀二孫氏將轉注產生的方法單一化，以為只是「加注聲旁」，或「加注意符」，事實上是無法全面反應漢字全面實況，確有可議之處。

二　唐代的轉注說

唐代有關轉注之說，最早見於賈公彥的《周禮疏》。在《周禮・保氏・卷十四》「而養國子以道……」下，賈公彥疏曰:「云轉注者，考老之類是也。類一首，文意相受，左右相注，故名轉注。」[15]在疏文中，賈公彥以「類一首，文意相受，左右相注」為轉

---

[10] 章太炎：《國故論衡》(臺北：廣文書局，1973 年)，頁 47。

[11] 孫中運據之，認為「轉注就是轉語注聲」，其弊一也。

[12] 見魯實先：《假借遡原》(臺北：文史哲出版社，民國 62 年)，頁 18。所云「避形義殽掍」一說，魯實先晚年予以修正云：「凡增益形聲，以避形溷，斯為文字之蛻變，未可以為轉注者。」見《轉注釋義》(臺北：洙泗出版社，1992 年)，頁 78。其云「避形義殽掍」者，當修正為「避詞義殽掍」也，亦即諸家所謂「詞義分化」一耑。

[13] 有關魯說主張之陳述，詳見魯實先：《轉注釋義》，頁 1-2 及頁 31。拙作〈論轉注字之成因及其形成先後〉亦已整理論述，刊登於《成大中文學報》第 18 期，頁 197-216。

[14] 詳見許錟輝：《文字學簡編》(臺北：萬卷樓圖書公司，1999 年)，頁 197-198。

[15] 見《周禮注疏・保氏》，卷十四「而養國子以道……」下疏文，收錄於《十三經注疏校勘記》(臺北：藝文印書館)，頁 213。

注，而沒有進一步說明「左右相注」之義。

其後，〔唐〕裴務齊在《切韻序》云：「考字左回，老字右轉。」首開轉注為「形轉」之說。裴務齊，生卒年不詳。曾任江夏縣主簿，是生活在唐中宗李顯時期（西元656-710年）的一位音韻學家。在唐代，裴氏為山西一帶的望族，或以為裴務齊為山西裴氏的族人[16]。裴氏「左回右轉」的形轉說一提出，僅以老考二字之形體轉側，簡化轉注之說，引起後代學者不少的批評[17]。如南唐徐鍇《說文解字繫傳・通釋卷一》：

> 而今之俗說，謂丂左回為考，右回為老，此乃委巷之言。[18]

北宋郭忠恕《佩觿・卷上》：

> 考字左回，老字右轉，其野言有如此者。[19]

清代張行孚則云：

> 六書義例，惟轉注一門最多歧說。自唐以來，言轉注者，以左回為考，右轉為老當之，今固共知其非矣。[20]

徐鍇鄙其為「俗說」、「委巷之言」；郭忠恕貶之為「野言」，足見裴氏「左回右轉」的說法，並不恰當，歷來為眾人所否定鄙棄，故張行孚直言「今固共知其非矣」。

有關唐代的轉注說法，除了現存已知裴務齊「左回右轉」的說法外，筆者將從當代留下來的語言材料，試圖探索當時的轉注觀念。例如〔唐〕慧琳《音義》已為我們提供一些明確注明「轉注」的語言材料。此外，在慧琳之前，〔唐〕張參（西元714-786年）

---

[16] 見曹志國：〈裴務齊正字本《刊謬補缺切韻》及其異體字表述方式〉，《周口師範學院學報》第1期（河南：周口師範學院，2008年），頁102-103，頁109。

[17] 裴氏左回右轉之說，後代也有附和者，如宋陳彭年《廣韻》沿裴氏之說，謂左轉為考，右轉為老。他如：元代戴侗《六書故》：「何謂轉注？因文而轉注之，側山為𨸏，反人為匕，反欠為旡，反子為𠫓之類是也。」元代周伯琦《六書正譌》：「轉注者，聲有不可窮，則因形體而轉注焉，正乏是也。」戴侗與周伯琦承繼裴氏形體正反轉側之說，舉用其他字例為證，試圖從形體結構上解釋轉注，卻只是穿鑿附會，徒為臆說而已。

[18] 〔南唐〕徐鍇：《說文解字繫傳》（北京：中華書局，1987年），〈通釋・卷一〉，頁1。

[19] 〔宋〕郭忠恕：《佩觿》，《叢書集成初編》（北京：中華書局，1985年），〈卷上〉，頁3。

[20] 楊家駱主編：《說文解字詁林正補合編》（臺北：鼎文書局，民國83年），冊1，前編中，〈六書總論・轉注〉，頁1-870。

的《五經文字》也出現了唯一的「轉注」資料。《五經文字・宀部》中收錄：「寤、寐，此二字並從𤕫，轉注。」[21]張參撰《五經文字》，其著述的主要目的，在於辨正經傳文字形體，全書自然不會對六書理論多所著墨。但他在書中罕見地出現「轉注」一語，為我們探討唐代的轉注觀念留下一條重要的線索。

〔清〕桂馥《說文解字義證》在許慎《說文・敘》「五曰轉注」下云：「《五經文字》云：『寤寐二字，竝從𤕫，轉注。』馥疑『𤕫』當為『爿』。」[22]以《五經文字》所載，「寤、寐，此二字並從𤕫」，就唐代楷體來看，寤、寐二字，已不見「𤕫」形，故清儒桂馥云：「疑𤕫當為爿。」[23]

今從《五經文字》字面意義來推斷，張參對轉注的看法，是認為兩字在形體上「並從𤕫」，形符相同，所以為「轉注」？還是著眼於「寤、寐」二字的形聲結構來看，一從吾聲，一從未聲，在同一形符的基礎上，加注「吾聲」、「未聲」之後，而成為「轉注」？此二種推測，究竟何者為是？因張參所提供的資訊有限，吾人難以定奪。

類此之說，吾人從慧琳《音義》書中，也能找到相同的例證。如：《一切經音義卷十五・大寶積經卷一百一十二》「鬚髮」條下：「上相踰反，《說文》作須，會意字也。兩字並從髟，髟音必遙反，並轉注字也。」又如：《一切經音義卷七十八・經律異相卷一》「碎磕」條下：「下坎閤反，《考聲》：『石相磕聲。二字正體並從石，轉注字也。』《說文》云：『石聲也。從石盍聲，盍、音含臘反。』」[24]慧琳認為「鬚髮」二字，並從髟；「碎磕」二字，正體並從石，所以是「轉注字」，跟張參的說法，如出一轍。張參與慧琳不約而同地以類似的說法來詮釋轉注，而且這三組字例都是形聲結構，兩字成詞，且義類相近，具有相同的形符。由於這些資料的同質性，間接反應了有唐一代學者們對「轉注」的一部分觀點。

下面章節將針對慧琳《音義》書中保存之「轉注」材料，進一步探求釋慧琳的轉注觀點。

---

[21] 〔唐〕張參：《五經文字》，《叢書集成初編》（北京：中華書局，1985 年），冊 1964，卷上，頁 15。

[22] 〔清〕桂馥：《說文解字義證》（濟南：齊魯書社，1987 年），頁 1314。

[23] 〔唐〕張參《五經文字》對寤寐二字之釋形，認為形符「從𤕫」，與今本許慎《說文》「從㝱省」有別。〔清〕桂馥則認為「疑『𤕫』當為『爿』」。參之今日可見甲骨金文資料，寐字金文作「[illegible]」已然是形聲字結構（未聲），形符正像人臥於爿（牀）之形，桂氏的校正，亦有可商之處。

[24] 本文引用慧琳轉注資料來源，初步檢索自中華電子佛典協會之「CBETA 電子佛典集成」，並參照徐時儀：《一切經音義三種校本合刊》（上海：上海古籍出版社，2008 年）之校勘結果及標點斷句。

第三節　慧琳轉注概說

一　慧琳及其《一切經音義》概述

有關慧琳之生平，根據贊寧《宋高僧傳·卷五》〈唐京師西明寺慧琳傳〉所載：

> 釋慧琳，姓裴氏，疎勒國人也。始事不空三藏，為室灑，內持密藏，外究儒流，印度聲明，支那詁訓，靡不精奧。嘗謂翻梵成華，華皆典故，典故則西乾細語也。遂引用《字林》、《字統》、《聲類》、《三蒼》、《切韻》、《玉篇》、諸經雜史，參合佛意，詳察是非，撰成《大藏音義》一百卷。[25]

可知中唐沙門慧琳，俗姓裴氏，師事不空三藏。又據嚴承鈞〈慧琳生平考略〉一文，以《唐書》所載，推論慧琳同當代以戰功封忠義郡王，累官山南西道節度使的裴玢一樣，是籍在京兆的疏勒王裔。又據景審〈序〉曰：「有大興善寺慧琳法師者，姓裴氏，疏勒國人也。」是知，慧琳同時也是唐代大興善寺翻經沙門。就慧琳所撰之《一切經音義》，無論內容之豐富，還是致用之廣泛，皆足以俯視李善《文選注》、陸德明《經典釋文》，早已成為定評[26]。

自西漢張騫通使西域，疏勒為敦煌以西，絲綢之路一大交通樞紐。漢末印度佛教文化，就是經由疏勒此一門戶傳入中國。由於慧琳為疏勒人，精通域外語言和中土文字、音韻、訓詁，故在為翻譯佛經辨析字形、審定字音、解釋字義時均備有詳細引據。慧琳《音義》一百卷，是一部集佛經義之大成的訓詁巨著。表面上，它是對漢文佛典中的內容予以注解，實際其內容並不限於佛教詞語，反而是對一般詞語的論釋更為普及。全書可貴之處是，所引用的書籍極為豐富，書中保存了許多今已佚失的古代辭書，也有不少亡佚的古籍資料。無論從學術上還是從史料上看，都是非常有價值的寶藏[27]。

---

[25] 見〔宋〕釋贊寧：《宋高僧傳》（臺北：文津出版社，民國 80 年），卷五，頁 108。

[26] 見嚴承鈞：〈慧琳生平考略〉，《法音》第 8 期（北京：中國佛教協會，1988 年），頁 28-31。

[27] 參見徐時儀：《玄應和慧琳〈一切經音義〉研究》（上海：世紀出版集團，2009 年），頁 87-111；徐時儀、梁曉虹、陳五雲：《佛經音義概論》（新北市：大千出版社，2003 年），頁 463-470。徐時儀、梁曉虹、陳五雲：《佛經音義研究通論》（南京：鳳凰出版社，2009 年），頁 39-44。

二　前人對慧琳轉注研究評述

慧琳《音義》書中存有一些「轉注」的語言材料，在今人探求唐代轉注觀念時，提供了一些寶貴的線索。有關慧琳《音義》轉注字之探討，前人已有撰述，例如大陸學者解冰、黃仁瑄、聶宛忻等人，然因諸位學者所論，仍有其不適切之處。下文將就慧琳書中的轉注材料，重新檢討前人論述內容，試圖釐清釋慧琳之轉注觀。

首先對慧琳《音義》中之「轉注」材料進行分析探討的是解冰先生，他在一九九二年〈慧琳《一切經音義》轉注、假借考〉一文中，將慧琳《音義》中的轉注材料分成三類，認為慧琳所舉轉注字的基本特點是「詞義相關」。這種觀點，應該是受到許慎所定義的「同意相受」有關。解氏進而推論轉注字是受義於某字或同屬某一部首之下，包括了同義關係的古今字、通俗字等。正因他強調文字的形義關係，所以在他所歸納的第三種類型（如牽撲之牽、撤懸之懸、疲頓之疲等等），在字形上沒有任何關聯，因此認為這一類的字「雖意義相同（近），但卻不應歸入『轉注』的範圍」。

總覽解冰對慧琳《音義》轉注字的討論，他說：

> 傳統小學稱「六書」，但真正反映字形結構的應該說是前「四書」（即象形、指事、會意、形聲），《音義》中對這些字詞的分析說明大多依《說文》的說解；而「轉注」、「假借」則與前者有別。對此，《音義》中已有明確的反映，在說明「假借」或「轉注」的同時，又分析指明它屬于會意或形聲等。[28]

由此可知解冰是站在「四體二用」的觀點來立論的，認為慧琳的轉注明顯有「字之用」的意識，進而認為慧琳之轉注與段玉裁所說的「同部轉注」、「異部轉注」差略相似。

解冰之後，改以轉注造字觀點來分析慧琳轉注材料的是黃仁瑄。黃氏對轉注造字的說法，完全採用孫雍長的觀念，認為「轉注」是在轉注原體字的基礎上「加注意符」的一種造字方法，並將此一觀念套用在慧琳《音義》所提的部分轉注字例中。黃氏云：

> 我們曾撰文對其中以「昏耄」為代表的部分轉注材料做了討論，認為以「耄」字為代表的詎、髮、屩、鷹、躃、灞、燾、譜、懸、盭等是在轉注原語的基礎

[28] 解冰：〈慧琳《一切經音義》轉注、假借考〉，《貴州大學學報（社會科學版）》，1992 年第 02 期，頁 58。

上加注意符而成的轉注字，進而認為所謂轉注，是在轉注原語的基礎上加注意符的一種造字方式。[29]

然如前文所言，孫雍長所主張的轉注說法，僅能反應一部分的轉注造字現象，故黃氏一系列文章所論，自然也無法全面反應慧琳當時的轉注觀念。尤有甚者，黃氏認為「在轉注字的生成過成中，意符總是遲到者，之前，轉注原語或訴諸聲音，或形諸文字，承載著轉注字所表達的全部內容。」[30]其所謂「意符總是遲到者」一語，嫌於武斷。例如，在「鞾等」條下，引「《說文》作屩」，為從履省喬聲之字。其下云：「我們認為，古人是以『喬』聲指稱用麻或絲製作的有耳有鼻的鞋。……因為其義和履相關，於是加注意符『履』而成『屩』。」[31]在「鷹鷂」條下，為呼應其結論「鷹是應的轉注字」，而云：「我們以為這和古人以『瘖』或『應』標識鷹的思想意識有關。……『應』聲為彰顯其意，於是加注意符『鳥』而成『鷹』。」[32]如此周折的造字方式，顯然不符合文字多元產生的自然途徑。黃氏當是在孫雍長之轉注主張下，而有此一推斷，難免有以今律古之弊。

三　慧琳「轉注字」類型

前文已提唐代轉注說法，有裴務齊「左回右轉」的「形轉」一說。俗姓為裴的慧琳，與唐初的音韻學家裴務齊是否有任何的氏族關係已不可考，然藉由慧琳《音義》所錄之轉注材料來看，吾人可知慧琳對這位裴姓前輩「左回右轉」的形轉說，顯然是完全不予採信的。

下文將就慧琳《音義》所見材料，擇要舉例，簡單說明如下[33]：

---

[29] 聶宛忻、黃仁瑄：〈慧琳《一切經音義》中的一些轉注字〉，《南陽師範學院學報》，2004 年第 3 卷第 10 期，頁 79。

[30] 黃仁瑄：《唐五代佛典音義研究》，頁 124。

[31] 黃仁瑄：《唐五代佛典音義研究》，頁 118。

[32] 黃仁瑄：《唐五代佛典音義研究》，頁 118。

[33] 為方便討論，筆者藉由「CBETA 電子佛典集成」檢索所得，暫以徐時儀版本用字為準，簡單列舉數例，並予以分類說明。希冀能藉以探知慧琳轉注觀念之梗概。至於各本異文用字，則暫不論。

（一）義近詞、複音詞累疊

1 鬚髮

上相踰反，《說文》作須，會意字也。兩字並從髟，髟音必遙反，並轉注字也。（見《一切經音義卷十五・大寶積經卷一一二》）

謹案：鬚字不見於《說文》，為「須」之後起形聲字。段玉裁云：「俗假須為需，別製鬒、鬚字。」[34]鬚字係由本字「須」，加注形符而成。髮字，訓「頭上毛也」[35]。鬚髮二字，各有本義，二字成詞，屢有合用。慧琳以兩字並從髟，為轉注字也。此與張參《五經文字・宀部》之「寤寐，此二字並從䆐，轉注。」有相同的質性，即兩字形符相同，詞義近似（或相同）。

2 荏苒

上耳枕反，下音染。案：荏苒，猶因循不覺盈時也，轉注字也。（見《一切經音義卷三十五・佛頂最勝陀羅尼經序》）

謹案：苒字不見於《說文》，為「冄」之後起形聲字[36]。苒字係由本字「冄」，加注形符而成。荏字訓「桂荏、蘇也」[37]。荏苒二字，各有本義，二字成詞，借為它用，慧琳以兩字為轉注字也。

3 碎磕

下坎閤反，《考聲》石相磕聲。二字正體並從石，轉注字也。《說文》云：石聲也。從石盍聲，盍、音含臘反。（見《一切經音義卷七十八・經律異相第卷一》）

---

[34] 見〔清〕段玉裁：《說文解字注》，頁428。

[35] 見〔清〕段玉裁：《說文解字注》，頁430。

[36]《說文》：「冄，毛冄冄也。」段玉裁注云：「冄冄者、柔弱下垂之皃。〈須部〉之髥，取下垂意。〈女部〉之姌，取弱意。……《詩》：『荏染柔木』，《傳》曰：『荏染，柔意也。』染即冄之假借。凡言冄、言姌皆謂弱。」見〔清〕段玉裁：《說文解字注》，頁458。

[37]《說文》：「荏，桂荏、蘇也。从艸任聲。」段玉裁注云：「是之謂轉注。凡轉注有各部互見者，有同部類見者。荏之別義為荏染。」見〔清〕段玉裁：《說文解字注》，頁24。徐鍇云：「荏，白蘇也；桂荏，紫蘇也。而沈反。」見〔南唐〕徐鍇：《說文解字繫傳》（北京：中華書局，1987年），頁12。

謹案：碎字，《說文》訓「䃺也」，段玉裁云：「碎者、破也。䃺者、破之甚也。義少別而可互訓。〈瓦部〉曰：甐者，破也，音義同。」[38]磕字，訓「石聲也」，段玉裁云：「按《玉篇》磕與硠相屬，云硠磕、石聲。《廣韵》亦云：硠磕、石聲。是皆硍磕之誤也。」[39]碎磕二字，一為碎石，一為石聲，慧琳引《考聲》謂「石相磕聲」，以兩字並從石，形符相同，詞義近似，相合成詞，為轉注字也。

4 巃嵸

上祿孔反，下宗孔反。《考聲》云：山峯叢叢高皃。《古今正字》：轉注字也。（見《一切經音義卷八十五・辯正論音卷上・辯正論卷一》

謹案：巃嵸二字，俱不見於《說文》，顧野王《玉篇》〈山部〉並收二字，巃字下引《楚辭》云「山氣巃嵸石峨」；嵸字下引《埤蒼》謂「巃嵸高皃」[40]。慧琳引《考聲》謂「山峯叢叢高皃」，兩字形符相同，並從山，相合成詞，以狀山勢之高峭，為轉注字也。

5 亹亹

音尾。《考聲》云：美也、勉也、進也。從文從酉從爨省。轉注字也。（見《一切經音義卷一百・比丘尼傳卷二》）

謹案：亹字不見於《說文》。《龍龕手鑑》作「亹」，訓「微也，文才美皃，又進也。」[41]《廣韻・上聲・尾韻》以「亹」為俗字，正作「亹」，云：「美也。《爾雅》『亹亹，勉也。』」[42]亹字，累疊成詞，慧琳引《考聲》謂「美也、勉也、進也」，以為轉注字也。

上舉諸條，均屬形符相同，義近而成詞，與張參之說近似。張參舉例在前，慧琳《音義》隨之相應於後，某種程度反應了有唐一代學者們對「轉注」的共同觀點。

---

38 段玉裁云：「䃺各本作礦，其義迥殊矣。䃺所以碎物而非碎也。今正。」見《說文解字注》，頁456。

39 見〔清〕段玉裁：《說文解字注》，頁455。

40 見〔南朝梁〕顧野王：《原本玉篇殘卷》（北京：中華書局，1985年），頁439。

41 見〔遼〕釋行均：《新修龍龕手鑑》（上海涵芬樓景印江安傅氏雙鑑樓藏宋刊本），頁22。

42 見〔宋〕陳彭年等重修：《新校正切宋本廣韻》（臺北：黎明文化事業公司，1982年），頁254。

（二）轉注與會意並舉

1　邀㓞

> 下輕計反，《韻英》云：契，約也，要也。鄭眾曰：契，符書也。鄭玄曰：契，即今之券，從力。《考聲》云：大曰券，小曰契。杜預曰：要契之辭也。古者合兩禮，剋其傍，各執為信。從㓞從廾，此會意字，轉注字也。（見《一切經音義卷七·大般若波羅蜜多經卷五六二》）

謹案：契字，從大㓞聲，《說文》訓「大約也」，段玉裁謂邦國之約，釋字形從大之意[43]。六朝碑文从大之字多變从廾，契字亦多訛寫作「㓞」[44]，慧琳《音義》則以券契解之，以兩手持奉，各執為信，以釋字形從廾之意。㓞為巧㓞義，引伸為刻契之義，㓞字從㓞從廾，形義相符，故為會意；而㓞又以㓞為聲符，係由㓞聲，加注意符「廾」而為轉注字。

2　亾喪

> 下桑浪反，《尚書》曰：百姓如喪考妣。《禮記》曰：玩人喪德，玩物喪志。鄭注云：亾，失位也。《說文》：亾也，從哭亾聲也。哭字從犬從吅，吅音喧。會意字也，亦轉注字也。（見《一切經音義卷十·仁王般若經卷下》）

謹案：慧琳引《尚書》、《禮記》證喪字之義，「亾也，從哭亾聲」，聲義相符。然其云：「哭字從犬從吅」，引今本《說文》有別[45]。哭字，從犬吅，吅字，《說文》訓作「驚嘑也」。段玉裁注云：「《玉篇》云：吅與讙通。按〈言部〉讙譁二字互訓。」故知哭之取意，由犬之喧嚷聲，引伸為人聲之哭，形義同時並重，哭、吅二字，聲韻不相涉，為合二義為一字之會意字，毫無異議[46]。慧琳以之為轉注字，當是哭字詞義由「犬聲」變「人聲」，引伸轉移所致。

---

[43] 見〔清〕段玉裁：《說文解字注》，頁 497。

[44] 見〔清〕顧藹吉：《隸辨》（北京：中華書局，1986 年），頁 132。《干祿字書》以「契」為通字，「㓞」為正字；《五經文字》「契」下則云：「作㓞，訛。」

[45] 今本《說文·吅部》：「哭，哀聲也。从吅。从獄省聲。」段玉裁注云：「按許書言省聲，多有可疑者。……凡造字之本意有不可得者，如禿之从禾。用字之本義亦有不可知者，如家之从豕，哭之从犬。愚以為家入〈豕部〉从豕宀、哭入〈犬部〉从犬吅，皆會意，而移以言人。」見〔清〕段玉裁：《說文解字注》，頁 63。

[46] 黃仁瑄以為「『哭』從『吅』得其聲義，『哭』是『吅』的轉注字。」乃為屈就孫雍長轉注說而作出如是

3 學架

項角反。《考聲》云：放習也，識也。孔注《尚書》云：學，教也。顧野王云：受人之教也。《說文》云：上所施，下所效也。乃是古文斆字也，覺悟也，教之聲也。《說文》斆字從攴學聲。今學字從冖，冖音覓，冖矇也。從孝省去攴，從臼從冖子聲，轉注字，亦會意字。（見《一切經音義卷十八．大乘大集地藏十輪經音并序》）

謹案：學、斆為一字，乃《說文》之篆文、古文二體，隸於〈教部〉之下。《說文》訓「教」為「上所施，下所效也」，謂「教」由在上者施教，下者加以仿效。而「斆」訓為「覺悟也」，段玉裁注云：「教人者謂之學者，學所以自覺，下之效也；教人所以覺人，上之施也，古統謂之學也。」又於「冂、尚矇也。」下注云：「冂下曰：覆也。尚童矇，故教而覺之。此說從冂之意。詳古之製字。作斆從教，主於覺人。秦以來去攵作學，主於自覺。」[47]段氏析言「斆」、「學」二者，一在覺人，一在「自覺」，亦即包括「教導」與「仿效」二義。參照諸說，推知慧琳以「學」字從冖，從孝省去攴，從臼從冖子聲，諸形體均示其義，故為會意；然今之學字，省去攴形，詞義已縮小範圍，轉移專作「自覺」之學，不復用作強制教導之義，故為轉注字。

4 蓬䔆

上蒲蒙反，下盆沒反。《廣雅》：䔆䔆，香煙氣盛貌也。轉注、會意字也。（見《一切經音義卷七十八．經律異相卷四九》）

謹案：䔆字不見於《說文》。《龍龕手鑑》訓為「大香也。」[48]《集韻．入聲．沒韻》：「䔆，香盛也。」[49]䔆字，從香從孛構形，訓香盛之義。孛字，从𣎵从子。「𣎵」者，謂枝葉茂盛因風舒散之皃。段玉裁於「孛」字下云：「孛之為言猶茀也。茀者多艸。凡物盛則易亂。……艸木之盛如人色盛。故从子作孛。而艸木與人色皆用此字。」[50]此取其「盛」義，形義相符，故為會意；而䔆又以孛為聲符，係由孛聲，另加意符「香」而為轉注字。

結語，其說誤矣。黃說詳見《唐五代佛典音義研究》，頁129。

47 見〔清〕段玉裁：《說文解字注》，頁128。

48 見〔遼〕釋行均：《新修龍龕手鑑》（上海涵芬樓景印江安傅氏雙鑑樓藏宋刊本），頁32。

49 見〔宋〕丁度等編：《宋刻集韻》（北京：中華書局，1989年），頁195。

50 見〔清〕段玉裁：《說文解字注》，頁276。

5 尋䌡

上似林反，《說文》尋，繹理也，從几工ヨ，從寸，分理之。會意字也，轉注字也。（見《一切經音義卷九十二・續高僧傳卷六》）

案：尋字，《說文》篆形作「㝷」，隸定作「㝷」。此條所引《說文》與今本異文[51]，當別有所據。慧琳另於「尋伺」條下云：「《說文》繹也，理也。……度人之兩臂曰尋。古文作㝷，會意字也。」（見《一切經音義卷七・大般若波羅蜜多經卷四八五》）其說「古文作㝷」，乃前有所承，非慧琳首見[52]。許慎以「繹理也」釋尋，又云：「度人之兩臂為尋。」顯然說明尋有二義，一為治理之義，一為長度單位，故段玉裁注云：「謂抽繹而治之。凡治亂必得其緒而後設法治之。引伸之義為長。《方言》曰：『尋、長也。海岱大野之閒曰尋，自關而西、秦晉梁益之閒凡物長謂之尋。』《周官》之法，度廣爲尋。」[53]段氏所云「引伸之義為長」，實指假借之義。慧琳以「尋」字從几工ヨ，從寸，諸形體均示其義，故為會意；然今之尋字，繹理義少見，詞義已轉移作「長度單位」之義，故為轉注字。

上舉諸例，慧琳《音義》均以轉注字與會意字並舉。藉由上文之分析，慧琳云會意者，固然受許慎《說文》影響，另一方面就形聲字來說，筆者以為，這也是對形聲字聲符示義的另一種反映，猶如段玉裁云「會意兼諧聲」者，蓋此意也。此外，某些字例所指之「轉注」，似乎側重於詞義本身之轉移變化有關，而與孳乳造字之轉注意義顯然有別。梳理慧琳注明有會意屬性的轉注材料，有助於我們理解慧琳本人對轉注與會意的說法，也了解慧琳對「轉注」一詞的多元觀點。

（三）單舉某字為轉注字者

1 詎能

渠禦反，《韻英》云：疑詞也。《莊子》詎能者，不定之詞也。轉注字也。（見《一切經音義卷一・大唐三藏聖教序》）

---

[51] 今本《說文》：「㝷，繹理也。从工口，从又寸。工口、亂也。又寸、分理之也。彡聲。此與𤔔同意。度人之兩臂為㝷，八尺也。」見〔清〕段玉裁：《說文解字注》，頁 122。慧琳以「尋」字為詞條，而非「㝷」字，故刪「彡聲」一語。

[52] 玄應《音義》已見此說，「一尋」條下云：「古文㝷，或作得，同。」（見《一切經音義卷十七・俱舍論卷十六》）

[53] 見〔清〕段玉裁：《說文解字注》，頁 122。

謹案：詎字，為徐鉉新附之字。《說文・新附》：「詎，詎猶豈也。从言、巨聲。其呂切。」[54]「豈」表示反問語氣，如：「詎料」、「詎知」。顧野王《玉篇》云：「《莊子》『庸詎知吾所謂知之非不知乎？庸詎知吾所謂不知之非知之耶！』……字書或歫也。歫，至止也。……字書或為距字，在〈足部〉。」[55]知古書中表反問疑詞之字，因本無其字，多借他字為之。如《漢書・高帝紀上》：「項伯還，具以沛公言告羽，因曰：『沛公不先破關中兵，公巨能入乎？』」顏師古注：「巨讀曰詎。詎猶豈也。」[56]即是。巨字本訓「規巨也」[57]，以同音之故借作語詞義，其後加注言旁，孳乳出從言巨聲之「詎」字，作為反問疑詞之專字，故慧琳以之為轉注字也。

2 疲頓

上音皮，《玉篇》：疲，倦也。《釋名》：勞也。轉注字。下敦遁反，《考聲》困極也，《說文》：下首也，從頁屯聲也。(見《一切經音義卷一・大般若波羅蜜多經卷一・初分緣起品之一》)

謹案：《說文》：「疲，勞也。」段玉裁注云：「經傳多假罷為之。」[58]疲字，本義勞累、困乏之義。然勞字本義「勮也」[59]，謂用力之甚，與今義有別。許慎以勞訓疲，蓋引伸義通作。慧琳引《玉篇》「倦也」，《說文》云：「倦，罷也。」此處罷用為假借義。罷字，本義「遣有辠也。」段玉裁注云：「罷之音亦讀如疲，而與疲義殊。《少儀》『師役曰罷。』鄭曰：『罷之言疲勞也。』凡曰『之言』者，皆轉其義之詞。」[60]慧琳此云轉注字，用意未明，或以經傳疲字多借罷字為之，假借運用以致詞義轉移之故也。

---

[54] 見〔漢〕許慎撰，〔宋〕徐鉉校定：《說文解字》(北京：中華書局，1996 年)，頁 57 。

[55] 見〔南朝梁〕顧野王：《原本玉篇殘卷》，頁 39。

[56] 見〔東漢〕班固：《新校本漢書》(臺北：鼎文書局，1991 年)，冊 1，頁 25。

[57] 見〔清〕段玉裁：《說文解字注》，頁 203。

[58] 見〔清〕段玉裁：《說文解字注》，頁 355。

[59]《說文》：「勞，勮也。」段玉裁注云：「勮，各本从刀，作『劇』。今訂从力。《文選・北征賦》注引《說文》『劇、甚也。』恐是許書本作勮，用力甚也，後因以為凡甚之詞。」見〔清〕段玉裁：《說文解字注》，頁 706。

[60] 見〔清〕段玉裁：《說文解字注》，頁 360。

3 樂靜

上五教反，下音靖。《玉篇》云：靜，思也，息也，安也。《謚法》曰：遠離囂妄曰靜。轉注字也。（見《一切經音義卷一・大般若波羅蜜多經卷第一・初分緣起品之一》）

謹案：《說文》：「靜，宷也。从青爭聲。」段玉裁注云：「人心宷度得宜。一言一事必求理義之必然。則雖緐勞之極而無紛亂。亦曰靜。引伸假借之義也。安靜本字當从〈立部〉之竫。」[61]知「靜」字本「審度、審明」之義，今多用作安定寧靜之義。〈立部〉中「竫，亭安也。」段玉裁注云：「凡安靜字宜作竫。靜其叚借字也。靜者，審也。」[62]慧琳引《玉篇》、《謚法》「思也、息也、安也、遠離囂妄」諸義，皆假借義也，靜由審明之義，轉而借竫安之義，久用成習，乃詞義之轉移它用，慧琳視為轉注字也。

4 躃絕

上毘亦反，躃踊碎身也。從足辟聲。轉注字也。（見《一切經音義卷七十八・經律異相卷七》）

謹案：《說文》無「躃、躄」字，篆作「壁」，隸作壁。段玉裁注云：「躃，《說文》作壁。有足而不能行者，如有牟子而無見曰矇也。荀卿書、賈誼傳皆假辟字為之。服虔曰：『辟，病躃不能行也。』」[63]躃，或作躄，屬形符偏旁易位。《廣韻・入聲・昔韻》：「躄，跛躄。《說文》作壁，人不能行也。」[64]從足或從止，義類相同而可通作。《龍龕手鑑》：「躃，正，蒲擊反，倒也。」[65]《集韻・入聲・昔韻》作「仆也。」[66]由跛足引伸為「倒仆」，皆屬足部動作也。「辟」字，本訓「法也」，與跛足義無關，而經傳時有假借之例，如《荀子・正論》：「王梁、造父者，天下之善馭者也，不能以辟馬毀輿致遠。」楊倞注：「辟，與躄同。」[67]《淮南子・說山訓》：「畏馬之辟也不敢騎，懼車之覆也不敢乘，是以虛禍距公利也。」是也。

---

[61] 見〔清〕段玉裁：《說文解字注》，頁 218。
[62] 見〔清〕段玉裁：《說文解字注》，頁 504。
[63] 見〔清〕段玉裁：《說文解字注》，頁 68。
[64] 見〔宋〕陳彭年等重修：《新校正切宋本廣韻》，頁 519。
[65] 見〔遼〕釋行均：《新修龍龕手鑑》，頁 90。
[66] 見〔宋〕丁度：《宋刻集韻》，頁 214。
[67] 見〔清〕王先謙：《荀子集解》（臺北：華正書局，1988 年），頁 225。

躃踊，經文作「辟踊」，或作「躄踊」，謂椎胸頓足，哀痛之極。如《禮記・檀弓下》：「辟踊，哀之至也。」孔穎達〈疏〉：「撫心為辟，跳躍為踊。孝子喪親，哀慕至懣，男踊女辟，是哀痛之至極也。」[68]「躃」字取辟為聲，是取其假借之義，躃義本為「跛足不能行」，而經注釋文轉為「撫心」之義，詞義轉移，故慧琳以為轉注字也。

5 拓境

上湯洛反，《考聲》云：拓，開也、大也，轉注字也。（見《一切經音義・卷八十二・大唐西域記卷六》

謹案：《說文》：「拓，拾也。陳宋語。从手石聲。摭，拓或从庶。」段玉裁引《方言》云：「摭，取也。陳宋之閒曰摭。」[69]本義為摭拾之義。〔清〕錢大昕《十駕齋養新錄・卷四》：「《說文》本有之字，世俗借為它用者，如……拓，拾也，或作『摭』。今人讀如橐，以為開拓字。」[70]知拓作為開拓字，乃假借義也。《干祿字書・入聲》：「摭拓，竝正。下亦開拓字。」[71]知唐世已用為開拓義。《龍龕手鑑・手部》：「拓，正。音託。手承物也。」[72]又引伸為「推也」、「斥開也」、「廣也」。慧琳引《考聲》云：「拓，開也、大也。」並非《說文》原義，乃詞義之轉移它用，故為轉注字也。

6 繒交絡

下音洛，郭注《山海經》云：絡，繞也。轉注字也。（見《一切經音義卷三十六・下卷・陀羅尼毘柰耶經》）

謹案：《說文》：「絡，絮也。一曰麻未漚也。」段玉裁注云：「今人聯絡之言，葢本於此。包絡字，漢人多叚落為之，其實絡之引申也。」[73]絡字，本義為粗綿絮之屬，後引伸為聯絡、包絡之義。顧野王《玉篇》云：「力各反。《山海經》九五之以木絡之。郭璞曰：絡，繞也。《方言》自關而東，周洛韓魏之間，或謂繞為絡。」[74]以繞訓絡，

---

[68] 見〔漢〕鄭玄注，〔唐〕孔穎達正義：《禮記正義》（嘉慶二十年南昌府學刊本）（臺灣：藝文印書館，2001年），頁169。

[69] 見〔清〕段玉裁：《說文解字注》，頁611。

[70]〔清〕錢大昕：《十駕齋養新錄》，《錢大昕讀書筆記廿九種之三》（臺北：鼎文書局，1979年），頁67。

[71] 見〔唐〕顏元孫：《干祿字書》，《叢書集成初編》（北京：中華書局，1985年），冊1064，頁30。

[72] 見〔遼〕釋行均：《新修龍龕手鑑》，頁39。

[73] 見〔清〕段玉裁：《說文解字注》，頁666。

[74] 見〔梁〕顧野王：《原本玉篇殘卷》，頁167。

文獻中不乏其例，如《漢書・楊王孫傳》：「裹以幣帛，鬲以棺槨，支體絡束，口含玉石。」訓作「纏繞；捆縛」義。〔北魏〕酈道元《水經注・泱水》：「俗名之為檀山峴。蓋大別之異名也。其水歷山委注而絡其縣矣。」則訓作「環繞」義。文獻中諸「絡」字訓作「纏繞、環繞」解，乃由「粗絮、絲絡」義引伸而來。宋本《玉篇》絡字已訓作「繞也、縛也」，其詞義演變可見一斑。慧琳《音義》引郭璞注《山海經》「絡，繞也。」視為轉注字。據查，絡繞二字聲韻無關，當是詞義的引伸通作。

7 牽撲

上詰研反，《廣雅》云：牽猶挽也，亦謂連也。顧野王云：牽亦引也。《說文》云：引前也。從牛，象引牛之縻，玄聲。轉注字也。(見《一切經音義卷五十五・越難經》)

謹案：《說文》：「牽，引而前也。从牛、冂象引牛之縻也。玄聲。」二徐本作「引前也」，與慧琳引文同。段玉裁注云：「牽引疊韵。引伸之，輓牛之具曰牽。牛人牽徬是也。……又凡聯貫之詞曰牽。」[75]引字，許慎訓為「開弓也，从弓丨。」[76]為一會意字。牽字，形符从牛、冂象引牛之縻，二形已可示以繩縻引牛之義，復以玄為聲，而為形聲字。牽引二字為疊韻關係[77]，意義又可引伸通作。兩者聲義上的關係，符合後人對轉注的認知，與段玉裁「異部轉注」之說，約略相符。

8 撤懸

……下音玄。鄭注《周禮》云：懸謂鍾磬在簨簴而廢之不鼓也。懸亦掛也，轉注字也。(見《一切經音義卷九十・高僧傳卷十》)

案：懸字，《說文》本作「縣」。《說文》：「縣，繫也。」大徐注：「臣鉉等曰：此本是縣挂之縣，借為州縣之縣。今俗加心別作懸，義無所取。」[78]

段玉裁注云：「古懸挂字皆如此作。引伸之，則為所系之偁。……自專以縣為州縣字，乃別製从心之懸挂。別其音，縣去懸平，古無二形二音也。」[79]據徐鉉、段玉裁之

---

[75] 見〔清〕段玉裁：《說文解字注》，頁 52。

[76] 見〔清〕段玉裁：《說文解字注》，頁 646。

[77] 引為舌聲定紐，古韻在十二部；牽為牙聲溪紐，古韻亦在十二部。

[78] 見〔漢〕許慎撰，〔宋〕徐鉉校定：《說文解字》，頁 184。

[79] 見〔清〕段玉裁：《說文解字注》，頁 428。

意，「縣」本懸掛義，後借作州縣專字，而加注心旁孳乳出「懸」字，是為轉注字也。

此一類型，慧琳所舉轉注字例，多半側重於詞義運用之演變，藉引伸或假借，轉為他義。另有涉及孳乳造字之轉注說，如「詎」字、「懸」字，是其例也。

第四節　小結

綜合前文的討論，筆者以為，慧琳所云轉注字，有一部分是就詞義轉移運用而言，猶如江水之展轉流注，由此義轉向彼義，朱駿聲云：「轉注者，體不改造，引義相受。」便是以詞義之引伸運用來說明轉注。另有一部分字例則就典籍之假借運用來立論，概括來說，也屬於詞義演變之屬，此兩種均歸為用字方面的轉注。慧琳《音義》所指稱之轉注字，部分字例也談到造字孳乳的過程，應是慧琳觀察文字演變過程而逕以轉注稱之。

雖然慧琳所標注之轉注字，所指各別，其例非一，似乎突顯他對轉注觀念的模糊不清。然誠如解冰所云：「慧琳對『轉注』的認識繼承前人，在《音義》中對很多字詞進行了分析探討，反映了他那時代的認識水平，給後人以啟發。對其尚不精審完備之處，當然不能今日的標準苛求。」[80]解氏之說是也。吾人研究慧琳之轉注觀念，宜就慧琳《音義》所提供的材料來探討，不宜預立框架，再予套用。本文乃就慧琳《音義》訓解中指明「轉注字」的情況，參酌同時代張《五經文字》之轉注說法進行論述。限於篇幅，取例雖有限，仍可初窺慧琳轉注字之概況。茲略陳淺見如上，以就教於方家。

---

[80] 解冰：〈慧琳《一切經音義》轉注、假借考〉，《貴州大學學報（社會科學版）》，1992年第2期，頁60-61。

第十一章
結論

透過前面各章節的論述與探討，本章統整全書之主要成果摘要如下：首先簡述研究主題緣起、佛經音義與《說文》學的交叉研究、相關研究論題背景說明，以及全書研究內容概述。在〈玄應《大唐眾經音義》研究概況〉文中，筆者針對現有相關研究文獻的蒐羅與評述，可以清楚呈顯玄應《音義》一書的性質，以及該書在現今學術界的研究現況，包括版本校勘、異體用字、聲韻音系、語法辭彙等佛經語言學方面的豐碩成果。同時，也展現筆者目前已掌握清代乾、嘉、道、咸年間《說文》相關著作引用玄應《音義》之概況。

其次，在〈玄應《眾經音義》各本異體用字探析〉文中，筆者藉由玄應《音義》的各種傳世刻本與日本古寫本的校勘，如實呈現出玄應《音義》各種版本間異文用字的情形。一來印證在佛經傳入中國後，自南北朝以降，歷朝歷代佛經傳寫所造成的文字俗訛孳生、異體橫陳的現象；二來筆者亦從字源與字用等不同角度，探討各版本異文用字的現象，藉以校勘玄應《音義》各版本的用字正譌，並論其得失。

再者，在〈段玉裁《說文解字注》徵引玄應《音義》研究〉文中，筆者藉由爬梳段玉裁《說文解字注》中引用玄應《音義》之情形，述明段玉裁如何運用玄應《音義》來校訂各本《說文》之訛誤，疏證許書之內容。討論內容包括段氏之引文形式、作用類型等，文中也舉用數例深入探究段氏考釋之是非得失，進而呈顯當時清儒引用玄應《音義》之局限性。

在清初《說文》學與段玉裁有「南段北桂」稱譽的桂馥，筆者在〈桂馥《說文解字義證》徵引玄應《音義》研究〉文中，將《說文義證》書中引用玄應《音義》的運用狀況，進行對文本資料的深入比對與探討。桂馥書中所引玄應《音義》資料逾千條，為清代乾嘉年間《說文》研究著作之冠。本文摘錄十一種類型，逐一舉例說明。其中，桂書徵引玄應《音義》資料之情形，與段氏有顯著差異，例如引用玄應書名的一致性，且載明卷次，此與段氏《說文注》之隨興引用有別，此亦足見桂馥《說文義證》徵引玄應書嚴謹密緻之特色。

清代《說文》研究在段玉裁《說文解字注》成書後，掀起一股研究《說文》的熱潮。以段氏之盛名，《說文解字注》也成為當時《說文》學專家競相研究的對象。由於段氏動輒增刪改動許書內容，或有流於專斷之嫌。因此，當時對於段書進行訂補、匡謬、校注的作品便應運而生，如鈕樹玉《段氏說文注訂》、徐承慶《說文解字注匡謬》、王紹蘭《說文段注訂補》皆屬之。有關引用玄應《音義》來訂段、補段之情形，筆者在〈鈕樹玉《段氏說文注訂》徵引玄應《音義》研究〉一文中，以鈕樹玉《段氏說文注訂》為研究範圍，重點放在鈕樹玉利用玄應《音義》材料訂段、補段的態度與觀點。鈕氏認為唐人多誤將《字林》當作《說文》，因此對唐人說法多半抱持保留態度，故鈕書中屢見「元應引未必無誤，不當偏信」、「元應雖多采古書，未必無誤」之語。鈕氏寧可引用《玉篇》、《廣韻》諸書為證，也不願單信玄應之說而妄自增篆或訂改。就此觀點來說，相較於段氏之重視玄應書材料，可知鈕樹玉對玄應《音義》採取更為謹慎的態度。

與桂馥同為《說文》北方學者代表的王筠，在相距半世紀之後，他綜合了桂馥、段玉裁、嚴可均等人研治《說文》之成果，鎔鑄於其晚年代表作《說文句讀》中。在〈王筠《說文解字句讀》徵引玄應《音義》研究〉文中，筆者透過王筠在《說文句讀》書前〈凡例〉中，多次提及該書對玄應《眾經音義》的運用原則。可知王筠是清代四大家中明顯有意識採用玄應《音義》之學者，由此亦可見王筠對這批材料的重視。王氏撰寫《說文句讀》時，除了基本的析形、辨音、釋義外，也進行更細緻的考訂工作，包括「校訂《說文》句讀」、「訂正許書形構」、「校訂各本《說文》篆形異構」、「增補《說文》釋義書證」、「補充名物之說解」、「援引鄉俗語以補釋其義」等，王氏大量運用玄應《音義》，為他在疏解校訂《說文》時，提供有利補正的參考依據。

位居清代《說文》四大家殿軍之朱駿聲，其《說文》學代表著作《說文通訓定聲》也同樣採引不少玄應《音義》之材料。在〈朱駿聲《說文通訓定聲》徵引玄應《音義》研究〉文中，筆者針對朱駿聲《說文通訓定聲》書中採引玄應《一切經音義》的運用狀況，進行深入探討，歸結朱氏徵引玄應書之作用類型，包括有「補充許慎釋義」、「明古今本《說文》之異文」、「修訂篆文形構」、「明其〔轉注〕之義」、「明其〔別義〕」、「明其〔假借〕義」、「明其〔聲訓〕之義」、「藉以增收篆文」、「保留異體字材料」、「補附《說文》不錄之字」等，率皆可見朱氏藉由玄應《音義》在校訂許書的研究特色。文中舉「瞟」字一例，指出現今教育部《異體字字典．目部．瞟字》混淆義訓，誤合為一，本文適可提供《異體字字典》修訂之依據。

除了上述個別名家著作之探討外，筆者在〈玄應《音義》在清儒考據工作中的運用舉例〉一文中，概述清代在當時政治社會背景下，形成一種特重校勘輯佚、訓詁考據的學術風氣。釋玄應《大唐眾經音義》這批新材料的出現，不僅是佛門典籍的瑰寶，更在清代樸學考據工作中佔有獨特的地位。本文分成「清儒引玄應書對各本《說文》之校勘舉例」與「王念孫《廣雅疏證》徵引玄應書之運用舉例」兩大面向，客觀呈現玄應《音義》在清儒文字考據訓詁工作中的運用實況。

最終，筆者在〈慧琳《一切經音義》「轉注」探析〉一文中，透過慧琳《音義》書中轉注字材料的討論，釐清釋慧琳之轉注觀點，進一步了解唐代流行的「轉注」說法。唐代賈公彥《周禮疏》、裴務齊《切韻序》，以及張參《五經文字》，皆為我們留下唐代轉注觀念的部分線索。筆者透過慧琳《音義》轉注字例的深入探究，得出慧琳所云轉注字，部分字例是就詞義轉移運用而言，猶如江水之展轉流注，由此義轉向彼義，這是從詞義之引伸運用來立說。另有部分字例則是以典籍之假借運用來立論，此兩種均歸為用字方面的轉注。另外，慧琳《音義》之部分轉注字，也涉及造字孳乳的過程，應是慧琳觀察文字演變過程而逕以轉注稱之。可知慧琳之轉注觀念，所指各別，其例非一，也突顯了他對轉注觀念的模糊不清。

總之，本書重點為佛經音義與《說文》學互涉的研究主題。其中，又以清代乾隆、嘉慶、道光、咸豐幾位著名的《說文》研究者，例如段玉裁、桂馥、鈕樹玉、王筠、朱駿聲等人，針對他們對玄應《音義》材料之應用狀況，實際還原文本，並參照不同版本之校勘，考核諸家之《說文》研究成果，或證成其說，或糾其謬訛，進行深入探索，來強化玄應《音義》在清代《說文》研究上的意義與價值。

此一研究議題，不論是在佛經音義學，或者《說文》學研究，在此之前並沒有太多相關的研究成果。主要原因在於傳統的《說文》研究者，對佛經音義的材料並未特加關注，而嫻熟於佛經音義的學者，又從未針對清儒校注《說文》中的相關材料進行全面性探索。筆者自許具有佛經音義與《說文》研究的雙重優勢，處理相關問題應可兼及兩方的研究材料與觀點。希望藉由本研究的深入探討，能夠展現玄應《音義》在清儒進行校注《說文》時之運用狀況，進一步突顯玄應《音義》在清初《說文》學研究史上所產生的價值與影響，以及它特殊的時代意義。本書之研究成果兼具佛經音義學與《說文》學兩方面的學術價值與特色，自然有其不可言喻的重要性。

由於清代《說文》學研究甚盛，《說文》名家亦多，除本書已論及之大家外，另有徐承慶（西元？-？年，乾隆五十一年舉人）、王紹蘭（西元1760-1835年）、嚴可均（西元1762-1843年）、朱珔（西元1769-1850年）、沈濤（約西元1792-1861年）、鄭珍（西元1806-1864年）諸儒，其《說文》相關著作中，均明顯引用玄應《音義》，也保留許多材料，可供深入探討。後文謹以沈濤為例，略加說明。沈濤（西元1792-1861年）為段玉裁之弟子，而與四大家中的王筠（西元1784-1854年）大約同時。沈濤在進行《說文》校訂時，也非常重視玄應《音義》的材料。他在〈元應釋字皆本《說文》〉一文中引錄「干、戒、耐、企……」等十一字，其後云：「凡此皆不明引《說文》，而實本《說文》。

元應深於許學如此，則其明引《說文》而與今本不同者，惡得不從之哉！」[1]其後，沈氏又在〈元應釋字與《說文》不同〉一文中，云：「其他雖不必與《說文》盡同，而釋義甚精，必小學家相傳舊訓，皆可與《說文》相表裡，況今本《說文》為二徐所刊削者，不一而足，焉知元應所釋不皆盡出許書哉！」[2]可知玄應《音義》也是沈濤校勘《說文》的重要參考材料。經初步整理材料，沈濤之《說文古本考》引用玄應《一切經音義》多達七百四十餘條，其中又有數十條材料為《說文》四大家所無，這些都是值得深入探究的內容。

除了以個別名家著作為探討主題外，筆者認為尚可從學術史角度切入，從地域、學人交遊、師承關係等，進行交叉比對的探討。例如《說文》四大家中，段玉裁與桂馥生處年代相當，分處南北，段、桂的共時異方，同治《說文》，亦皆引用玄應書作為考訂依據。吾人可透過段、桂二氏資料的爬梳與分析，並且透過還原文本資料，比對各版本的異文現象，分析其徵引玄應書之原則與觀點。此外，若就以四大家的身處地望來看，相隔大約半世紀的段玉裁與朱駿聲同為江蘇人，桂馥與王筠同為山東人。四大家在地望關係上，是否影響其對玄應書的取擇？桂馥晚年遊宦滇南，乾隆五十五年進士，選雲南永平縣知縣，終卒於官。學者終其一生的南北遷徙，是否也影響了他們對玄應書相關材料的應用？朱駿聲在《說文》學研究觀點明顯受到段玉裁的影響，而沈濤又為段玉裁之弟子，如此一來，從段玉裁、朱駿聲，到沈濤，應可歸結出縱向傳承的學術意義；又王筠、朱駿聲、沈濤三人生年大約同時，同屬道光、咸豐時期的《說文》大家，將此三人進行比較研究，則可呈顯共時對照的學術意義。這些問題在筆者全文爬梳各家之引用概況後，已可略可見其端倪。後續研究則可借用目前建置的「清代《說文》著作徵引玄應《音義》」檢索資料庫，進行更細緻、更有效率的比較研究。

本書最末討論慧琳《一切經音義》中有關轉注之觀點，「轉注」為《說文》學六書理論中重要的一環，探討唐人釋慧琳之轉注觀點，也是佛經音義與《說文》學的綜合研究，這同時也帶出筆者日後對此研究議題的開展方向。筆者認為，亦可從慧琳《一切經音義》與玄應《大唐眾經音義》之引用《說文》材料，進行比較研究，配合唐代許多可靠的文獻材料，例如陸德明《經典釋文》、《文選》李善注等，或許能使我們更加了解唐代古本《說文》與今日傳世《說文》的差異。

隨著佛教的東傳，因應佛經漢譯與梵唄誦讀的需要，佛經音義也隨之產生。在傳統學術領域中，佛家思想向來為中華文化中重要的思想流派，自佛經傳入中國以來，許多精英分子賡續投入釋家的思想研究。透過研究佛經音義的內容，還原藏經所載的精義，

[1]〔清〕沈濤：《銅熨斗齋隨筆》（北京：中華書局，2004 年），卷三，頁 7。
[2]〔清〕沈濤：《銅熨斗齋隨筆》，卷三，頁 9。

也使我們對中古佛教思想及語言學（語音、詞彙、語法）的發展狀況，面貌得以日漸清晰，同時它也提供許多重要的文化訊息。而《說文》之學則是傳統語言文字研究的基礎核心，本研究主題結合佛經音義與《說文》學之跨領域研究，在傳統的訓詁、考據等學術研究中別具意義。

總結本書之成果，在中國傳統學術研究上的意義，約有以下幾個重點：將有助於文字學界了解玄應《眾經音義》在清代校勘訓詁工作的重要性。此其一；可以加強了解玄應《眾經音義》與慧琳《一切經音義》各版本在清代之流傳概況。此其二；有助於漢文佛典學界之學者進一步認識清代小學家研治《說文》的特色。此其三；有助於了解清代《說文》研究者引用玄應《音義》研究之異同。此其四；有助於了解佛經音義對清代文字訓詁及典籍校勘之重大意義。此其五。

附錄一

「清代《說文》著作引用玄應《音義》資料庫」圖示

〔說明〕

本圖為「清代《說文》著作引用玄應《音義》資料庫」首頁。本資料庫共有三種檢索方式，可利用「字頭」、「全文」及「字碼」進行搜尋。「字頭」檢索，係指以各個字例進行搜尋；「全文」檢索，可以搜尋各家《說文》正文或注疏內文中含有某特定語詞之所有字例；「字碼」檢索，專門搜尋讀音、釋義罕見之難檢字例。最終搜尋結果可以一併匯出，自成一檔，俾供利用。

〔說明〕

例如以字頭「胖」搜尋，首先標示「胖」字在《說文》之部首歸屬「半」部。其次，系統將出現各家在「胖」字下，引用玄應《音義》之概況。最末也將呈現玄應《音義》相應篇卷之內容。因資料內容較多，本圖示僅擷取首、尾兩頁面，以見其梗概。

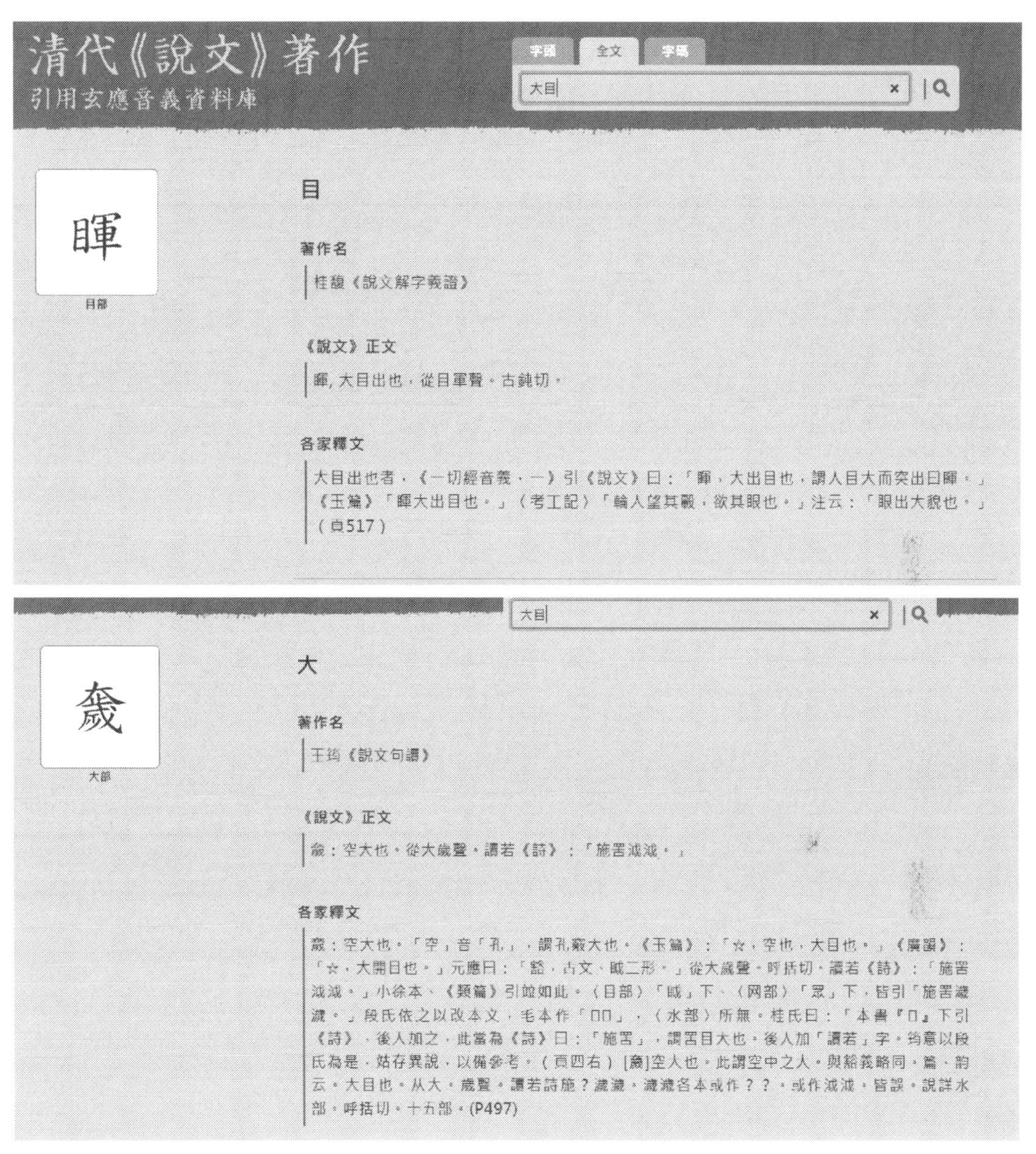

〔說明〕

例如以全文「大目」搜尋，系統將出現各家《說文》正文或注疏內文中含有「大目」語詞之所有字例，以及各家引用玄應《音義》之概況。最末也將呈現玄應《音義》相應篇卷之內容。因資料內容較多，本圖示僅擷取搜尋結果兩個頁面，以見其梗概。

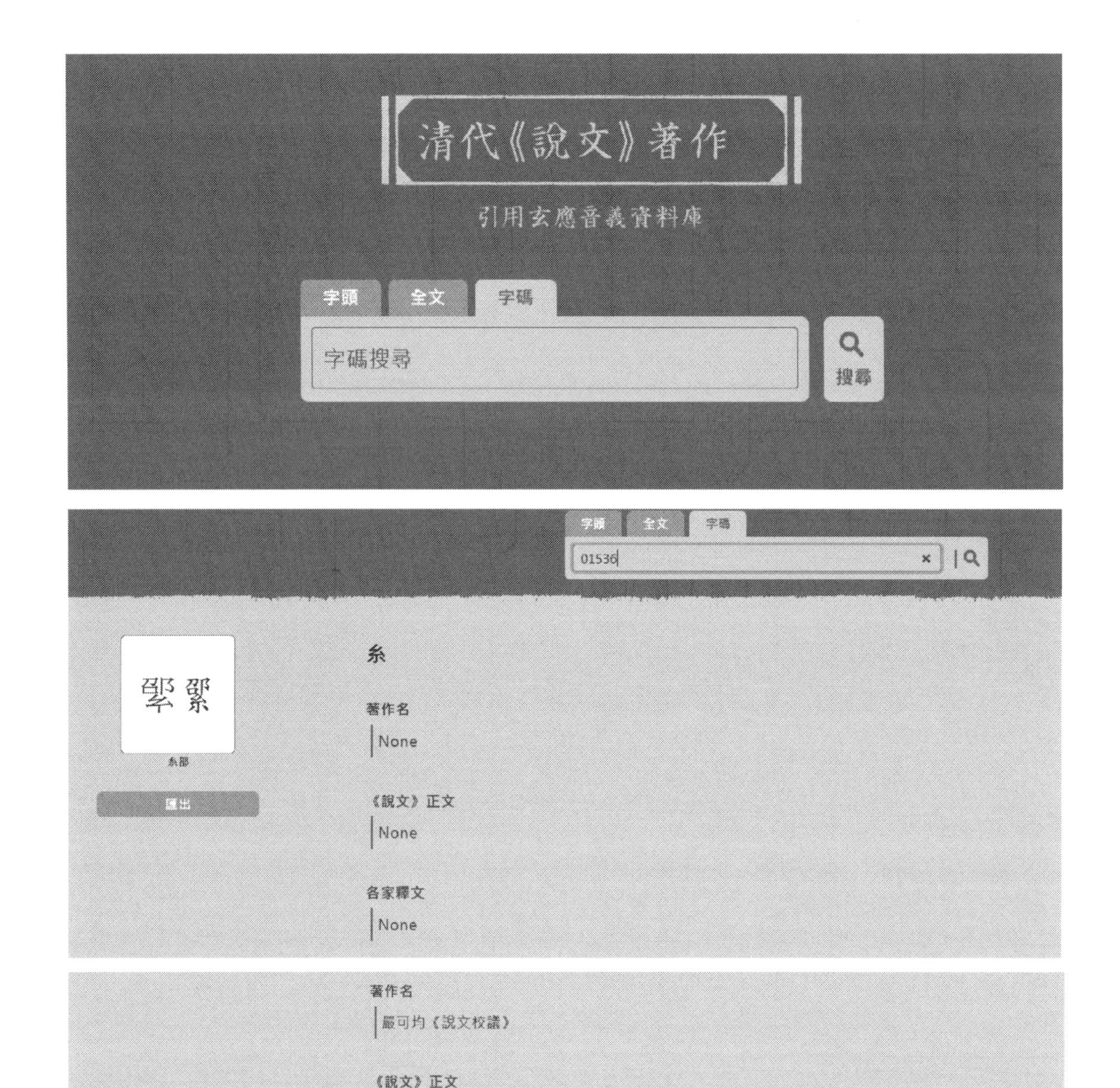

〔說明〕

例如以「綤」之字碼「01536」搜尋，系統將顯示該字出現之著作，為嚴可均《說文校議》之內容。「字碼」檢索，係以個別字例專屬字碼進行搜尋，須配合預先製作之字碼總表，專門搜尋讀音、釋義罕見之難檢字例。此類運用機會較少，乃因應筆者特殊需求之用。

附錄二

玄應《大唐眾經音義》各本書影

一切經音義卷第二　　翻經沙門玄應撰

大般涅槃經

第一卷

壽命視柳反案壽亦即命也壽取一期之名命取人之生分但異名耳說文壽久也釋名云生已久遠氣終盡也又音視溜反上壽也溜音力救反

阿利羅跋提河泥洹經作熙連河皆訛也正言叩剌拏伐底河叩剌拏此譯云金伐底此言有名為有金河叩音許髮反剌刀曷反

娑羅泥洹經作固林案西域記云此樹在叩剌拏河西岸不遠有娑羅林其樹形類槲而皮青白葉甚光潤四樹特高是如來涅槃之所也

等視字詁古文眂眡二形今作視同時言時至二反廣雅視覼也說文視瞻也釋名云視是也言察其是非也

羅睺胡鉤反正言曷羅怙羅此譯云障月但此人是羅怙阿修羅以手提月時生因以為名也

（一切經音義卷第二　第二丈　納）

非也

羅睺胡鉤反正言曷羅怙羅此譯云障月但此人是羅怙阿修羅以手提月時生因以為名也

（一切經音義卷第二　第三丈　納）

為作于危反下茲賀子各二反為作也又音于僞反二音通用

晨朝食仁反尒疋晨早也釋名云晨伸也言其清且日光復伸見也

頗梨力私反又作黎力奚反西國寶名也梵言塞頗胝迦言頗胝此云水玉或云白珠大論云此寶出山石窟中過千年氷化為頗梨珠此或有也案西域暑熱無氷仍多饒此寶非氷所化但石之類耳胝音竹尸反

馬腦梵言摩娑羅伽隸或言目娑邏伽羅婆此譯云馬腦案此寶或色如馬腦因以為名但諸字書旁皆從石作碼碯二字謂石之次玉者是也

號哭胡刀反尒疋號呼也大呼也釋名云以其善惡呼名之也號亦哭也字從号虎聲經文作嘷說文嘷咆也左傳豺狼所嘷是也嘷非此義又從口作啰俗僞字耳

（一切經音義卷第二　第三丈　納）

涕泣他礼反字林涕泣也無聲而淚

《高麗大藏經》初雕本「玄應《一切經音義》卷二[1]

[1] 本書影引自域外漢籍珍本文庫編纂出版委員會編：《高麗大藏經初刻本輯刊》（重慶：西南師範大學出版2012年），冊69、70。

一一六三　一切經音義　卷一

大唐衆經音義序

終南太一山釋氏　納

自法王命駕導之者九乘弘傳聲教統之者三藏然則指月之喻無爽於恒規因言之義有契於常則所以實相冥寞開宗於文字權道綜御崇尚於方言且夫一音各解惟聖之鉴跡隨緣別悟在凡之准的西梵天語遂古莫覿東華人言沿時遷貿至如說文在漢字止九千韻集出唐言增三萬代代繁廣符六文而挺生時時間發寄八體而陳迹求其本據諒在前摸覈其離廣誠歸物識夫以佛教東翻六百餘載舉其綱紐三千餘軸隨部出音聞之往說搬鑒群錄未曰大觀然則必也正名孔君之貽誥隨俗言晤釋父之流慈非相無以引心非聲无以通解有大慈恩寺玄應法師博聞強記鏡林苑之宏標窮討本支通古今之乖體故能雠校源流勘閱時代刪雅古之野素削澆薄之浮雜悟通俗而顯教舉集略而騰美真可

一切經音義卷第一　第二張　納字号

謂文字之鴻圖言音之龜鏡者也貞觀末曆

勅召參傳宗經正緯咨為實錄因譯尋閱捃拾藏經為之音義注釋訓解援引群籍證據卓明煥然可領結成三袠自前代所出經論諸音依字直反曾無追顧致失教義寔迷匡俗今所作者全異恒倫隨字刪定隨音徵引并顯唐梵方言翻度雅鄭推十代之紕紊定一期之風法文非詞費務在綱正恐好異者輙復略之斯則得於要約失於義本故弊開信終掩玄化故重陳委想無昧焉序之云尒

一切經音義卷第一　大乘單本

翻經沙門玄應撰

大方廣佛華嚴經　大方等大集經

大集日藏分經　大集月藏分經

大威德陁羅尼經　法炬陁羅尼經

大方廣佛華嚴經

第一卷

摩竭提或云摩竭陁亦言默偈陁又作摩伽陁皆梵音訛轉也正言摩揭陁此譯云善勝國或云无惱害

五六——八一三

《趙城金藏》「玄應《一切經音義》」卷一[2]

[2] 本書影引自《中華大藏經》（上海：中華書局，1993 年），冊 59、60。

宋磧砂大藏經 一〇八七 一切經音義卷一 一二三

大唐衆經音義序 　終南太一山釋氏 　階一

自法王命駕遷之者九乘弘傳聲教統之者三藏然則指月之喻無爽於恒規因言之義有契於常則所以實相宵開宗於文字權道綜御崇尚於方言且夫一音各解惟聖之嘗蹄隨緣別悟在凡之推的西梵天語遂古莫虧東華人言從時遷貿至如說文在漢字止九千韻集出唐言增三萬代代繁廣待六文而挺生時時間發寄八體而陳迹求其本據諒在前後覈其繁廣誠歸物議夫以佛教東翻六百餘載舉其綱紐三千餘軸隨部出音閱之往說殷鑒群錄未曰大觀然則必也正名孔君之貽誥隨俗言晤釋父之流慈非相無以引心非聲無以通解有大慈恩寺玄應法師博聞強記鏡林花之宏標窮討本支通古今之互體故能讎校源流勘閱時代刪雅古之野素削澆薄之浮雜悟通俗而顯教舉集略而騰美真可謂文字之鴻圖言音之龜鏡者也以貞觀末曆勑召參傳綜經正緯咨爲實錄因譯尋閱捃拾藏經爲之音義註釋訓解援引群籍證據卓明煥然可領結成三袠自前代所出經論諸音依字直反曾無追顧致失教義寔迷匡俗今所作者全異恒倫隨字刪定隨音徵引并顯唐梵方言翻度雅鄭推十代之紕紊定一期之風法文非詞費務在綱正恐好異者輒復略之期則得於要約失於義本敘錦開信終掩玄化故重陳委想無昧焉序之云尒

一切經音義卷第一 　大乘經單本

大唐大慈恩寺翻經沙門玄應撰

大方廣佛華嚴經
大方等大集經
大集日藏分經
大集月藏分經
大威德陀羅尼經
法炬陀羅尼經

大方廣佛華嚴經第一卷

摩竭提　華鬘　踰摩　垔礙　盧舍那　迴復　癡瞖　切刹

沮壞

第二卷

安詩

第三卷

攔㨂　群萌　弥綸

第四卷

煥明　旗旛　諧雅　窺覿

第五卷

衆祐　仇對　憒毒　驚駭　名邈　瞖目　孤煢

第六卷

毗嵐

《宋磧砂大藏經》「玄應《一切經音義》」卷一[3]

---

[3] 本書影引自延聖院大藏經局編：《宋版磧砂大藏經》（臺北：新文豐圖書公司，民國76年）。

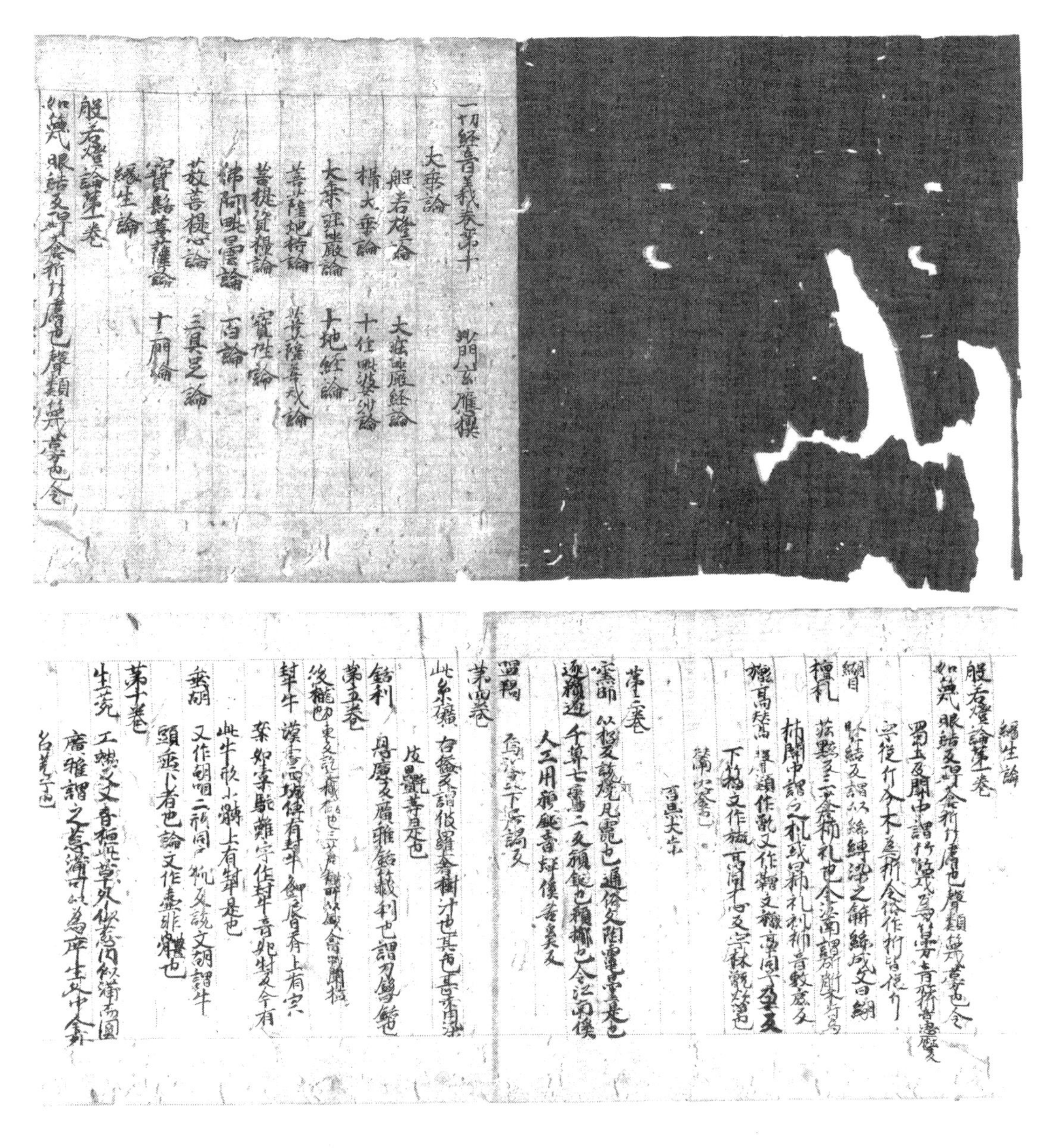
一切經音義卷第十　沙門玄應撰

大乘論

般若燈論　大莊嚴經論

攝大乘論　十住毗婆沙論

大乘莊嚴論　十地經論

菩薩地持論　菩薩善戒論

菩提資糧論　寶性論

佛阿毗曇論　百論

發菩提心論　三具足論

寶髻菩薩論　十二門論

緣生論

般若燈論第一卷

《金剛寺一切經本》「玄應《一切經音義》」卷十[4]

4　本書影所引錄之日本古寫經資料，乃依據日本國際佛教學大學院大學，學術フロンテイア實行委員會所編輯之「日本古寫經善本叢刊」第一輯，平成十八年（2008）發行。下同，不贅引。

一切經音義卷第四

翻經沙門玄應 撰

菩薩見實三昧經　賢劫經
華手經　大灌頂經
菩薩瓔珞經　佛名經
月燈三昧經　十住斷結經
觀佛三昧經　五千五百佛名經
大方廣十輪經　大方便報恩經
寶雲經　金光明經
大雲經　密迹金剛力士經
菩薩胎藏經　大集賢護菩薩經
大方等陁羅尼經
菩薩見實三昧經

第一卷

膺平 又作應同於陵反蒼頡篇云乳上骨也說文膺匈也漢書音胷曰匈四面高中央下曰膺

原濕 又作隰同詞立反尒疋下濕曰隰隰墊也

實礦 古文砾字書作礦同孤猛反說文礦銅鐵璞也經文從金作鑛非也

實礦 古文砾字書作礦同孤猛反說文礦銅鐵璞也經文從金作鑛非也

旗鼓 渠之反尒疋錯革鳥曰旗郭璞云載鞋於竿頭者旗旗表也謂取其標幟也

第二卷

瓶樓 又作缾瓺二形同力周反

門梱 苦本反尒疋柣謂之梱郭璞曰門戶限也廣疋梱朱也梱揆制動轉之主也梱音五迴反

璫璖 都唐反桂名云穿耳施珠曰璫埤蒼璫充耳也璖耳璖也西國王等多用金銀作之耆耳進中用以裝飾經中有作璩臣於反

跋墀 直尸反梵言婆稚是阿脩羅名也舊譯云縛者在脩羅前縛手而擇阿縛目揵得脫故以名焉

跏趺 腹跏下又作跗同膚跌反廣疋跏趺脩璞也

第三卷

由梱 力延反說文梱楯間子也通俗文版門曰梱是也

續鞋 或作鞿同紀良反馬鏁也口弄反馬韵也

鶬鶊 音倉鶬鶊也似鴈而黑者也鶊音古活反下胡數反黃鵠也似如鵝也

《七寺一切經本》「玄應《一切經音義》」卷四

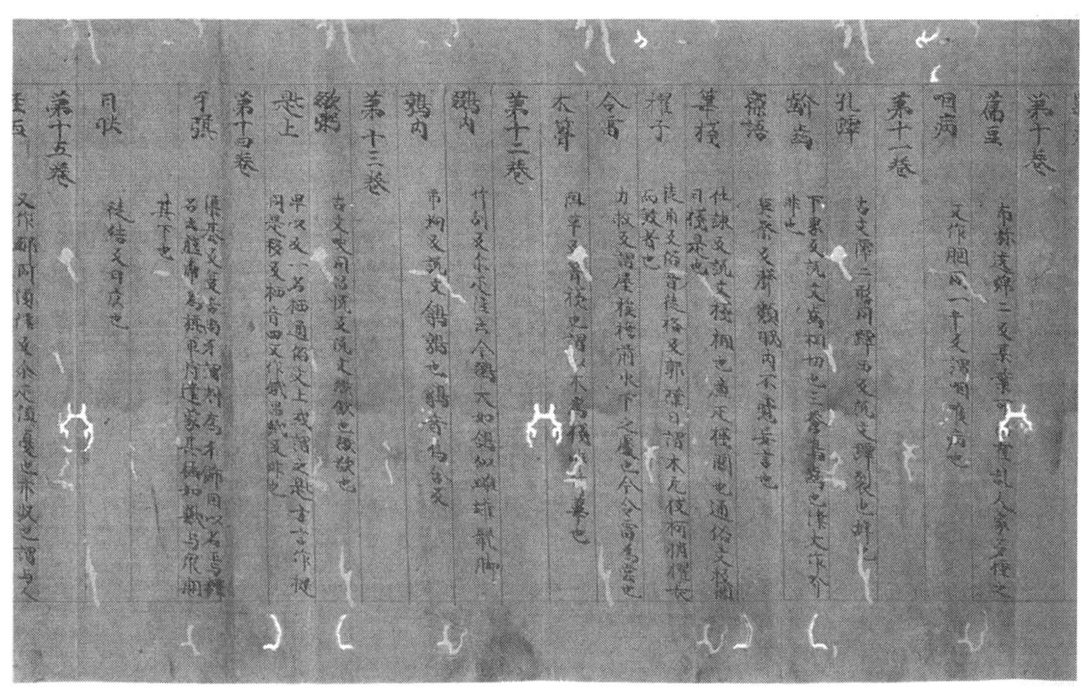

《東京大學史料編輯所藏本》「玄應《一切經音義》」卷十五

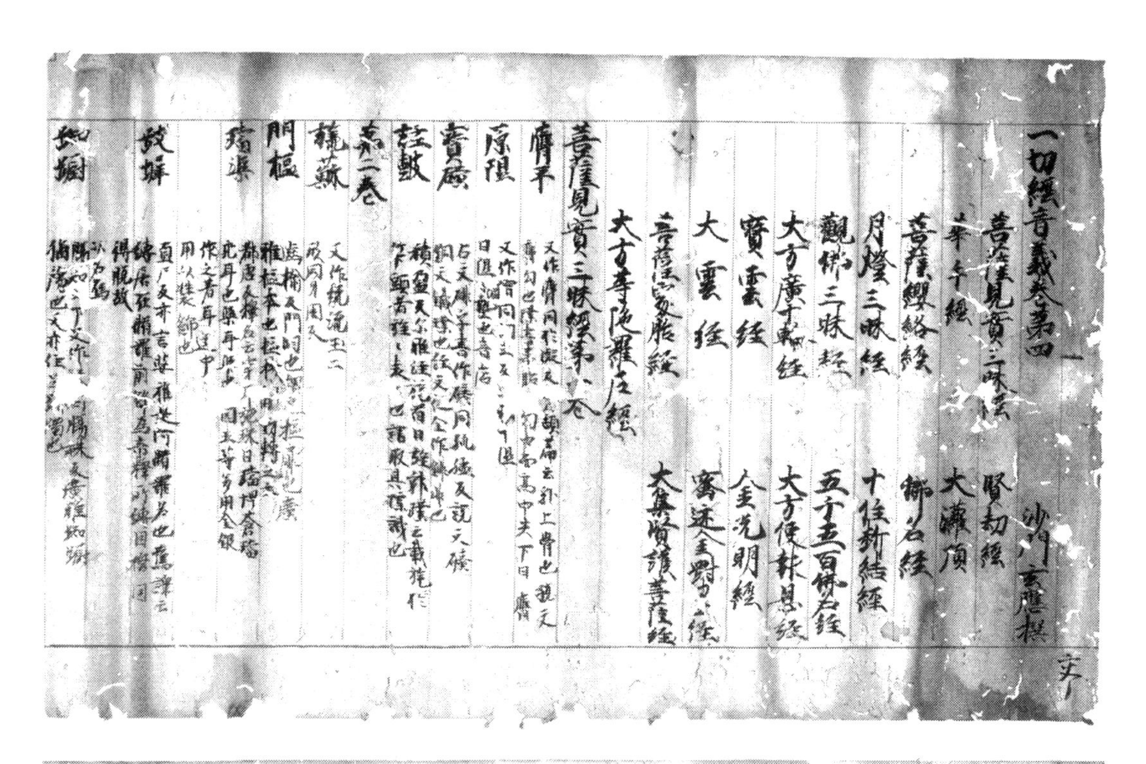
一切經音義卷第四　沙門玄應撰

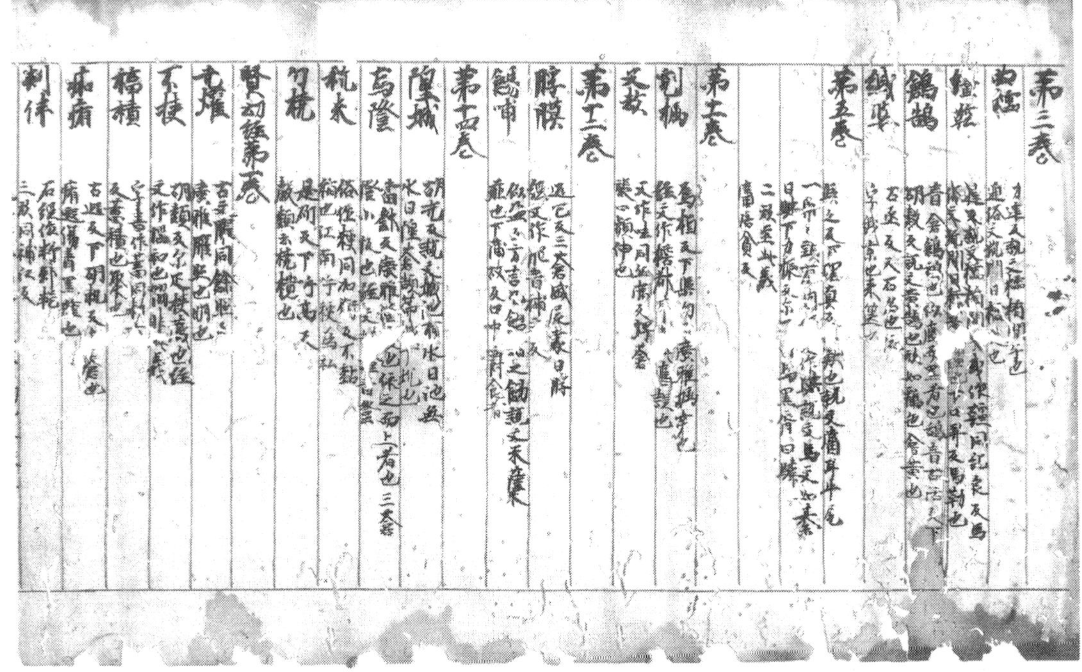

《西方寺一切經本》「玄應《一切經音義》」卷四

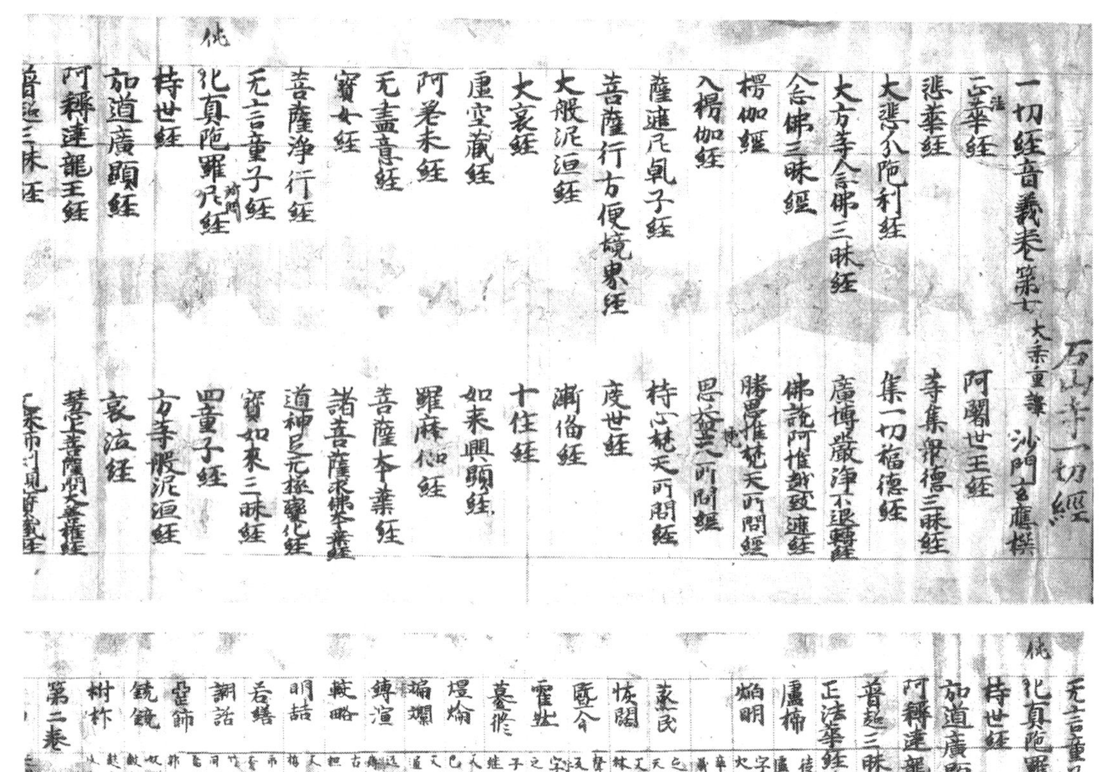

一切經音義卷第七 大乘重譯 沙門玄應撰 石山寺一切經
正法華經 阿闍世王經
[illegible]華經 等集衆德三昧經
大悲分陀利經 集一切福德經
大方等念佛三昧經 廣博嚴淨不退轉輪經
念佛三昧經 佛說阿惟越致遮經
楞伽經 勝思惟梵天所問經
入楞伽經 思益梵天所問經
薩遮尼乾子經 持心梵天所問經
菩薩行方便境界經 度世經
大般泥洹經 漸備經
大哀經 十住經
虛空藏經 如來興顯經
阿差末經 羅摩伽經
無盡意經 菩薩本業經
寶女經 諸菩薩求佛本業經
菩薩淨行經 道神足無極變化經
無言童子經 寶如來三昧經
化真陀羅尼經 四童子經
持世經 方等般泥洹經
加道廣顯經 哀泣經
阿耨達龍王經 慧上菩薩問大善權經
普超三昧經 文殊師利現寶藏經

《京都大學文學部藏本》「玄應《一切經音義》」卷七

參考文獻

一　古籍

〔漢〕班　固：《新校本漢書》，臺北：鼎文書局，1991 年。

〔漢〕許　慎撰，〔宋〕徐鉉校定：《說文解字》，北京：中華書局，1996 年。

〔漢〕許　慎撰，〔南唐〕徐鍇：《說文解字繫傳》，北京：中華書局，1998 年。

〔漢〕鄭　玄注，〔唐〕賈公彥疏：《周禮注疏》（嘉慶二十年江西南昌府學重刊宋本），《十三經注疏》，臺北，藝文印書館，1989 年。

〔漢〕鄭　玄注，〔唐〕孔穎達等正義：《禮記正義》（嘉慶二十年江西南昌府學重刊宋本），《十三經注疏》，臺北，藝文印書館，1989 年。

〔魏〕張　揖撰，〔清〕王念孫疏證：《廣雅疏證》，臺北：廣文書局，民國 81 年。

〔晉〕郭璞撰，〔清〕馬國翰輯：《爾雅音義》，景印清光緒甲申（1884）春日楚南湘遠堂刊《玉函山房輯佚書》本，臺北：文海出版社，1967 年。

〔遼〕釋行均：《新修龍龕手鑑》（涵芬樓景印江安傅氏雙鑑樓藏宋刊本），收錄於《四部叢刊續編》，臺北：臺灣商務印書館，1976 年。

〔梁〕顧野王著，〔宋〕陳彭年等重修：《大廣益會玉篇》，北京：中華書局，1987 年。

〔梁〕顧野王：《原本玉篇殘卷》，北京：中華書局，1985 年。

〔唐〕魏　徵等撰：《新校本隋書》，臺北：鼎文書局，民國 82 年。

〔唐〕李延壽：《新校本北史》，臺北：鼎文書局，1976 年。

〔唐〕顏師古：《匡謬正俗》，收錄於王雲五主編：《叢書集成初編》第 1170 冊，北京：中華書局，1985 年。

〔唐〕顏元孫：《干祿字書》，收錄於王雲五主編：《叢書集成初編》第 1964 冊，北京：中華書局，1985 年。

〔唐〕張　參：《五經文字》，收錄於王雲五主編：《叢書集成初編》第 1964 冊，北京：中華書局，1985 年。

〔唐〕三藏法師玄奘奉詔譯：《大乘大集地藏十輪經》，收錄於《大正新脩大藏經》，第 30 冊，日本：大正新修大藏經刊行會，1960 年。

〔唐〕釋玄應：《一切經音義》，收錄於阮元等編：《宛委別藏》，臺北：臺灣商務印書館，民國 70 年。

〔唐〕釋玄應：《一切經音義》，收錄於延聖院大藏經局編：《宋版磧砂大藏經》，臺北：

新文豐圖書公司，民國 76 年。
〔後晉〕釋可洪：《新集藏經音義隨函錄》，收錄於《中華大藏經》，第 59、60 冊，上海市：中華書局，1993 年。
〔宋〕郭忠恕：《佩觿》，收錄於王雲五主編：《叢書集成初編》第 65 冊，北京：中華書局，1985 年。
〔宋〕郭忠恕：《汗簡》，《文淵閣四庫全書》第 224 冊，臺北：臺灣商務印書館，1976 年。
〔宋〕郭忠恕；夏竦：《汗簡；古文四聲韻》，北京：中華書局，1983 年。
〔宋〕歐陽修，宋祁撰：《新校本新唐書》，臺北：鼎文書局，民國 81 年。
〔宋〕丁　度等編：《宋刻集韻》，北京：中華書局，1989 年。
〔宋〕陳彭年等重修：《新校正切宋本廣韻》，臺北：黎明文化事業公司，民國 71 年。
〔宋〕釋贊寧：《宋高僧傳》，臺北：文津出版社，民國 80 年。
〔南宋〕呂祖謙：《宋文鑑》，收錄於《文淵閣四庫全書》集部，冊 1350-1351，臺北：臺灣商務印書館，1983 年。
〔明〕李時珍：《本草綱目》，收錄於《欽定四庫全書》第 773 冊，臺北：臺灣商務印書館，1986 年。
〔明〕沈德符：《萬曆野獲編》，臺北：新興書局有限公司，民國 65 年。
〔明〕張自烈：《正字通》，收錄於《續修四庫全書》第 234 冊，上海：上海古籍出版社版本，1995 年。
〔明〕梅膺祚：《字彙》，上海：上海辭書出版社，1991 年。
〔清〕桂　馥：《說文解字義證》，濟南：齊魯書社，1994 年。
〔清〕謝啟昆：《小學考》，上海：漢語大詞典出版社，1997 年。
〔清〕顧藹吉：《隸辨》，北京：中華書局，1986 年。
〔清〕段玉裁：《說文解字注》，臺北：洪葉文化事業有限公司，2005 年。
〔清〕徐　灝：《通介堂經說》（清咸豐四年刻本），收錄於《續修四庫全書》第 177 冊，上海：上海古籍出版社，1995 年。
〔清〕顧廣圻：《顧千里集》，北京：中華書局，2014 年。
〔清〕王　筠：《說文釋例》，北京：中華書局。1987 年。
〔清〕王　筠：《說文解字句讀》，北京：中華書局，1988 年。
〔清〕鈕樹玉：《非石日記鈔》，收錄於王雲五主編：《叢書集成初編》第 57 冊，北京：中華書局，1985 年。
〔清〕鈕樹玉：《說文解字校錄》（清光緒乙酉十一年江蘇書局刻本），收錄於《續修四庫全書》第212冊，上海：上海古籍出版社，1995年。

〔清〕鈕樹玉：《段氏說文注訂》，收錄於王雲五主編：《叢書集成初編》第1132，1133冊，北京：中華書局，1985年。

〔清〕鈕樹玉：《說文新附考》，收錄於王雲五主編：《叢書集成初編》第1098，1099冊，北京：中華書局，1985年。

〔清〕嚴可均：《說文校議》，收錄於嚴一萍選輯：《小學類編》，臺北：藝文印書館印行，民國62年。

〔清〕徐承慶：《說文解字注匡謬》（清張氏寒松閣抄本），收錄於《續修四庫全書》，第214冊，上海：上海古籍出版社，1995年。

〔清〕梁章鉅：〈鈕山人墓誌銘〉，收錄於閔爾昌：《碑傳集補》，臺北：明文出版社，1985年。

〔清〕陳慶鏞：〈說文解字義證・原敘〉，收錄於楊家駱主編：《說文解字詁林正補合編》第1冊，臺北：鼎文書局，民國83年。

〔清〕張之洞：〈說文解字義證・敘〉，收錄於楊家駱主編：《說文解字詁林正補合編》第1冊，臺北：鼎文書局，民國72年。

〔清〕沈　濤：《說文古本考》，收錄於嚴一萍選輯：《小學類編》，臺北：藝文印書館，民國62年。

〔清〕沈　濤：《銅熨斗齋隨筆》，收錄於中華書局編輯部：《清人考訂筆記七種》，北京：中華書局，2004年。

〔清〕莫友芝：《郘亭遺文》，收錄於《續修四庫全書》，第1537冊，上海：上海古籍出版社版本，1995年。

〔清〕莊　炘：《一切經音義》，臺北：新文豐出版公司，1980年。

〔清〕莊　炘，錢　坫，孫星衍校：《一切經音義》，收錄於王雲五主編：《叢書集成初編》第739-744冊，北京：中華書局，1985年。

〔清〕馬國翰：《玉函山房輯佚書》，臺北：文海出版社，1974年。

〔清〕朱駿聲：《說文通訓定聲》，臺北：藝文印書館，1994年。

〔清〕王先謙：《荀子集解》，臺北：華正書局，1988年。

〔清〕錢大昕：《十駕齋養新錄》，《錢大昕讀書筆記廿九種之三》，臺北：鼎文書局，1979年。

〔清末民初〕趙爾巽等人編纂，洪北江主編：《清史稿》，臺北：洪氏出版社，1981年。

〔清末民初〕趙爾巽等人編纂：《清史稿》，北京：中華書局點校本，1977年。

二　專著（依著者姓氏筆畫數排列）

丁秀菊：《桂馥與《說文解字義證》》，北京：中國社會出版社，2014 年。

于　亭：《玄應《一切經音義》研究》，北京：中國社會科學出版社，2009 年。

王　力：《中國語言學史》，臺北：五南圖書出版有限公司，民國 85 年。

王　力：《中國語言學史》，收錄於《王力文集》，山東 ： 山東教育出版社，1990 年。

王華權：《《一切經音義》刻本用字研究》，桂林：廣西師範大學出版社，2011 年。

中國社會科學院考古研究所編：《殷周金文集成》，北京：中華書局，1984 年。

中華大藏經編輯局：《中華大藏經》，上海：中華書局，1993 年。

學術フロンテイア實行委員會：「日本古寫經善本叢刊」第一輯，日本東京：國際佛教學大學院大學，平成十八年（2008 年）。

任繼昉：《釋名匯校》，濟南：齊魯書社，2006 年。

沈寶春：《桂馥的六書學》，臺北：里仁書局，民國 93 年。

何富華，何　梅：《漢文大藏經研究》，北京：宗教文化出版社，2003 年。

〔韓〕李圭甲主編：《高麗大藏經異體字典》，韓國首爾：高麗大藏經研究所，2000 年。

竺家寧主編：《五十年來的中國語言學研究 1950-2000》，臺北：臺灣學生書局，2006 年。

竺家寧：《佛經語言之旅》，臺北：新學林出版社，2019 年。

周法高編製索引：《玄應一切經音義》，臺北：中央研究院歷史語言研究所專刊之四十七，1992 年。

延聖院大藏經局編：《宋版磧砂大藏經》，臺北：新文豐圖書公司，民國 76 年。

法鼓佛教學院編：《漢文佛典語言學——第三屆漢文佛典語言學國際研討會論文集》，臺北：法鼓文化事業公司，2011 年。

柯明傑：《朱駿聲《說文通訓定聲》之研究》，臺北：文津出版社，2008 年。

孫中運：《論「六書」之轉注——揭開轉注字千古謎》，上海：學林出版社，1999 年。

孫雍長：《轉注論》，長沙：嶽麓書社，1991 年。

徐時儀，梁曉虹，陳五雲：《佛經音義研究通論》，南京：鳳凰出版社，2009 年。

徐時儀，梁曉虹，陳五雲：《佛經音義概論》，新北市：大千出版社，2003 年。

徐時儀，陳五雲，梁曉虹編：《佛經音義研究——首屆佛經音義研究國際學術研討會論文集》，上海：上海古籍出版社，2006 年。

徐時儀，陳五雲，梁曉虹編：《佛經音義研究——第二屆佛經音義研究國際學術研討會論文集》，南京：鳳凰出版社，2011 年。

徐時儀：《一切經音義三種校本合刊》，上海：古籍出版社，2008 年。
徐時儀：《玄應《眾經音義》研究》，北京：中華書局，2005 年。
徐時儀：《玄應和慧琳〈一切經音義〉研究》，上海：上海世紀出版集團・上海人民出版社，2009 年。
徐興海：《《廣雅疏證》研究》，南京：江蘇古籍出版社，2001 年。
郭沫若主編，胡厚宣總編輯，中國社會科學院歷史研究所編：《甲骨文合集》，北京：中華書局，1982 年。
域外漢籍珍本文庫編纂出版委員會編：《高麗大藏經初刻本輯刊》，冊 69、70，重慶：西南師範大學出版，2012 年。
馬顯慈：《說文句讀研究訂補》，臺北：萬卷樓圖書股份有限公司，2015 年。
馬顯慈：《說文解字義證析論》，臺北：萬卷樓圖書股份有限公司，2013 年。
張其昀：《說文學源流考略》，貴陽：貴州人民出版社，1998 年。
梁啟超：《中國近三百年學術史》，臺北：里仁書局，1995 年。
梁曉虹，徐時儀，陳五雲：《佛經音義與漢語詞彙研究》，北京：商務印書館，2005 年。
梁曉虹：《日本古寫本單經音義與漢字研究》，北京：中華書局，2015 年。
許錟輝：《文字學簡編》，臺北：萬卷樓圖書股份有限公司，1999 年。
陳五雲，徐時儀，梁曉虹：《佛經音義與漢字研究》，南京：鳳凰出版社，2010 年。
陳援庵：《中國佛教史籍概論》，臺北：新文豐出版公司，民國 72 年。
章太炎：《國故論衡》，臺北：廣文書局，1973 年。
章季濤：《怎樣學習〈說文解字〉》，臺北：萬卷樓圖書股份有限公司，1991 年。
萬金川：《佛典研究的語言學轉向——佛經語言學論集》，臺北：正觀出版社，2005 年。
萬金川：《佛經語言學論集》，臺北：正觀出版社，2005 年。
萬獻初：《漢語音義學論稿》，北京：中國社會科學出版社，2012 年。
喻春龍：《清代輯佚研究》，上海：上海古籍出版社，2010 年。
黃仁瑄：《唐五代佛典音義研究》，北京：中華書局，2011 年。
黃坤堯：《音義闡微》，上海：上海古籍出版社，1997 年。
黃坤堯：《經典釋文論稿》，臺北：國家出版社，2018 年。
黃德寬，陳秉新：《漢語文字學史》，合肥市：安徽教育出版社，1990 年。
虞萬里：《榆枋齋學術論集》，南京：江蘇古籍出版社，2001 年。
虞萬里：《高郵二王著作疑案考實》，上海：上海教育出版社有公司，2019 年。
新文豐出版公司編輯部：《宋版磧砂、明版嘉興大藏經分冊目錄、分類目錄、總索引》，臺北：新文豐出版公司，民國 77 年。

楊家駱主編：《說文解字詁林正補合編》，臺北：鼎文書局，民國83年。
漢譯佛典語言研究編委會：《漢譯佛典語言研究》，北京：語文出版社，2014年。
潘重規：《敦煌俗字譜》，臺北：石門圖書公司，民國67年。
魯實先：《假借遡原》，臺北：文史哲出版社，民國62年。
魯實先：《轉注釋義》，臺北：洙泗出版社，民國81年。
蔡信發：《一九四九年以來台灣地區《說文》論著專題研究》，臺北：文津出版社，2005年。
蔡信發：《說文答問》，臺北：臺灣學生書局，1993年。
蔡信發：《說文部首類釋》，臺北：臺灣學生書局，2002年。
鄭賢章：《《新集藏經音義隨函錄》研究》，長沙：湖南師範大學出版社，2007年。
韓小荊：《《可洪音義》研究：以文字為中心》，成都：四川巴蜀書社，2009年。

三　單篇論文（依著者筆劃序）

〔日〕石塚晴通：〈玄應《一切經音義》的西域寫本〉，《敦煌研究》第2期，1992年，頁54-61。
丁　玲：〈鈕樹玉《段氏說文注訂》小考〉，《北方文學》（下半月），2011年08月。
于　亭：〈玄應《一切經音義》版本考〉，《中國典籍與文化》總第63期，2007年，頁38-49。
于　亭：〈吐魯番柏孜克里克石窟所出小學書殘片考證〉，《古籍整理研究學刊》第4期，2009年7月，頁33-35。
于　亭：〈論「音義體」及其流變〉，《中國典籍與文化》2009年第3期，頁13-22。
方一新：〈玄應《一切經音義》卷一二〈生經〉音義劄記〉，《古漢語研究》第3期總第72期，2006年，頁62-65。
牛紅玲：〈鈕樹玉稱「新附字不當附」小考〉，《漢字文化》，2003年05月。
王立軍：〈談朱駿聲對字際關係的溝通〉，《第廿八屆中國文字學國際學術研討會論文集》，臺中：國立臺中教育大學，2017年。
王華權：〈《一切經音義》高麗藏版本再考〉，《咸寧學院學報》第29卷第4期，2009年8月，頁59-60+72。
王繼如：〈《說文》段注與佛經音義〉，《宏德學刊》（第一輯），南京：江蘇人民出版社，2010年，頁9-21。

吳繼剛：〈玄應《音義》中的案語研究〉，《五邑大學學報（社會科學版）》第11卷2期，2009年5月，頁84-86。

李淑萍：〈《玄應音義》各本異體用字探析〉，《第廿五屆中國文字學國際學術研討會論文集》，臺北：中國文化大學，2014年，頁93-108。

李淑萍：〈王筠《說文句讀》引用玄應《眾經音義》淺析〉，《第三十一屆中國文字學國際學術研討會論文集》，花蓮：慈濟大學國際暨跨領域學院，東華大學中國語文學系，2020年，頁41-58。

李淑萍：〈朱駿聲《說文通訓定聲》引用玄應《一切經音義》淺析〉，《第三十二屆中國文字學國際學術研討會論文集》，臺北：國立臺北教育大學，2021年，頁41-58。

李淑萍：〈南北朝文字俗寫現象之探究——從《顏氏家訓》反映當代文字俗寫現象〉，《雅俗相成——傳統文化質性的變異》，桃園：中大出版社，2010年。

李淑萍：〈段注《說文》「某行而某廢」之探討〉，《中正大學中文學術年刊》第10期，嘉義：中正大學中文系，2007年。

李淑萍：〈段注《說文》徵引玄應《音義》初探〉，《第廿七屆中國文字學國際學術研討會論文集》，臺中：國立臺中教育大學，2016年，頁209-227。

李淑萍：〈桂馥《說文義證》引用玄應《一切經音義》初探〉，《第三十屆中國文字學國際學術研討會論文集》，臺南：國立成功大學，2019年，頁253-267。

李淑萍：〈清代《說文》研究徵引玄應《音義》之探析——以鈕樹玉《段氏說文注訂》為例〉，《第三十三屆中國文字學國際學術研討會論文集》，新北：輔仁大學，2022年，頁81-100。

李淑萍：〈論《龍龕手鑑》之部首及其影響〉，《東華人文學報》第12期，花蓮：東華大學人文社會科學學院，2008年。

李淑萍：〈論轉注字之成因及其形成先後〉，《成大中文學報》第18期，臺南：成功大學中文系，2007年。

竺家寧：〈《大唐西域記》玄奘新譯的音韻特色——一千年前音譯觀念的兩條路線〉，《普門學報》57期，頁33-43，普門學報社出版，佛光山，高雄，2010年。

竺家寧：〈從佛經看漢語雙音化的過渡現象〉，《中正大學學術年刊》，總第17期，頁27-52。嘉義：國立中正大學中文系，2011年。

竺家寧：〈玄應和慧琳音義濁音清化與來母接觸的問題〉，《佛經音義研究》1-13，第九屆漢文佛典語言會暨第三屆佛經音義研究研討會論文集，徐時儀等編，上海：上海辭書出版社。2015年。

竺家寧：〈三國時代支謙詞彙的時空特色〉，《中正大學中文學術年刊》，總第十八期，頁

127-164，嘉義：國立中正大學中文系，2011 年。

姜　磊：〈玄應《一切經音義》校勘「大徐本」例說〉，《寧夏大學學報（人文社會科學版）》第 28 卷第 2 期總第 133 期，2006 年，頁 45-47。

姜　磊：〈玄應《一切經音義》校補《說文》「大徐本」例說〉，《科技信息》第 14 期，2008 年，頁 518-520。

胡家全：〈鈕樹玉的《說文》研究〉，《南陽師範學院學報》，2011 年 04 月。

徐時儀：〈《一切經音義》與古籍整理研究〉，《古籍整理研究學刊》第 1 期，2009 年 1 月，頁 12-18。

徐時儀：〈玄應《眾經音義》口語詞考〉，《南開語言學刊》1 期，2005 年，頁 97-105+228。

徐時儀：〈玄應《眾經音義》引《方言》考〉，《方言》第 1 期，2005 年 2 月，頁 71-83。

徐時儀：〈玄應《眾經音義》方言俗語詞考〉，《漢語學報》第 1 期總第 9 期，2005 年，頁 9-18+95。

徐時儀：〈玄應《眾經音義》方俗詞考〉，《上海師範大學學報（哲學社會科學版）》第 33 卷第 4 期，2004 年 7 月，頁 105-110。

徐時儀：〈玄應《眾經音義》所釋常用詞考〉，《語言研究》第 24 卷第 4 期，2004 年 12 月，頁 47-50。

徐時儀：〈玄應《眾經音義》所釋詞語考〉，《南陽師範學院學報（社會科學版）》第 4 卷第 7 期，2005 年 7 月，頁 16-21。

徐時儀：〈玄應《眾經音義》的成書和版本流傳考探〉，《古籍整理研究學刊》第 4 期，2005 年 7 月，頁 1-6。

徐時儀：〈金藏、麗藏、磧砂藏與永樂南藏淵源考——以《玄應音義》為例〉，《世界宗教研究》2 期，2006 年，頁 22-35。

徐時儀：〈略論《一切經音義》與詞匯學研究〉，《陝西師範大學學報（哲學社會科學版）》第 38 卷第 3 期，2009 年 5 月，頁 106-111。

高　明：〈《說文解字》傳本考〉，《東海學報》第 16 卷，臺中：東海大學出版，1975 年。

孫致文：〈《玄應音義》一詞多訓現象研究〉，收入程水金主編《正學》第二輯，北京：中國社會科學出版社，2014 年，頁 119-135。

孫致文：〈從玄應對《維摩詰經》漢譯三本語詞差異的辨析釐定《玄應音義》性質〉，《佛光學報》新四卷第二期，2018 年，頁 103-136。

張文國：〈轉注新說〉，《聊城師範學院學報（哲學社會科學版）》第 4 期，2000 年。

張金泉：〈P.2901 佛經音義寫卷考〉，《杭州大學學報》第 28 卷第 1 期，1998 年 1 月，頁 98-102。

萬金川：〈異文的類型分析與藏經的源流考辨——以《集沙門不應拜俗等事》諸本對勘為例〉，《佛光學報》新八卷第一期，2022年，頁1-79。

萬金川：〈漢傳佛教經典與東亞文化共同體的形成〉，《佛光學報》新二卷第二期，2016年，頁17-25。

萬金川：〈文本對勘與漢譯佛典的語言研究〉，《漢譯佛典語言研究》，北京：語文出版社，2014年，頁177-210。

萬金川：〈宗教傳播與語文變遷：漢譯佛典研究的語言學轉向所顯示的意義〉，《佛教漢語研究》，北京：商務印書館，2009年，頁515-607。

萬金川：〈《可洪音義》與佛典校勘〉，《漢傳佛教研究的過去現在未來會議論文集》，宜蘭：佛光大學佛教研究中心，2015年，頁93-114。

曹志國：〈裴務齊正字本《刊謬補缺切韻》及其異體字表述方式〉，《周口師範學院學報》第1期，2008年。

曾昭聰：〈玄應《眾經音義》中的詞源探討述評〉，《語言研究》第3期總第104期，2007年，頁30-33。

黃仁瑄，聶宛忻：〈唐五代佛典音義音系中的舌音聲母〉，《語言研究》第27卷第2期，2007年6月，頁22-27。

黃仁瑄：〈玄應《一切經音義》中的字意〉，《河南師範大學學報（哲學社會科學版）》第31卷第4期，2004年，頁102-106。

黃仁瑄：〈玄應《一切經音義》中的近字〉，《河南師範大學學報（哲學社會科學版）》第33卷第5期，2006年9月，頁127-129。

黃仁瑄：〈玄應音系中的舌音、唇音和全濁聲母〉，《語言研究》第26卷第2期，2006年6月，頁27-31。

黃仁瑄：〈慧琳《一切經音義》中的轉注兼會意字〉，《語言研究》，第02期，2005年，頁93-98。

虞萬里：〈《經典釋文》單行單刊考略〉，收入氏著《榆枋齋學術論集》，南京：江蘇古籍出版社，2001年，頁732-759。

虞思徵：〈日本金剛寺藏玄應《一切經音義》寫本研究〉，《傳統中國研究集刊》（第十一輯），2013年。

解　冰：〈慧琳《一切經音義》轉注、假借考〉，《貴州大學學報(社會科學版)》第02期，1992年，頁58-64。

劉家忠：〈試論王筠研治《說文》的民俗特色〉，《濰坊學院學報》第11卷第5期，2011年。

鍾哲宇：〈任大椿、孫星衍引用玄應《音義》輯佚相關問題試論〉，《第六屆青年經學學術研討會論文集》，高雄：國立高雄師範大學經學研究所，2010 年。

韓小荊：〈試析《可洪音義》對《玄應音義》的匡補〉，《中國典籍文化》總第 63 期，2007 年，頁 32-37。

聶宛忻，黃仁瑄：〈「耄」和「考」「老」——慧琳《一切經音義》「轉注」考（一）〉，《河南教育學院學報（哲學社會科學版）》第 4 期總 82 期，2002 年，頁 103-106。

聶宛忻，黃仁瑄：〈慧琳《一切經音義》中的一些轉注字〉，《南陽師範學院學報》第 3 卷第 10 期，2004 年。

聶宛忻：〈玄應《一切經音義》中的借音〉，《南陽師範學院學報（社會科學版）》第 2 卷第 11 期，2003 年，頁 42-46。

嚴承鈞：〈慧琳生平考略〉，《法音》第 08 期，北京：中國佛教協會，1988 年。

儲泰松：〈《可洪音義》研究〉，上海：復旦大學博士後出站報告，2002 年。

四　學位論文

朴興洙：《朱駿聲《說文》學研究》，臺北：國立師範大學國文所博士論文，1994 年。

李吉東：《玄應《音義》反切考》，濟南：山東大學中國古典文獻學研究所博士論文，2006 年。

林明波：《清代許學考》，嘉新水泥基金會研究論文第二十八種，1964 年。

林明波：《唐以前小學書之分類與考證》，臺北：東吳大學中國學術著作獎助委員會，1976 年。

徐珍珍：《《新集藏經音義音隨函錄》俗字研究》，逢甲大學中國文學所碩士論文，1986 年。

姜良芝：《玄應《一切經音義》異文研究》，杭州：浙江大學漢語言文字學研究所碩士論文，2008 年。

耿　銘：《玄應《眾經音義》異文研究——以高麗藏本、磧砂藏本為基礎》，上海：上海師範大學中國古典文獻學研究所博士論文，2008 年。

許端容：《可洪《新集藏經音義》音系研究》，中國文化大學中國文學所博士論文，1989 年。

張新朋：《玄應《一切經音義》之異體字研究》，保定：河北大學漢語言文字學研究所碩士論文，2005 年。

陳煥芝：《玄應一切經音義引《說文》考》，臺北：私立中國文化大學中國文學研究所碩士論文，民國 58 年。

黃國清：《窺基《妙法蓮華經玄贊》研究》，桃園：國立中央大學中國文學研究所博士論文，2005 年。

五　線上辭典及資料庫

中華電子佛典協會：《CBETA 電子佛典集成》，臺北：中華電子佛典協會， 2018 年。

中華民國教育部：《異體字字典》，臺灣學術網路十三版（正式六版），2017 年。

https://dict.variants.moe.edu.tw/variants/rbt/home.do

中華民國教育部：《重編國語詞典修訂本》，臺灣學術網路第六版，2021 年。

https://dict.revised.moe.edu.tw/

文獻研究叢書．出土文獻譯注研析叢刊 0902022

佛經音義與《說文》學綜合研究

作　　者　李淑萍
責任編輯　林以邠
實習編輯　黃郁晴、徐宣瑄
　　　　　莊媛媛、陳巧瑗

發 行 人　林慶彰
總 經 理　梁錦興
總 編 輯　張晏瑞
編 輯 所　萬卷樓圖書股份有限公司
臺北市羅斯福路二段 41 號 6 樓之 3
電話 (02)23216565
傳真 (02)23218698

發　　行　萬卷樓圖書股份有限公司
臺北市羅斯福路二段 41 號 6 樓之 3
電話 (02)23216565
傳真 (02)23218698
電郵 SERVICE@WANJUAN.COM.TW
香港經銷　香港聯合書刊物流有限公司
電話 (852)21502100
傳真 (852)23560735

ISBN 978-986-478-779-1
2022 年 11 月初版一刷
定價：新臺幣 400 元

本書為臺灣師範大學國文學系 2022 年度「出版實務產業實習」課程成果。部分編輯工作，由課程學生參與實習。

如何購買本書：
1. 劃撥購書，請透過以下郵政劃撥帳號：
帳號：15624015
戶名：萬卷樓圖書股份有限公司
2. 轉帳購書，請透過以下帳戶
合作金庫銀行　古亭分行
戶名：萬卷樓圖書股份有限公司
帳號：0877717092596
3. 網路購書，請透過萬卷樓網站
網址 WWW.WANJUAN.COM.TW
大量購書，請直接聯繫我們，將有專人為您服務。客服：(02)23216565 分機 610

國家圖書館出版品預行編目資料

佛經音義與《說文》學綜合研究/李淑萍著. -- 初版. -- 臺北市 : 萬卷樓圖書股份有限公司, 2022.11
面 ;　公分. -- (文獻研究叢書. 出土文獻譯注研析叢刊 ; 902022)
ISBN 978-986-478-779-1(平裝)
1.CST: 說文解字 2.CST: 佛經 3.CST: 訓詁學
802.17　111018361